Die Bibliothekarin Nelly Mey erbt eine marode Stadtvilla inmitten der Reichen und Schönen im vornehmen Hamburger Stadtteil Harvestehude. Ihr neununddreißigster Geburtstag naht und wieder muss sie eine Enttäuschung in Sachen Liebe hinnehmen. Warum sie immer wieder in Situationen gerät, die selbst mit viel Humor kaum zu ertragen sind, kann sie sich auch nicht erklären. Als sie bei ihrer wohlhabenden, achtzigjährigen Nachbarin vorbeischaut, sich leichtsinnig deren hochkarätigen Diamantring an den Finger steckt und ihn nicht mehr abbekommt, rechnet sie nicht damit, dass dieser Ring ihr ganzes Leben verändern wird. Plötzlich hat sie ganz andere Sorgen als Liebeskummer, denn sie gerät unter Mordverdacht und ist ausgerechnet auf die Hilfe ihrer prominenten Nachbarn angewiesen. Verzweifelt versucht sie, den Ring loszuwerden, der immer wieder auftaucht und nur Unglück zu bringen scheint. Schicksalhaft stellt er nicht nur Nellys Leben auf den Kopf, sondern auch das ihrer Nachbarn, doch genau das ist nötig, um dem Glück auf die Sprünge zu helfen.

Mia Hörenberg, 1968 geboren, studierte nach Auslandsaufenthalten in Paris und London Bibliothekswesen in Hamburg, arbeitete danach bei einer Frauenzeitschrift und bei einer Nachrichtenagentur. Sie schreibt Feuilletontexte und Krimis und lebt mit ihrer Familie am Bodensee.

Mia Hörenberg

Der Ring, meine Nachbarn und ich

Bibliografische Information der Deutschen Nationalbibliothek:
Die Deutsche Nationalbibliothek verzeichnet diese Publikation in der Deutschen Nationalbibliografie, detaillierte bibliografische Daten sind im Internet über dnb.dnb.de abrufbar.

TWENTYSIX - Der Self-Publishing-Verlag
Eine Kooperation zwischen der Verlagsgruppe Random House und
BoD - Books on Demand

© 2019 Hörenberg, Mia

Herstellung und Verlag
BoD - Books on Demand, Norderstedt

ISBN: 9783740753214

Manchmal fühlt sich das Glück an wie eine kleine Fliege, die für einen Moment vor unseren Augen umherschwirrt und dann in den Tiefen des Raums verschwindet und wir sie nicht mehr sehen, obwohl sie noch da ist und manchmal wie ein dicker Kater, der bei uns liegt und schnurrt.

1
Die Frühlingssonne lässt unseren eher tristen Veranstaltungsraum erstrahlen. Auf der Bühne steht ein Holztisch an dem in einer Stunde der Autor aus seinem neuen Werk lesen wird. Ich öffne die Fenster, hole zwei Stühle, die Mikrofone, ein Wasserglas und eine Vase für den bunten Frühlingsstrauß, den ich heute Morgen noch besorgt habe und bereite alles vor, gieße Wasser ins Trinkglas, schließe die Mikrofone an, schaue mich um, ob jemand in der Nähe ist und singe ein paar Zeilen meines Lieblingslieds. Es klingt nicht gut, aber beide Mikrofone funktionieren. Es ist eine Lesung mit musikalischer Begleitung, die ein Freund des Autors übernehmen wird, der eben zur Tür herein kommt, aussieht wie George Clooney in jungen Jahren, seinen Gitarrenkoffer neben mir abstellt und mich mit einem umwerfenden Lächeln begrüßt: „Guten Morgen Frau Mey, wir haben telefoniert. Ich übernehme die musikalische Begleitung bei den Lesungen von Michael." Erfreut reiche ich ihm die Hand und versuche, ihn nicht anzustarren. Und da betritt Michael Blessing, der Autor, den Raum. Mir bleibt für einen Augenblick der Mund offen stehen, ich kenne ihn von Fotos, aber im echten Leben sieht er noch viel beeindruckender aus. Nicht zu fassen! Auch meine Chefin Iris und die Kollegen Bernd und Anne kommen kurz vorbei, um die beiden Künstler zu begrüßen. Iris lacht auffällig viel und laut und

Anne zwinkert mir zu und lächelt verschwörerisch, nur Bernd bleibt sachlich und unbeeindruckt. Sie müssen zurück, um den Normalbetrieb der Bücherei und des Archivs aufrecht zu erhalten, aber ich werde hier mit diesen gutaussehenden Herren meine Zeit verbringen, sie mit etwas mehr Charme als sonst vorstellen und mich nicht entscheiden können, zu wem ich nun schauen soll. Die ersten Gäste trudeln ein. Es ist eine Lesung mitten in der Woche am Vormittag zu der meist nur ältere Menschen kommen, für heute hat sich jedoch die Abschlussklasse eines Mädchengymnasiums angekündigt und einige Bewohner eines Pflegeheims. Zwei ältere Damen und ein Herr werden in Rollstühlen herein geschoben. Alles ist vorbereitet und genügend Platz am Ende der Stuhlreihen für die Rollstuhlfahrer eingeplant. Eine blonde, ältere Dame betritt den Raum und schaut mich verwirrt an. Sie ist in Begleitung einer großen, schlanken, sehr hübschen Frau mit kurzen Haaren und einer Kappe, die für die Jahreszeit etwas zu warm scheint. Im ersten Moment glaube ich, die junge Frau zu kennen, mir fällt nur nicht ein, woher. Sie geht sehr bedächtig und dreht auffällig langsam den Kopf, um den Raum zu begutachten. Irgendwie scheint sie etwas verzögert zu reagieren und ist froh, als die Pflegerin sie zu einem Stuhl führt. Sie wirkt unsicher und unruhig. Immer wieder schaue ich kurz zur Bühne und stolpere fast über das Bein des Rollstuhlfahrers, das er auf einer Schiene vor sich ausgestreckt hat. Der Musiker spielt ein paar Takte auf der Gitarre und Blessing pustet ins Mikrofon, dann lächeln sie mir zu und geben mir ein Zeichen, dass sie bereit sind. Ich lächle zurück und stecke plötzlich fest, der Herr im Rollstuhl hinter mir ist ein Stück vorgerollt und hat mich zwischen Fußschiene und Stuhlbein der vorderen Reihe eingeklemmt. Ich kippe vornüber und kann mich gerade noch an der Stuhllehne abstützen. Autsch, das tat weh. Der Herr im Rollstuhl entschuldigt sich, es ist ihm sehr unangenehm, die Männer auf der Bühne starren mich an, ich spüre wie mein Gesicht rot anläuft, mit Entsetzen sehe ich, dass drei Knöpfe meiner Bluse aufgesprungen sind und mein geblümter BH mit Inhalt und mein weißer Bauch zum Vorschein kommen und noch während ich teilweise entblößt vornüber hänge, kommen die Abiturientinnen herein, sehen mich erstaunt an, brechen in prustendes Gelächter aus und ziehen glücklicherweise sofort die Aufmerksamkeit aller auf sich. Auch die beiden Künstler wenden den Blick schnell von mir ab und lächeln den jungen Damen zu. Ich richte mich auf, schließe die Knöpfe und komme mir vor wie eine Idiotin. Wie kann sich das Blatt so schnell wenden? Am liebsten möchte ich im Erdboden versinken. Ich sehe auch die älteren Herrschaften tuscheln und lachen. Und ich soll nun da vorne eine Begrüßungsrede halten? Niemals! Wie soll ich das jetzt noch hinkriegen? Ich bin eine Lachnummer, ich bin eine furchtbare Lachnummer und diese gutaussehenden Typen werden sich später gegenseitig auf die Schenkel klopfen vor Lachen. Langsam gehe ich nach hinten, versuche mich zu beruhigen und warte bis alle einen Platz gefunden haben. Die Abiturientinnen schnattern und es herrscht noch rege Unterhaltung. Ich stehe da und weiß nicht, was ich tun soll. Die beiden Herren auf der Bühne schauen mich erwartungsvoll an, ich versuche ihren Blicken auszuweichen, fühle mich so schrecklich lächerlich, aber ich muss nach vorne. Panik überfällt mich, ich muss jetzt anfangen. Die Gäste werden unruhig und schauen sich nach mir um, die beiden auf der Bühne warten.

Ich überlege und überlege, wie ich aus dieser Nummer einigermaßen aufrecht herauskomme - dann gehe ich entschlossen nach vorne, nehme das Mikrofon in die Hand und beginne: „Nachdem ich nun alle Register gezogen habe, um Ihre Aufmerksamkeit zu gewinnen…", noch einmal breitet sich Gelächter aus „möchte ich Sie herzlich begrüßen in den Hamburger Öffentlichen Bücherhallen. Falls die Abiturientinnen vom Bodensee, die auf Abschlussfahrt hier in Hamburg sind, sich über den Namen der öffentlichen Bibliotheken wundern, das hat historische Gründe und hängt mit der Bücherhallenbewegung Ende des neunzehnten Jahrhunderts zusammen, aber ausführlicher wollen wir darauf nun nicht eingehen. Ich würde sagen, das Warten hat sich gelohnt, wenn Sie diese beiden Herren so ansehen. Lassen Sie sich entführen in den `Frühling am Meer´, das neue Werk von Michael Blessing musikalisch begleitet von dem Gitarristen Matteo Klein. Viel Vergnügen, genießen Sie es!"
Das Publikum applaudiert, ich setze mich in die letzte Reihe und bin stolz auf mich selbst, solche Worte gefunden zu haben. Während der ersten Gitarrenklänge richten sich einige der Schülerinnen kokett auf, werfen ihre Haare zurück und bringen sich in Pose. Die Gesichtszüge der jungen Frau mit Kappe entspannen sich und es huscht ein kleines Lächeln über ihr Gesicht. Die ältere, blonde Dame wirkt immer noch verwirrt als ob sie gar nicht weiß, was sie hier soll. Der Großteil der Gäste scheint sich jedoch wohl zu fühlen in dem sonnenhellen Raum und die Musik fängt sie ein. Es kann losgehen. Der Autor beginnt zu lesen, seine Stimme ist angenehm tief und weich und die Geschichte, die er erzählt leicht melancholisch, aber lebensbejahend. Ich freue mich, dass er zugesagt hat.

Ein langsames Gitarrensolo holt uns zurück, Blessing hat es geschafft, uns mitzunehmen ans Meer. Selbst ich konnte die Lesung trotz dieses peinlichen Vorfalls genießen. Während die Zuhörer in die Hände klatschen, betrete ich wieder die Bühne und gebe die Möglichkeit, Fragen zu stellen, ein signiertes Buch zu kaufen oder einfach noch etwas zu verweilen. Die Lesung kam gut an. Einige der Schülerinnen kaufen sich sofort ein Buch und lassen es mit persönlicher Widmung signieren. Die Bewohner des Elisabethenheims verlassen als erste den Raum ohne Fragen zu stellen oder ein Buch zu kaufen. Einige wirken nun müde. Als die junge Frau mit Kappe langsam hinausgeht, überlege ich wieder, woher ich sie kenne, aber ich komme nicht darauf. Nach und nach leert sich der Raum, Blessing erfüllt nur zu gerne alle Wünsche besonders seiner jungen Zuhörerinnen und ich bin doch etwas überrascht als ich eine Schülerin beobachte, wie sie ihm ihre Mobilnummer auf eine Karte notiert, er sie mit einem breiten Lächeln einsteckt und ihr wohlwollend zublinzelt. Wie alt mag er sein? Anfang dreißig vielleicht ebenso wie sein Musikerfreund, der auch nicht zu kurz kommt und sich vor tiefgreifenden Fragen über irgendwelche Gitarrenstücke der sehr interessierten Achtzehnjährigen kaum retten kann. Konzerttermine werden eifrig im Handy gespeichert. Wie forsch diese jungen Frauen sind. Ich staune und beneide sie und fühle mich alt. Als alle gegangen sind, bedanke ich mich bei den beiden Künstlern und versuche krampfhaft nicht an diesen peinlichen Vorfall zu denken. Blessing packt seine übrigen Bücher in einen Karton, trinkt sein Wasser leer und gibt mir die Hand. „Wir müssen los, Frau Mey. Es war mir eine Freude." Oh ja, das glaube ich gern, denke ich, lächle die beiden verlegen an und nicke, die Entschlossenheit von vorhin ist wie weggefegt. Ich bin wieder mal ein Häufchen Elend und als die beiden gegangen sind, lasse ich mich auf einen Stuhl fallen. Da kommt der Gitarrist zurück: „Cool wie Sie das gemacht haben! Sie haben einen guten Humor! Ich würde mich freuen, wenn Sie zu meinem Konzert in der Markthalle kommen würden, nächsten Samstag." und drückt mir einen Flyer in die Hand. „Danke!" antworte ich erfreut und schon ist er verschwunden. Er hat meine Stimmung im Handumdrehen aus dem Keller geholt.

Als ich mit den Kolleginnen beim Mittagessen in einem kleinen Bistro im Lehmweg sitze, wollen sie wissen wie es gelaufen ist mit diesen beiden hübschen Jungs und ich erzähle, dass es ein voller Erfolg war, nicht zu melancholisch, nicht zu ernst, ein bisschen lustig und äußerst unterhaltsam. Dass ich den maßgeblichen Teil der Erheiterung übernommen habe, müssen sie nicht wissen. Ich habe das Problem humorvoll und professionell gelöst, sage ich zu mir selbst in der Hoffnung, nicht mehr allzu oft an diesen Vorfall denken zu müssen.

2

Was, wenn man zu denen gehört, die nicht auffallen, die gerne übersehen werden, die übrig bleiben und falls sie doch endlich jemanden gefunden haben, der zu ihnen passt, wieder verlassen werden? So fühle ich mich im Moment und auch schon die letzten Monate und Jahre, wenn man es genau nimmt. Vielleicht habe ich mich selbst belogen und mir nur eingebildet, die Menschen um den Finger wickeln zu können mit meinem ansteckenden Lachen, obwohl es nie so war. Oder war es so und ich habe es vergessen? Jedenfalls scheint der Einzige, der sich für mich interessiert, mein Kollege Bernd aus dem Stadtarchiv zu sein. Es tröstet mich manchmal, dass ich jemanden haben könnte, wenn ich wollte. Bernd ist immer gut gekleidet, nicht unattraktiv, liebt exquisites Essen und Kunst, macht tolle Reisen und spricht drei Sprachen fließend. Der Knackpunkt ist, dass er so unglaublich langweilig ist, dass ich an manchen Tagen in die Toilette der Bücherei flüchte, wenn ich ihn um die Ecke biegen sehe. Sein Büro liegt genau neben meinem, weil Stadtarchiv und unsere Stadtteil-Bibliothek in einem Gebäude untergebracht sind.

Als kleines Mädchen träumte ich nicht davon, Prinzessin zu werden, obwohl ich durchaus einen Sinn für Romantik besitze, mein Berufswunsch war pragmatischer. Ich wollte Wurstverkäuferin werden, stand staunend neben meiner Mutter an der Wursttheke und sah voller Bewunderung zu wie die nicht allzu freundliche Frau Müller den Aufschnitt für uns zusammenstellte. Mit leichter Bewegung türmte sie mit einer großen Gabel ein paar Scheibchen Lyoner, ein wenig Schinken und etwas kalten Braten auf ein Wurstpapier. Herrlich war das. Wenn ich zu Hause war, stapelte ich kleine gehäkelte Kreise vor mir auf dem Tisch, die eigentlich als Dekoration für eine Strickjacke gedacht waren, die meine Mutter für mich strickte, aber für mich waren es Wurstscheiben und so musste mein geduldiger Vater stundenlang irgendwelche Wurstbestellungen aufgeben, die ich ihm nicht ganz so leichthändig auf einem Bogen Papier stapelte und verpackte. Ich konnte den Einwand meiner Mutter nicht verstehen, dass ich dann ja immer kalte, rote Finger haben würde. Vielleicht verläuft das Leben eines Mädchens, das Wurstverkäuferin werden wollte, anders als das von Kindern, die schon in jungen Jahren sehr hochgesteckte Ziele haben wie Astronautin, Schauspielerin oder Meeresforscherin. Als ich neun war, bot mir die Wäschefirma im Ort an, als Kindermodel für sie über den Laufsteg zu gehen. Furchtbar aufgeregt musste ich in einem roten Pulli und einer dunkelblauen Jeans zur Probe vor den Damen und Herren auf und ab gehen. Aber ich war zu dünn, die Nähte an den Schultern hingen zu weit herunter und die Hose schlabberte. Aus diesem Grund wurde es nichts mit der Modelkarriere. Meine etwas mollige Freundin bekam den Job. Es war nicht schlimm, mein Traum war ja ein ganz anderer. Irgendwann traute ich mich nicht mehr, von meinem Berufswunsch der Wurstverkäuferin zu erzählen, zu oft hatte ich großes Gelächter dafür geerntet, besonders von Erwachsenen. Meine Eltern lachten nie darüber, sie äußerten mir gegenüber ernsthaft ihre Bedenken, dafür bin ich ihnen bis heute dankbar. Der Traum, Wurst zu verkaufen verflüchtigte sich noch in der Grundschulzeit, neue Ideen erfüllten mich, ich sah mich als erfolgreiche Fotografin um die Welt reisen oder tolle Möbel aus Holz bauen, weil ich für mein Zwiebelkästchen im technischen Werken eine glatte Eins bekommen hatte. Außerdem fand ich Sprachwissenschaften sehr interessant. Woher kam Sprache, wie hatte sie sich entwickelt? All diese Überlegungen beschäftigten mich, am reizvollsten aber war die Vorstellung, dass noch alles offen war, noch nichts war entschieden und nichts verlief in vorgefertigten Bahnen. Was für einen Beruf würde ich ausüben? Würde ich studieren oder eine Ausbildung machen oder beides? Wie und wo würde ich leben? Und vor allem, mit wem würde ich mein Leben verbringen? Niemals hätte ich gedacht, dass genau diese Frage mir am meisten

Probleme bereiten würde.

3

Heute kann ich schon um drei gehen und verlasse die Bibliothek durch den Hintereingang. Die Sonne scheint mir ins Gesicht auf dem Weg zur Konditorei bei der ich mir zwei von diesen leckeren Eclairs mit Vanillefüllung hole. Einer hätte vielleicht auch gereicht, aber heute geht es mir nicht so gut. Zu Hause mache ich mir Kaffee, setze mich auf den Balkon und lasse den Blick ins Grüne schweifen, in die Nachbargärten und hinter die Fassade der herrschaftlichen Stadthäuser, die mich umgeben.

Als wären meine Selbstzweifel nicht schon genug, bin ich in meiner Nachbarschaft umgeben von Menschen, die gut aussehend, reich, erfolgreich und prominent sind und die an manchen Tagen mein Selbstwertgefühl mit einem Wimpernschlag in den Keller katapultieren können, wenn ich ihnen im Garten begegne. Unwillkürlich fühle ich mich dann zu klein, zu dick, zu arm und völlig unbedeutend. Aber da gibt es auch Tage, an denen ich merke, dass ich nicht die traurigste Nummer hier im Viertel bin. Hinter den ausladenden Ästen des Kastanienbaumes sehe ich Lars Franke von gegenüber. Gutaussehender Jurist, Mitte fünfzig, verheiratet, keine Kinder, mit eigener Kanzlei und eigener TV-Sendung „Ihr gutes Recht" in der er nützliche Tipps gibt und immer ein paar echte oder vermeintlich echte Fälle behandelt. Er sitzt im Anzug auf seiner Terrasse und trinkt Wodka, jedenfalls sieht es danach aus. Vielleicht hat er heute einen Fall verloren. Vielleicht aber auch nicht. Seit einigen Jahren ist er mehr im Fernsehen als in seiner Kanzlei anzutreffen, aber heute scheint er auch früher Feierabend gemacht zu haben. Normalerweise kommt er nicht vor 22 Uhr nach Hause. Seit vier Wochen ist seine Frau Julie verschwunden, ein Model mit abgeschlossenem Medizinstudium, blonde lange Haare, fünfzehn Jahre jünger als er und bekannt für ihr extravagantes Auftreten. Nun ist sie wohl irgendwo untergetaucht. Und auch wenn man anscheinend nicht weiß, wo sie sich im Moment aufhält, füllen die beiden nach wie vor die Klatschblätter. „Wo ist Julie?", „Den Fall hat er wohl verloren!" oder „Ist das seine Neue?" und daneben ein unscharfes Foto, das ihn neben einer jungen Frau mit Sonnenbrille und Hut zeigt unter dem einzelne, rote Haarsträhnen hervor blitzen. Ich glaube nicht, dass es seine Neue ist, es ist Cécile von nebenan. Oder ist sie seine Neue? Vielleicht. Wenn ich im Garten bin, ertappe ich mich dabei, nach irgendwelchen Paparazzi Ausschau zu halten. Auch wenn es eher unwahrscheinlich ist, dass sich ein Fotograf in die gut abgeschotteten Gärten schleicht, will ich nicht auf einem Foto landen mit der Überschrift „Steht er jetzt auf Dicke?", nur weil wir uns im Garten grüßen. Nicht, dass ich dick bin, nur eben auch nicht superschlank wie seine Frau oder viele der anderen Frauen, die hier wohnen. Jedenfalls soll Julie außer dem Hund nichts mitgenommen haben. Ungewöhnlich, wenn man bedenkt wie wichtig ihr ihre teuren, maßgeschneiderten Kleider und Hüte waren. Sie hatte zu jedem Kleid die passende Kopfbedeckung. Selten sah man sie ohne etwas auf dem Kopf aus dem Haus gehen. Selbst, wenn sie mit dem Hund ging, trug sie eine Kappe oder einen Sonnenhut. Aber nun ist sie weg. Seit dem scheint es Franke schlecht zu gehen. Gesprochen habe ich mit ihm in den letzten Jahren nie mehr als zwei Sätze über den Gartenzaun hinweg an der schmalen Stirnseite an der unsere Gärten aneinander grenzen. Wenn man ihm im Garten begegnet, wirkt er eher arrogant, sehr zurückhaltend, fast scheu, ganz im Gegensatz zu seinen Auftritten im Fernsehen, da ist er witzig, schlagfertig und sehr charmant. Die gutaussehende, rothaarige Cécile von Strehlow vom Nachbarhaus, die sich gerade in einem knappen hellgelben Bikini in ihrem Garten sonnt, scheint ihn heute völlig kalt zu lassen. Cécile ist Journalistin, hat eine eigene, erfolgreiche Kolumne, und nimmt sich, was sie will ohne Rücksicht auf Verluste. In Talkshows gibt sie sich schnippisch und radikal und so wie ich das sehe, verstellt sie sich nicht. Ihre Eltern, eine Schauspielerin und ein adliger Firmenbesitzer, starben bei einem Flugzeugabsturz als sie neunzehn war und haben sie über Nacht zu einer Millionenerbin gemacht. Seit dem lebt sie, von den häufig wechselnden Haushälterinnen abgesehen, allein in dem großen Haus und scheint an jedem Fenster ein Fernglas liegen zu haben mit dem sie ungeniert in der Nachbarschaft herum spioniert. Wer weiß, was sie da ständig filmt für ihren Video Blog? Unter „Berühmtheiten unserer Stadt" haben wir ihre Biografie aufgenommen. Cécile von Strehlow ist siebenundzwanzig Jahre alt und hat bereits ihre Biografie geschrieben. Zugegeben, sie kann schreiben und sie hat auch schon einiges erlebt, aber hätte ich ihr 240 Seiten langes Werk nicht aus beruflichen Gründen lesen müssen, wäre mir wohler. Vielleicht ist es spannend über verschwörerische Zusammenkünfte ihrer verstorbenen Vorfahren und anderer Wesen zu lesen, die ihr nachts erscheinen, aber wenn man in ihrer direkten Nachbarschaft wohnt und manchmal dunkle Schatten in ihrem Haus umher tanzen sieht, ist es gruselig. Außerdem wirft sie liebend gern mit scharfen Messern auf eine Wand in ihrer Küche, auf die wie auf einer Zielscheibe große blaue und orangene Kreise gemalt sind. Erklingen melancholische, französische Lieder in der Nachbarschaft, wissen alle, dass es ihr schlecht geht und sie mit diesen Messern auf ihre Wand wirft. Josef und Marie Dietrich wohnen in dem Klinkerbau neben ihr, er ein emeritierter Philosophie-Professor und sie eine Ballett-Tänzerin, die viele Jahre lang in Aufführungen an der Hamburger Oper getanzt hat. Heute sind beide schon über neunzig Jahre und schwerhörig und wohl die Einzigen, denen Céciles häufige Partys bis in die Morgenstunden nicht auf die Nerven gehen. Wann immer sie können, sitzen sie in ihrer kleinen Gartenlaube unter den Bäumen neben Schaukel, Sandkasten und Hängematte ihrer Enkel. Meistens sitzt ihr Kater Lazlo auf einem extra für ihn mit einem großen Kissen ausgestatteten Gartenstuhl bei ihnen. Ihre Tochter, eine Architektin, hat den ersten Stock und das Dachgeschoss umbauen lassen und wohnt dort mit ihrem Mann und ihren drei kleinen Kindern und führt ein Leben von dem ich nur träumen kann. Manchmal bin ich richtig froh, wenn die Kinder sich streiten, diese Idylle ist nicht zum Aushalten. Da die meisten Fenster meiner Wohnung nach hinten zum Garten raus gehen, bekomme ich von den Nachbarn mehr mit als mir lieb ist. Die meisten Menschen hier lieben die Anonymität der Großstadt so wie ich. Ich komme aus einem kleinen Dorf in dem jeder alles vom anderen weiß und ungefragt kommentiert. Ich wollte weg, weg von all denen, die mich als Sonderling betrachteten, nur weil ich nicht in den Musik-, Sport- oder Narrenverein eintreten wollte. Ich bin kein Sonderling, ich mag nur keinen Gruppenzwang.

Ich komme mir von Zeit zu Zeit immer noch vor wie ein

Landei und habe deswegen auch Minderwertigkeitskomplexe, aber inzwischen weiß ich vieles aus meiner Kindheit zu schätzen und sehe die Menschen um mich herum anders als in der ersten Zeit hier in Hamburg, besonders meine Nachbarn, auch wenn sie reich und berühmt sind und in einer ganz anderen Liga spielen als ich, haben sie ähnliche Sorgen und Nöte, sitzen oft wie ich allein in ihrer Wohnung und fühlen sich miserabel, nur müssen sie sich viel mehr abschotten, um ihre Privatsphäre zu schützen.

4
Gleich nehmen wir die nächste Abfahrt von der Autobahn zurück in die Stadt, um mögliche Presseleute abzuhängen. Auch wenn seit den schlechten Einschaltquoten in den letzten Wochen das Medieninteresse an meiner Person etwas nachgelassen hat, habe ich den Widrigkeiten des Lebens im Moment kaum etwas entgegen zu setzen. Erst wenn wir auf der Autobahn sind, richte ich mich auf der Rückbank auf. Ich habe Angst vor den Schlagzeilen und den Fragen. Wir wechseln den Wagen mehrmals in der Woche. Wie lange werden wir dieses Versteckspiel noch spielen können? Letzten Freitag waren wir sogar in dem alten Corsa von Mielkes Mutter unterwegs. Er hilft mir wirklich. Er ist der Einzige, den ich zurzeit ertrage. Er fragt nichts und ich habe das Gefühl, dass ich ihm vertrauen kann. Wie dankbar ich ihm für seine kurzen, klugen Antworten bin. Ich werde ihm einen Bonus aus eigener Tasche zahlen.
Die Ärzte vermuten einen Zusammenhang zwischen Julies starker Migräne, den Medikamenten und ihres Gedächtnisverlustes. Wieso hat sie nicht auf die Heilpraktikerin gehört, die ihre schweren Migräneanfälle alternativ behandeln woll-

te? Warum hat sie ständig diese starken Schmerzmittel geschluckt? Vielleicht wäre es dann nie so weit gekommen. Aber wahrscheinlich ist es nur ein Gedanke, der mein Gewissen entlasten und ihr die Schuld geben soll. Sie gibt nichts auf alternative Heilmethoden, sie ist Schulmedizinerin durch und durch. Unser altes Leben fehlt mir. Sie fehlt mir, ihre Zuversicht und ihre ansteckende Art zu lachen. Auch wenn mir ihre übertrieben gute Laune, die ich ihr immer wieder als Oberflächlichkeit vorwarf, oft auf die Nerven ging, sind es genau diese Dinge, die mir nun kleine Wunden ins Herz schneiden. Was, wenn ich all das nicht mehr in Ordnung bringen kann, was ich ihr angetan habe? Ihr Vertrauen in das Gute hat mir mehr Stärke verliehen als mir lieb ist und nun stehe ich da und bin irgendwie verloren. Wer hätte das gedacht? Ich, der Strahlemann, der zweimal in der Woche den Menschen „Ihr gutes Recht" im Fernsehen näher bringt und wirkt, als gäbe es für jede Lebenslage ein Gesetz. Ich habe sie mehrmals betrogen, es ist wie eine Jagd durchs Leben, die ich nicht stoppen kann. Ich nutze meine Chancen, mein Aussehen und meinen Charme, die mir viele Türen geöffnet haben. Die Tatsache, dass ich alle Frauen kriegen kann, die ich will bis sie den Reiz des Neuen verloren haben, macht meine Schuldgefühle noch größer. Und ihr habe ich wirklich etwas versprochen. Ich bin ein unsteter Geist. Auch wenn es mit Julie anders war, sie ließ mich zappeln, erteilte mir eine Abfuhr nach der anderen bis ich sie endlich überzeugt hatte und wir heirateten. Das gefiel mir. Sie passt nicht nur äußerlich perfekt zu mir, sie ist schön, intelligent aber vor allem ist sie ehrlich und echt, bei ihr kann ich in meinem tiefsten Inneren der bedauernswerte Junge von damals sein, der noch immer seinem Vater nachtrauert und um dessen Anerkennung kämpft. Für einige Zeit schien ich angekommen zu sein, aber dann ging es wieder los. Helen war neu in der Rechtsabteilung des Senders und reizte meinen Jagdinstinkt. Es war keineswegs einfach, sie zu erobern, vielleicht hat Julie sogar etwas mitbekommen.

Mielke schaut kurz in den Rückspiegel als ich meine kleine Flasche zum Mund führe. Was für ein armseliger Kerl ich doch bin. Ich muss die Geschichte mit Helen beenden.

Ich kann es einfach immer noch nicht fassen, dass ich innerhalb von vier Wochen meine Mutter und meine Frau im gleichen Pflegeheim unterbringen musste. Die Arbeit lenkt mich ab, wenn da nicht immer wieder diese zermürbenden Fragen der Kollegen und der Presse wären. Mielke lässt mich am Hintereingang raus, das ist mit der Leitung des Pflegeheims so abgesprochen. Sollte doch einer dieser Pressegeier auf dem Flur des Pflegeheims zu sehen sein, besuche ich offiziell meine Mutter. Julie ist in dem Zimmer neben ihr untergebracht. Keno, unser Labrador schläft neben ihrem Bett und soll ihr in ihr altes Leben zurückhelfen. Zwei helle Zimmer mit Blick in den Park und maximal drei Besuche in der Woche. Mehr kann ich nicht tun. Vor zwei Monaten ist meine Mutter gestürzt und kennt mich seitdem nur noch an manchen Tagen. An diesen Tagen packt sie ihre Sachen in die Handtasche, schaut sich in ihrem Zimmer um und fragt mich, was wir hier machen und wann ich sie endlich nach Hause fahre. Eine Frau, die mitten im Leben stand, sportlich, immer etwas zu eitel und zu blond für meinen Geschmack, aber klug genug, um sich nicht unterkriegen zu lassen und verbittert zu werden nachdem mein Vater sie mit Mitte Vierzig und uns pubertierende Jungs verlassen hat. Damals nach einigen traurigen Wochen, schmierte sie meinem Bruder und mir das Pausenbrot und sagte: „Jungs, ich werde wieder backen." Meine Mutter war gelernte Bäckereifachverkäuferin und hatte sich im Laden meines Vaters, der Bäcker ist, auf Kuchen und Torten spezialisiert, die gut ankamen. Doch dann verkaufte mein Vater die Bäckerei im Dorf und Mutter, die dort gearbeitet hatte verlor ihren Mann und ihren Job, aber wie so oft im Leben hatte sie einen Plan B. Wir bauten einen Teil des ehemaligen Kuhstalls meiner Großeltern um und richteten einen kleinen Laden ein. Morgens um vier fing sie an zu backen und verkaufte die Kuchen und Torten tagsüber bis sie völlig fertig am späten Nachmittag in die Wohnung kam und sofort auf dem Sessel einschlief. Die Entschlossenheit und das Durchhaltevermögen meiner Mutter habe ich immer sehr bewundert. Wir führten ein bescheidenes Leben, und auch wenn es ihre Kuchen und Torten gut ankamen und stets neue Bestellungen aufgegeben wurden, fehlte es an allen Ecken und Enden. Wenn ich an die riesigen Stapel von Zeitungen und Prospekten denke, die mein Bruder Kai und ich im Wohnzimmer sortiert und verteilt haben, was für eine Ausbeuterei, aber wir machten das jahrelang und damals habe ich mir geschworen, später einmal viel Geld zu verdienen. Kai ist im Dorf geblieben und hat eine Lehre bei Elektriker Beck zwei Straßen weiter gemacht. Er war nicht gut in der Schule und hatte Glück, dass der alte Beck ihn genommen hat. Eigentlich hat er es Mutter zu verdanken. Ich werde nie vergessen wie Mutter in unserem kleinen Hofladen mit Beck geredet hat. Dieses unnatürliche Lachen und wie sie ihr Haar zurück warf. Schrecklich! Dabei war Mutter eine kluge Frau. Hätte sie nicht einfach ganz normal mit ihm reden können, dachte ich immer und hasste sie dafür. Heute weiß ich, dass sie einfach alles gegeben hat, um ihren Sohn unterzubringen. Kai und ich haben nie darüber gesprochen, überhaupt redeten wir wenig miteinander, nur in der Zeit als Vater ausgezogen war. „Es sticht manchmal so fest hier rein" und er deutete auf sein Herz, „dass ich aus dem Klassenzimmer gehen muss, nach einer Weile geht es dann wieder." Ich sah ihn nur an, ohne ein Wort zu sagen. Obwohl er mein großer Bruder ist, habe ich bis heute das Gefühl, auf ihn aufpassen zu müssen. Unserer Mutter erzählten wir nichts davon, sie hatte genug mit sich selbst zu tun. Jedenfalls ist Kai mit vierundzwanzig Jahren auf einer Baustelle zusammen gebrochen, damals stellte man eine Herzschwäche fest. Es ging ihm schlecht und jede Anstrengung machte ihm zu schaffen. Zuerst versuchten wir, ihm eine Umschulung oder Weiterbildung zu ermöglichen, aber es funktionierte nicht. Er war zu schwach. Seit dem ist er zu Hause und repariert für Bekannte kleine Haushaltsgeräte. Seit fast dreißig Jahren. Ich unterstütze ihn finanziell, seine Frührente ist nicht hoch. Aber er hat eine nette Frau, die zu ihm hält und ihn aufmuntert.

Es war ein Donnerstag in den Osterferien als Vater uns beim Frühstück erzählte, dass er nach Hamburg ziehen würde, um dort eine Bäckerei zu eröffnen. Von Elisabeth erzählte er nichts. Elisabeth lernten Kai und ich erst einige Monate später kennen. Zumindest hat er sie nicht gleich mit ins Spiel gebracht, obwohl sie längst seine Geliebte war. Ich mochte sie am Anfang sogar als ich es noch nicht wusste. Sie war lustig und schlagfertig, aber sie hat unser Familienleben zerstört und das werde ich ihr immer übel nehmen. Von da an, achtete ich sehr auf die Launen meiner Mutter und den Gesichtsausdruck meines Vaters, wenn er uns jedes zweite Wochenende abholte und versuchte gute Laune zu verbreiten. Wir gingen Pizza essen oder bowlen. Aber irgendwann hatte Kai keine Lust mehr und ich fuhr alleine mit. Es gab oft lange Gesprächspausen, wenn wir im Auto saßen und Vater versuchte, lustig zu sein. Ich vermisste ihn und es ging mir nicht gut. Er hatte uns verraten, ich konnte ihm nicht mehr trauen, eigentlich traute ich keinem mehr, nicht mal mir selbst. Ich fühlte mich verloren. Es war anstrengend alle bei Laune zu halten. Ich hatte immer das Gefühl, dafür verantwortlich zu sein, dass nicht noch mehr schief geht. Noch heute denke ich, dass das der Grund für meine Studienwahl war. Die Rechtswissenschaften erschienen mir als etwas Verlässliches. Das wirkte sehr beruhigend auf mich. Auch wenn mein Vater uns zuverlässig und pünktlich jeden zweiten Freitag im Monat um 16 Uhr abholte, blieb mir dieses Gefühl des Verloren seins. Auch heute gibt es Situationen in denen ich mich genau wie damals fühle. Meine Eltern waren mit ihrem eigenen Leben beschäftigt, ich vermisste unsere Familie und ich habe für viele Jahre nichts gefunden, was diesen Schmerz lindern konnte bis Julie vor mir stand. Äußerlich betrachtet war ich ein lustiger Kerl, der ständig eine neue Freundin hatte, aber diese Lücke in mir fühlte sich zum ersten Mal nicht mehr ganz so groß und schlimm an als Julie in mein Leben trat. Sie gab mir ein so starkes Gefühl von Vertrauen, dass ich es wagte, mir selbst und ihr zu vertrauen. Genau das hatte ich so dringend gebraucht. Von da an war mein Leben besser und dafür werde ich ihr immer dankbar sein. Nach einigen Jahren kam mein altes, misstrauisches Ich zurück und ich jagte wieder anderen Frauen hinterher, aber das möchte ich jetzt ändern. Vielleicht kann ich Julies Amnesie nutzen, um ein besserer Mensch zu werden und für sie da sein. Sie hat mich gerettet. Und wenn ich diese ganzen Schnitte und Wunden in meinem Herzen irgendwie überleben will, muss ich etwas ändern – sofort. Julie braucht mich jetzt. Sie sitzt in ihrem Zimmer im Pflegeheim und kann sich an die letzten Jahre nicht erinnern. Einfach so. Vor einigen Monaten fiel mir auf, dass sie immer vergesslicher wurde bis sie mich dank der Wiederwahltaste irgendwann beim Sender angerufen hatte, weil sie von der Polizei aufgegriffen worden war und nicht mehr nach Hause fand. Sie war an diesem Tag beim Friseur gewesen und hatte ihre langen, blonden Haare kurz schneiden und schwarz färben lassen. Ihrer großen Sonnenbrille und diesem Umstand verdanken wir es, dass sie nicht erkannt wurde.

Ich bin froh, dass die Haushälterin im Haus für Ordnung sorgt. Sie wurde auch schon von irgendwelchen Presseleuten angesprochen, hat aber nichts gesagt so wie wir es vertraglich vereinbart haben und auch die Nachbarn geben nichts an die Presse weiter. Wenn ich genau darüber nachdenke, kenne ich nur Cécile näher und die Dietrichs. Cécile hält dicht, die hat selbst genug Probleme und zum Glück ist vor ein paar Wochen nichts passiert als sie kurz bei mir war. Sie kommt meist durch den Garten rein. Diese durchgeknallte Malerin von gegenüber mit ihrem kläffenden Köter nervt allerdings. Manchmal starrt sie wie eine Irre in mein Wohnzimmer bis ich ans Fenster trete und sie ansehe, dann hebt sie ihr Glas und prostet mir zu. Total durchgeknallt! Ich werde Gardinen machen lassen. Das Paar oben drüber streitet ständig und wenn ich mich nicht täusche, arbeitet die Frau im Dachgeschoss in der Bibliothek, jedenfalls glaube ich, dass ich sie bei der Neueröffnung der Bibliothek gesehen habe. Ihre Augen sind mir aufgefallen als wir uns mal im Garten trafen, sehr schöne grüne Augen hat sie. Der Kerl, der mit ihr eingezogen ist, ist wohl auch schon lange nicht mehr da. Jedenfalls sehe ich sie manchmal spät abends mit einer Flasche Rotwein auf dem Balkon sitzen, sie ist auch allein. Cécile ist zwar auch noch da, aber sie ist so fordernd und geht mir auf die Nerven, auch wenn sie superattraktiv ist und ich aufpassen muss, nicht zu viel zu trinken, um nicht mit ihr im Bett zu landen. Solche Geschichten will ich hier in der Nachbarschaft nicht. Ich brauche einen Ort, wo ich Ruhe finden kann. Irgendwie ist sie mir sympathisch, die von gegenüber, aber vielleicht würde ich sie auf der Straße nicht mal erkennen. Julie hat mir mal gesagt, wie sie heißt und dass sie das Haus geerbt hat. Ich weiß ihren Namen nicht mehr. Ist auch egal.

5

Von außen betrachtet führe ich das Leben einer wohlhabenden, durchschnittlich attraktiven, unabhängigen Frau Ende Dreißig, die in einer wunderschönen, alten Stadtvilla zwischen den Reichen und Schönen in Hamburg-Harvestehude lebt, wenn man aber genau hinschaut wohne ich seit drei Jahren, vier Monaten und zwei Tagen in einer schönen, hellen Dreieinhalb-Zimmer-Dachgeschoss-wohnung einer Stadtvilla, die ich mir eigentlich gar nicht leisten kann. Ich bewohne die oberste der drei Wohnungen dieses über hundert Jahre alten Gründerzeithauses, das mir gehört. Ich habe es von meiner Tante geerbt, einer Romantikerin, die meinen Beruf der Bibliothekarin immer als etwas ganz besonderes betrachtet hat. „Bibliotheken sind Orte, die jedem eine neue Welt eröffnen, ganz egal wo jemand her kommt oder hin will, wie gebildet oder ungebildet, arm oder reich er auch sein mag." pflegte sie zu sagen. Ein schöner Gedanke, auch wenn die Realität etwas anders aussieht. Da sie selbst keine Kinder hatte, hat sie sich sehr um meine Schwestern und mich bemüht, besonders aber um mich, was vielleicht daran liegt, dass ich ihr nicht nur äußerlich zum Verwechseln ähnlich bin und das der wahre Grund für diese großzügige Erbschaft ist. Tante Mathilda war eher klein und untersetzt, hatte große grüne Augen und als junge Frau strohblondes kurzes Haar. Seit ich trainiere bin ich nicht mehr untersetzt und meine strohblonden Haare sind schulterlang. Ich trainiere seit genau zwei Jahren, vier Monaten und zwei Tagen. Ein Jahr nachdem Eric ausgezogen war, fing ich an zu laufen. Auf dem Heimweg von der Bibliothek verspürte ich auf einmal den Drang, loszurennen. Ich mochte Joggen nie besonders, aber da machte sich auf einmal so ein beklemmendes Gefühl in mir breit, ich musste rennen und nach einer Weile ging es mir dann besser. Offiziell trainiere ich für den Stadt-Marathon im Frühling und Herbst, aber eigentlich ist Laufen mein Überlebenstraining geworden. Bücher, meine Freundin Stella, Kaffee mit Schokoriegel, Vanille Eclairs und Rotwein gehören ebenfalls zu meinem Leben. Natürlich auch meine Familie, meine Eltern, die im Alten Land wohnen und meine beiden jüngeren Schwestern Meline und Carla, die wie ich in Hamburg leben und die beide richtig nette Männer an ihrer Seite haben, die ich manchmal nicht besuchen kann, weil es mir so zusetzt, sie in ihren harmonischen Beziehungen zu sehen.

Ich frage mich oft, wie sich Tante Mathilda das mit den Instandhaltungskosten einer unter Denkmalschutz stehenden, wunderschönen, aber maroden Stadtvilla und einem

Bibliothekarinnen-Gehalt vorgestellt hat. „Du wirst Dein Glück in diesem Haus finden so wie ich es gefunden habe." sagte sie immer, wenn wir uns trafen. Ihr Mann Robert war Professor für künstlerische Liedgestaltung und hatte Mathilda in der Pause einer Theateraufführung kennen gelernt. Mathilda arbeitete im Schauspielhaus als Souffleuse. Er liebte ihre lebenslustige, fröhliche, etwas mondäne Art, über die meine Mutter, meine Schwestern und ich uns oft lustig machten. Den Großteil ihres Geldes hatten sie für Reisen und arme Musiker ausgegeben und am Haus nur das Nötigste machen lassen. Drei Monate nach Roberts Tod starb auch sie mit einem Lächeln im Gesicht.

Ich hatte mein Glück gefunden, es war sogar mit in dieses wunderschöne Haus gezogen zusammen mit vielen Träumen, Plänen und Kartons. Ich erinnere mich gut daran, wie ich beim Auspacken jedes Kartons daran dachte, ein Stück vom Glück auszupacken auf dem Weg in ein gemeinsames Leben mit Eric. Ich erinnere mich daran, wie überwältigt Eric und ich waren als wir das Haus von oben bis unten besichtigten. Und an den Fleck an der Wohnzimmerdecke vom Korken des Sekts, der immer noch zu sehen ist und den ich nicht übermalen werde, weil er ein Beweis dafür ist, dass das Glück schon mal hier war. Ich sah schon unsere Kinder im Garten um den Kastanienbaum springen. Heute schnüffelt Frau Jördens Pudel um den Baum auf der Suche nach einem geeigneten Platz, um sein Bein zu heben. Die Mieter der beiden anderen Wohnungen sind im Haus geblieben, ich brauche ihre Miete dringend, um das Haus zu renovieren. Mein Vater hilft mir hier und da mit einfachen Handwerksarbeiten, aber dieses Haus ist ein Fass ohne Boden. Frau Jörden wohnt seit über dreißig Jahren im Erdgeschoss mit ihrem Hund Pablo III., Pablo I und II waren ebenfalls schwarze Pudel gewesen. Das Winterhalbjahr verbringt sie in Südfrankreich wo sie viele Jahre eine Galerie für moderne Malerei geführt hat. Den Sommer über ist sie in ihrer Stadtwohnung hier. Sie war eine richtige Schönheit, malt selbst und verkehrt nur in Künstlerkreisen. Bei mir macht sie eine Ausnahme, ich bin ihre Vermieterin und immer wenn sie sich über die alten Wasserleitungen oder ein kaputtes Stromkabel beschwert, lädt sie mich zum Kaffee ein. Sie hat wunderschöne Bilder an den Wänden, aber ihre Wohnung ist ein gigantisches Durcheinander. „Ich brauche die Dinge so wie sie da liegen." sagte sie in einem Tonfall, der keine Widerrede zuließ. Zuerst wusste ich nicht so recht, was ich von ihr halten soll, aber inzwischen schätze ich ihre ehrliche Art. Einmal hat sie mir einen Diamantring gezeigt, den sie von einem recht erfolgreichen, amerikanischen Maler bekommen hat. John wollte sie unbedingt heiraten. Jedenfalls einen Sommer lang. Davon abgesehen, dass er bereits im darauf folgenden Januar eine andere geheiratet hatte, hätte sie niemals zugestimmt. „Elsa Jörden heiratet nie!" lachte sie, schenkte uns Rotwein ein, wir stießen an und ich hörte wie sie ganz leise seinen Namen flüsterte. Dieser Maler scheint ihr doch mehr bedeutet zu haben als sie zugibt und vielleicht bereut sie es, ihn abgewiesen zu haben. Ich traue mich jedoch nicht, sie danach zu fragen. Sie hatte wohl viele Verehrer gehabt und immer wieder für ein paar Monate mit einem Mann zusammen gelebt, aber hielt es nie lange aus. Seit Jahren lebt sie nun allein und ich kenne niemanden, der so zufrieden mit sich und der Welt ist wie Elsa Jörden. Als waschechte Hamburgerin, die nicht nur auf mindestens drei, sondern auf sieben Generationen in

Hamburg geborene, sehr vermögende Vorfahren zurückblicken kann, scheint ihr die vornehme, zurückhaltende Art ihrer Familie von der sie immer mal wieder erzählt, nicht vererbt worden zu sein. Dem Familiengrundsatz, nur in die besten, echt hamburgischen Kreise einzuheiraten, widersetzte sie sich schon früh und schockierte ihre Eltern damit, mit einem zwar reichen, aber amerikanischen Mann liiert zu sein. Auch mit ihren achtzig Jahren strahlt sie noch eine Lebenslust aus, die bewundernswert ist, nur dieses Sofakissen in dem wie in einer Voodoo-Puppe große Nadeln steckten, irritierte mich und als ich es zum ersten Mal sah, sagte sie nur kühl „Keine Angst, ich spieße Sie nicht auf." Das war alles, keine Erklärung, nichts. Beim nächsten Besuch steckten die Nadeln in einem Portrait an der Wand. Das Portrait eines Mannes. War das vielleicht dieser Amerikaner? Sie bemerkte meinen Blick auf das Gemälde und sah mich an, als ob sie darüber nachdachte, ob ich die Wahrheit vertragen könne oder nicht. „Ich musste ihn los werden!" und ohne eine Antwort abzuwarten öffnete sie mir die Wohnungstür und wünschte mir einen schönen Tag. Sie kann extrem taktlos sein. Los werden? Was sollte das genau heißen? Ich traue mich nicht, sie zu fragen. Sie hat so eine Art einem etwas zu erzählen, die einen einschüchtert und man sich nicht sicher ist, ob man es überhaupt wissen möchte. Ich mag sie, aber sie ist mir auch unheimlich und an manchen Tagen bin ich froh, ihr nicht begegnen zu müssen.

Bei den Kaulbarts im ersten Stock ist alles pingelig sauber und eigentlich hätten sie gerne Kinder, aber irgendwie scheint es nicht zu klappen. Sie sind beide Anfang vierzig und wahrscheinlich müssen sie sich auf ein Leben ohne

Kinder einstellen. Vielleicht ist das auch der Grund für ihre depressiven Phasen in denen sie kaum und er oft brüllend das Haus verlässt. Sie meiden den Kontakt zu Elsa Jörden nicht nur wegen ihrer Unordnung, sondern auch wegen des Hundegebells von Pablo III über das sie sich immer wieder beschweren. In unserem Treppenhaus riecht es nach einer Mischung aus blumigem Weichspüler, nassem Hund, Zigarillos und altem Holz. Je höher man steigt, umso besser wird die Luft. Elsa Jörden malt oft die ganze Nacht und während des Malens raucht sie einen Zigarillo nach dem anderen und trinkt Rotwein. Wenn sie morgens dann völlig fertig ihre Wohnungstür öffnet, um den Hund vor die Tür zu lassen, überwiegt der Zigarillo- und Hundegeruch. Seit ich hier wohne, liegen mir die Kaulbarts mit der Erneuerung der Wasserrohre und der Fenster in den Ohren. Mir fehlt aber schlichtweg das Geld. Und selbst wenn ich noch so sparsam bin, es reicht hinten und vorne nicht für die Renovierungskosten. Dieses Haus raubt mir oft den Schlaf. Manchmal würde ich es am liebsten verkaufen, aber das bringe ich nicht übers Herz.

6

`*Die Bedingungen des Wettkampfs waren hart und hatte ihnen die Zeit des sich Verstellens abgenommen, sie waren schon bald an ihre Grenzen gekommen, von dreißig Teilnehmern waren nur sie übrig geblieben, zwei erbitterte Gegner, entschlossen zu kämpfen und zu gewinnen. Die Teilnahme war freiwillig gewesen, aber jetzt waren sie gefangen, jetzt konnten sie nicht mehr aufhören, auch wenn die Schmerzen schlimmer werden würden. Sonst hätten sie alles verloren. Als die Kräfte schwanden, fingen sie an, sich*

gegenseitig Dinge an den Kopf zu werfen, die bittere Wahrheit waren. Wie konnte er so etwas sagen, sie kannten sich doch erst seit zwei Tagen! Musste er so direkt werden? Bildete sie sich ein, ihn zu durchschauen? Das würde niemals passieren! Aber sie hatte ihn durchschaut. Er nahm ihre Hand und in dieser Berührung lag eine neue Welt.'
Ich klappe das Buch zu. Wie gerne würde auch ich so eine neue Welt entdecken. Wo sind denn die Männer, die mir eine neue Welt versprechen? Die müssen doch irgendwo sein! Nein, ich werde die Hoffnung nicht aufgeben. Auch nicht in Anbetracht der Tatsache, dass ich in weniger als drei Wochen meinen neununddreißigsten Geburtstag hinter mich bringen muss. Ich lasse mich nicht unterkriegen und wenn ich so recht überlege, habe ich die Zeit auch dringend gebraucht, um die Geschichte mit Eric zu verarbeiten. Dass seit unserer Trennung inzwischen drei Jahre vergangen sind, kann ich manchmal gar nicht fassen. Aber was sind drei Jahre, wenn es um den Menschen geht, mit dem man sein Leben verbringen wollte? Hinter meiner positiven, lebenslustigen Art verbirgt sich eine äußerst sensible Seele. Ich gieße noch etwas Rotwein in das Weinglas und gehe auf meinen Balkon. Am Horizont leuchtet ein schmaler, rötlicher Streifen der untergehenden Sonne. Gegenüber sehe ich Lars Franke in seiner hellerleuchteten Küche aus einer Flasche trinken. Seine Frau Julie scheint immer noch verschollen zu sein. Wie schafft sie es, von der Presse in Ruhe gelassen zu werden? Ich mag sie, sie ist mir sympathisch, nicht, dass ich sie besonders gut kenne, aber dieser ehrliche Ausdruck in ihren Augen, fiel mir schon bei unserem ersten Gespräch im Garten auf. Ich hoffe, sie kommt zurück. Dann ist Lars nicht mehr die traurigste Figur hier, sondern viel-

leicht ich. Aber bevor ich darüber nachdenke und in die mir wohlbekannte Weltuntergangsstimmung abrutsche, rufe ich meine beste Freundin Stella an. Stella lebt mit ihrem Mann und ihren zwei Kindern im Grundschulalter in Eppendorf, ganz in meiner Nähe und weiß immer einen Rat. Ich beneide sie um ihre tolle Familie. Sie ist ein wirklich kluger Mensch und außerdem eine geduldige und verständnisvolle Zuhörerin, die mit beiden Beinen fest im Leben steht und immer wieder neue Ideen hat, warum alles so gekommen ist mit Eric und mir. Ganze Bücher könnten wir mit unseren Gedanken zu diesem Thema füllen, aber natürlich wissen wir, dass es im Grunde nur ein Satz ist, der alles auf den Punkt bringt: Eric hat mich abserviert, weil die Liebe nicht groß genug war und er sich längst in eine andere verliebt hatte. Natürlich hat auch er damals andere Worte dafür gefunden. „Ich spüre da nicht so ein Zusammengehörigkeitsgefühl." hatte er gesagt. Wie bitte? Was sollte das denn nun heißen? Wir waren seit drei Jahren zusammen und ich war schon dabei, heimlich Hochzeitskleider anzuprobieren und abzunehmen, um in diesen cremefarbenen Traum eines Hochzeitskleides zu passen, das ich in einem hübschen Laden in der Rothenbaumchaussee entdeckt hatte. Es trennten mich nur noch ein paar Hundert Gramm. Wieso hatte ich so etwas nicht kommen sehen? Wie konnte ich mich so irren? Wir würden auch schwere Zeiten überstehen, davon war ich total überzeugt gewesen. Erst verstand ich gar nicht, was er mir sagen wollte. Wieso hatte er keine Andeutungen gemacht? Mich nicht vorgewarnt? Oder waren da Zeichen und ich konnte oder wollte sie nicht erkennen? Wie sehr er auf Partys oder beim Bummeln in der Stadt darauf bedacht war, mich nicht an der Hand zu halten. Immer wieder erzählte er mir, wie sehr er engumschlungene Paare verabscheute. „Wir sind doch zwei eigenständige Menschen." betonte er immer wieder. Ich fand das nicht schön, aber ich konnte damit leben. Da waren ja auch die richtig guten Zeiten, in denen wir uns sehr nahe waren, viel zusammen lachten, er sich rührend um mich kümmerte und sogar von Kindern sprach, die hoffentlich mir ähnlich sehen sollten. Dass er mich liebte, hatte er mir allerdings nur zu Beginn unserer Beziehung gesagt. Es gab Zeiten, da war er ganz verrückt nach mir, aber irgendwann fing er an, von einem außenstehenden Ich zu erzählen, jemand der unsere Beziehung von außen betrachtete. Er war also der Beobachter, der kaum noch emotional an dieser ganzen Geschichte beteiligt war. Es war furchtbar für mich, mit ihm zu diskutieren, weil ich ihn auf keinen Fall verlieren wollte und emotional total gefangen war. Seine Perspektive einer dritten Person, machte mich sehr wütend. Heute weiß ich, dass er unabhängig wirken und sich alle Türen offen halten wollte, weil ich nicht die Richtige für ihn war. Möglicherweise war er schon einer anderen begegnet, die er nicht aus der Perspektive einer dritten Person, sondern gerne aus der Ich-Perspektive betrachten wollte und durchaus bereit dazu war, dieser Dame sein Herz zu öffnen. Ich weiß es nicht. Er hat es mir nie erzählt, er mochte mich zwar und wollte mir nicht wehtun, aber er liebte mich nicht. Was für ein trauriger September! Es folgten traurige Oktober-, November- und Dezembertage. Und auch das neue Jahr begann trüb und leer. Meine Eltern und meine Schwestern versuchten mich über die Weihnachtstage, die wir alle zusammen verbracht hatten, aufzubauen. Wenn ich nicht im Raum war, ließen sie jedoch eine gewisse Ratlosigkeit anklingen. Und das, obwohl ich

von uns drei Schwestern immer die Fröhlichste war, die schlechte Stimmung im Handumdrehen wegfegen konnte. Tja, das schien nicht mehr zu funktionieren.
Aber dann kam der Tag, der mich zur Marathonläuferin machte. Ein Jahr nach der Trennung von Eric joggte ich ein bis zweimal in der Woche um die Außenalster, dann immer häufiger bis ich mich nach einigen Wochen zum Hansemarathon anmeldete. Die Kollegen in der Bibliothek hielten meine Teilnahme am Marathon für einen Witz und haben sehr gelacht. Sie konnten es nicht glauben. Ich habe nicht die Figur einer Läuferin, ich bin eher klein und neige zu Übergewicht. Aber ich bin schnell und gut durchtrainiert. Sie waren überrascht als ich von 1500 Läufern unter den ersten 500 war. Immerhin. Aber mir geht es nicht um irgendwelche Platzierungen, das Laufen hebt mich aus dem Tief, das mich seit der Trennung immer wieder einholt.
In einer solchen Hochphase hatte ich Olivier kennengelernt als ich mit Stella in unserem Lieblingscafé am Eppendorfer Baum frühstücken war. Olivier saß am Nebentisch und war ein charmanter, gutaussehender Franzose aus Paris, der seit einigen Monaten in Hamburg lebte und mir nach einem netten Gespräch seine Mobilnummer auf eine Zuckertüte schrieb. Gleich am nächsten Tag verabredeten wir uns. Er holte mich mit seinem Motorrad ab und wir fuhren bei herrlichem Sonnenschein den Mittelweg hinunter und bogen dann ab Richtung Hafen, besuchten Kunstausstellungen in den Deichtorhallen und gingen in die Oper. Olivier war ein großer Opernfan und Sohn eines Dirigenten in Paris. Er nahm selbst Gesangsunterricht und sang mir abends auf dem Heimweg kurze Passagen aus Aida vor, die er besonders liebte. Wir verbrachten wunderschöne Tage und Näch-

te und ich glaubte es nur zu gern, dass er der Richtige sein könnte. Außerdem wollte er unbedingt mit mir an die Nordsee fahren. Wie romantisch! Ich musste oft an Tante Mathildas Worte denken und war überglücklich, es gab sie also doch, die romantischen Männer und ich hatte einen von ihnen gefunden und noch dazu einen, der mich mit diesem wunderschönen, französischen Akzent umschmeichelte. Ich schwebte im siebten Himmel bis ich eines Tages merkte, dass die Verkäuferin im Klassik Fachhandel in der Innenstadt ihn wohl auch besser zu kennen schien und auch die Zahnärztin, die uns auf der Mönckebergstraße begegnet war, hatte ihm beim Küsschen rechts und Küsschen links etwas wie „bis heute Abend" ins Ohr geflüstert. War er abends gar nicht so lange bei seinem Gesangslehrer wie er immer vorgab? Ich wurde misstrauisch und als wir ein paar Tage später in einem kleinen, engen Bio-Bistro am Klosterstern zusammen zu Abend aßen, blieb mir fast das Kürbis Risotto im Hals stecken als ich sah, dass die Dame auf der Bank neben Olivier, ihre Hand für einen Moment unter seinen Hintern geschoben hatte. „Was war das denn?! Kennt ihr euch?" fragte ich entsetzt. „Oui, oui, das ist Hélène!" antwortete er etwas verlegen ohne sich jedoch gegen diese Berührung gewehrt zu haben. „Helene!" wiederholte ich scharf, „Ich verstehe!" Ich trank meinen Rotwein in einem Zug leer, packte meine Tasche und verließ Olivier und das Bistro mit einem faden Geschmack von Kürbis im Mund.

Einen weiteren Höhepunkt der Verzweiflung bot der fünfundsiebzigste Geburtstag meiner Mutter vor einigen Monaten, der ganz anders verlief als ich erwartet hatte. Wieder musste ich alleine dort erscheinen. Meine Mutter liebt große

Feste und lud alle Verwandten und Freunde dazu ein, ihren Geburtstag auf einem kleinen Landgut im alten Land inmitten unzähliger Apfelbäume mit ihr zusammen zu feiern.
Ich kaufte mir ein viel zu teures neues Kleid, dieser Blauton stand mir gut, dazu gönnte ich mir passende High Heels. Wenn ich schon allein zu dem Geburtstag gehen musste, wollte ich vor all den Verwandten und Freunden nicht als bedauernswerte Single-Frau erscheinen.
Meine Schwestern mit Lebensgefährten waren schon da als ich den Festsaal betrat und auch meine Eltern begrüßten mich in bester Feierlaune. Mutter war noch mit der Tischordnung beschäftigt. Die Tische waren gedeckt mit weißen Tischdecken und weißem Geschirr, Gestecken aus bunten Frühlingsblumen und weißen Kerzen in goldenen Leuchtern, dazu die Stuckdecke und die großen Fenster mit dem wunderschönen Blick auf die blühenden Apfelbäume. Ich war so froh, hier zu sein und stieß mit meiner Familie schon mal auf den Geburtstag meiner Mutter an. Langsam trudelten die anderen Gäste ein, Tante Emmy und Onkel Karl und mein Lieblingscousin Sven, der wie ich auch immer noch allein sein würde, hoffte ich, bis ich eine junge Frau aus dem Auto steigen sah, die alle erstaunt aufblicken ließ. Ihre natürliche Schönheit und die herzliche Ausstrahlung, vor allem aber ihr jugendliches Alter waren beeindruckend! Wie alt war sie? Zwanzig? Maximal zweiundzwanzig! Und Sven war zweiundvierzig! Was wollte er mit einer so jungen Frau? Über was wollte er mit ihr reden? Sämtliche Klischees wurden in meinem Kopf abgespult bis Sven sie vorstellte: „Hallo meine Lieben, das ist Ruby. Wir kennen uns von der Arbeit im Hospiz." Lächelnd schüttelten wir die Hände. Es wurde immer besser. Nun arbeitete sie auch noch

im Hospiz! Ich wollte eigentlich gar nicht so biestig sein, aber meine eigenen Niederlagen hatten mich etwas verbittert. Ruby studierte Medizin und arbeitete ehrenamtlich im Hospiz. Außerdem schien sie wirklich nett und reif für ihr Alter zu sein. Nicht nur ich war darauf aus, Rubys Alter heraus zu bekommen und war froh als Vater fragte, in welchem Semester sie denn sei. „Im neunten. Ich habe erst eine Ausbildung zur Krankenschwester gemacht und danach mit dem Studium angefangen." antwortete sie mit einem Lächeln. Hatte sie mehrere Klassen übersprungen und die Ausbildung mit fünfzehn begonnen? Das konnte doch nicht sein! Ruby sah die fragenden Blicke und gab bereitwillig Auskunft: „Ich bin achtundzwanzig und hoffe mit Anfang dreißig fertig zu werden." Nicht zu fassen wie jung sie aussah. Sven ist Krankenpfleger in einem Altenheim mit Hospiz und liebt seine Arbeit sehr und nun stand er voller Stolz neben seiner jungen Freundin, die nicht nur sehr hübsch, sondern auch noch sozial und intelligent war. Was für ein Glückspilz! Sven ist leidenschaftlicher Musiker und wahrscheinlich gefällt Ruby seine soziale und gelassene Lebenseinstellung, er hat schon viele Menschen in den Tod begleitet und weiß, was im Leben wirklich zählt. Er achtet viel mehr auf menschliche als auf finanzielle Aspekte. In seinem Fall ist das auch nicht so schwer, denn seine Eltern sind recht wohlhabend und haben ihm eine tolle Wohnung in Altona gekauft. Da Mutter nichts mehr verabscheut als Streit in der Verwandtschaft, hat sie oft über Ungerechtigkeiten hinweg gesehen und immer wieder versucht, Frieden zu stiften. Auch mit Onkel Helmuth und Tante Luise, die, wann immer es etwas zu erben gibt, erscheinen und betonen, wie nahe sie dem oder der Verstorbenen doch standen.

Auch sie kamen nun, um ihre Plätze einzunehmen. Um 13 Uhr sollte das Essen serviert werden und die Tische waren inzwischen alle besetzt bis auf zwei Plätze, der neben mir und ein Platz am Nachbartisch waren noch frei. Wer fehlte denn noch? An meinem Tisch saßen nur Paare und der leere Platz neben mir stach wirklich jedem ins Auge als Onkel Helmuth zu mir herüber rief: „Wo bleibt denn Dein Freund? Oder gibt es keinen?" Ich lächelte verbissen und gleichzeitig stieg eine enorme Wut in mir hoch. Diese unsägliche Verwandtschaft, das würde sich wohl niemals ändern. Vater kam mir zu Hilfe indem er mit einer Gabel an sein Sektglas schlug und die Gäste begrüßte: „Herzlich willkommen liebe Gäste, so jung wie heute werden wir nicht mehr zusammen kommen, deswegen lasst uns unser Glas erheben und meiner lieben Frau gratulieren…" in diesem Moment öffnete sich die Saaltür und Mutters Freundin Hilda kam herein und entschuldigte sich für ihre Verspätung. Ich hoffte inständig, dass sie sich zu mir setzen würde, um diesem Gerede über den leeren Platz an meiner Seite, keinen Zündstoff mehr zu geben. Hilda sah sich nach einem freien Platz um, aber Mutter zeigte auf den Platz an dem anderen Tisch. Warum tat sie das?! Mist! Meine Stimmung war kurz davor in einen Abgrund zu stürzen. „Schön, dass Ihr alle da seid!" rief Mutter als sich die Tür noch einmal öffnete. Ich sah nicht mehr auf, ich konzentrierte mich auf die aufwendig gefaltete Serviette auf meinem Teller, nahm an, dass das Essen nun serviert werden würde und hoffte, diesen Tag einigermaßen gut zu überstehen bis ich Mutters Stimme noch einmal hörte: „Nun sind wir vollzählig! Lieber Henning, da ist Dein Platz neben Nelly!" Hatte ich richtig gehört? Henning? Wer war Henning und wo hatte Mutter ihn aufgetrieben? Den

Verkupplungsversuch, der mir in einer anderen Situation tierisch auf die Nerven gegangen wäre, empfand ich nun als reine Wohltat. Mama, das hast du wunderbar formuliert! dachte ich, als ich diesen lässigen Typen mit schulterlangen Haaren auf mich zukommen sah. Meine Stimmung stieg. Er nickte allen freundlich zu und setzte sich. Das hatte Mutter geschickt eingefädelt, so war es nicht für jeden offensichtlich, in welchem Verhältnis er zu mir stand. Natürlich halte ich es für völlig unangebracht, mein Single-Dasein verteidigen zu müssen, zumindest in der Theorie, die Praxis sieht anders aus. Ich hatte oft daran gedacht, was ich sagen könnte, um nicht so doof da zu stehen. Also war ich hocherfreut über diesen Schachzug meiner Mutter. Wie auch immer dieser Typ sein mochte, er war ungefähr in meinem Alter und sah gar nicht schlecht aus. Er musste ja nicht viel reden, zumindest war ich jetzt nicht mehr allein unter Paaren, ich war nun nicht mehr die übrig Gebliebene. Da es mir nie schwer gefallen ist, auf Menschen zuzugehen, lächelte ich ihn an und sagte leise: „Ich bin Nelly, die Tochter des Geburtstagskinds." Er lächelte ebenfalls und nickte, aber sagte kein Wort. Was sollte das denn?! Warum antwortete er nicht? Irritiert wendete ich mich ab. Das Essen wurde in vier Gängen serviert, da blieb ja noch etwas Zeit, versuchte ich mich selbst zu beruhigen. Immer wieder sah ich zu ihm hinüber. Er beobachtete alle mit offenem Blick, aber ohne ein Wort zu sagen. „Wo kommen Sie denn her?" mein zweiter Versuch. Aber er antwortete wieder nicht, stattdessen holte er einen kleinen Block und einen Stift aus seiner Hosentasche und schrieb: ICH BIN DER SOHN VON HILDA UND ZU BESUCH AUS WASHINGTON, ICH KANN HÖREN, ABER NICHT SPRECHEN. „Ah!" rief ich viel lauter als beabsichtigt und fragte ohne groß nachzudenken: „Nachher wird getanzt. Können Sie tanzen?" Er schmunzelte und schrieb: SIE VERLIEREN KEINE ZEIT ☺ ICH LIEBE MUSIK UND TANZE GERNE! Er hatte Recht, ich stürzte mich förmlich auf ihn. Verlegen sah ich ihn an, aber er fegte meine Bedenken mit einem so umwerfenden Lächeln weg, dass ich einfach nur froh war, ihn neben mir zu haben. Das lief doch gar nicht schlecht und das mit dem Tanzen war auch geregelt. Manche der Gäste schauten zu uns herüber und wunderten sich, was er da zu schreiben hatte. Mit einer Selbstverständlichkeit sagte ich: „Er kann nicht sprechen, aber es klappt prima mit uns." Dieser Satz sprudelte so ehrlich aus mir heraus, dass nicht nur meine Eltern und Schwestern, sondern auch ich selbst überrascht war, wie gut er mir tat. Doch im nächsten Augenblick klang er doch sehr nach verzweifelter Single-Frau und ich traute mich kaum, Henning ins Gesicht zu sehen. Aber er schien das Spiel mitzuspielen und legte zufrieden lächelnd seine Hand auf meinen Arm. Da war Onkel Helmuth sprachlos, dieser Fiesling. Beim zweiten Gang erfuhr ich, dass Henning Mathematiker und Lehrer war und seit einigen Jahren in Washington D.C. an einer Universität für Gehörlose als Gastdozent arbeitete und so oft wie möglich, seine Mutter in Deutschland besuchte. Ich hatte Feuer gefangen. Dieser Mann war interessant. Er beherrschte also Englisch und Deutsch in Gebärdensprache. „Wie ist es, als stummer Mensch durchs Leben zu gehen und noch dazu in einem anderen Land?" fragte ich. Er notierte auf den Zettel: ALS STUMMER WIRD MAN OFT ÜBERSEHEN UND AUSGESCHLOSSEN, ABER DIE AMERIKANER GEHEN OFFENER DAMIT UM UND DIE BERÜHRUNGS-

ÄNGSTE SIND NICHT SO GROSS WIE IN DEUTSCHLAND. DU HAST JEDENFALLS KEINE BERÜHRUNGSÄNGSTE UND DAS GEFÄLLT MIR GUT!!! Er konnte ja nicht wissen, dass sein Stumm sein mein geringstes Problem war. Allein an diesem Tisch mit lauter Paaren sitzen zu müssen, das war das Schlimmste für mich. Oder wusste er es doch? EIN RUHIGER MANN IST BESSER ALS KEINER ☺ stand da auf dem Zettel. Ich fühlte mich ertappt. Für einen Moment sah ich ihn traurig an, aber er hatte ein so ehrliches Lächeln, dass ich ihm nicht böse sein konnte. Nach dem Dessert begaben wir uns in den angrenzenden Saal. Die Band fing an zu spielen, Henning forderte mich zum Tanzen auf und ich strahlte wie lange nicht mehr als ich mit ihm wieder und wieder an meinen Schwestern vorbei tanzte. Was für ein schönes Gefühl! Er tanzte sehr gut und ich musste mich bemühen mit ihm Schritt zu halten, wir amüsierten uns prächtig und ich genoss jeden Takt. Niemals hätte ich erwartet, dass ausgerechnet Mutter, mir so einen Mann an die Seite setzen würde. Gut, er konnte nicht sprechen, aber er schien richtig nett zu sein und für diesen Festtag hatte ich einen Begleiter. Das war wunderbar. Ich darf mich nicht so hineinsteigern! dachte ich immer wieder. Bald würde er wieder weit weg sein. Nach einer Stunde auf der Tanzfläche nahm Henning mich an der Hand, holte zwei Sektgläser und ging mit mir nach draußen. Ein perfekter Tag. Die Sonne schien und unter den großen Platanen in dem kleinen Park, der das Landgut umgab konnte man die schöne Landschaft und den Blick auf ein Meer aus Apfelblüten genießen. Wir setzten uns auf eine Bank, die etwas abseits stand und stießen mit unseren Sektgläsern an und da passierte es, Henning zog mich an sich heran und küsste mich auf den Mund. Ich erschrak, aber dann lächelte ich. Konnte das Leben auf einmal so leicht sein? Wir saßen nebeneinander und ich spürte seine Hand in meiner und es fühlte sich total gut an. Mein Herz sprang vor Glück. Er kam mir so vertraut vor, obwohl ich ihn erst seit ein paar Stunden kannte. Doch plötzlich überfiel mich dieses Gefühl von Misstrauen, das aus den Erfahrungen der letzten Jahre resultierte. Natürlich ging ich mit fast vierzig Jahren anders an eine Beziehung heran als mit zwanzig. Was hatte der Kuss für ihn zu bedeuten? Was, wenn er diese Masche ständig abzog? Bekam er einen gewissen Bonus, weil er stumm war? Ich zuckte zurück und sah wieder zu den Apfelblüten hinüber. Er lächelte und hatte verstanden. Die Sonne schien mir ins Gesicht und ich wollte den Tag einfach genießen, diese Zweifel weg schieben, aber so einfach war das nicht. Ich schloss für einen Moment die Augen, fühlte seine weiche Hand in meiner und hörte die Stimme meiner Mutter, die mit ihrer Freundin Hilda zu uns kam: „Ah, da seid ihr ja. Henning, ich hoffe, es gefällt Ihnen hier." sagte sie und sah mich erfreut an, aber kaum standen die beiden Mütter vor uns, ließ Henning meine Hand los und warf seiner Mutter einen merkwürdigen Blick zu, die gar nicht erfreut schien über das, was sie da gesehen hatte: „Ich fliege bald nach Washington. In zwei Monaten feiern wir Hennings Hochzeit." Die Worte trafen mich wie ein Schlag in die Magengrube. Ich sah ihn vorwurfsvoll an, stand auf und als ich mich nochmal nach ihm umdrehte, sah er mir nach, aber selbst wenn er hätte sprechen können, was hätte er sagen sollen?

Ich ging zu meiner Schwester Carla, die gerade an der Theke stand und mich überrascht ansah. „Warum habe ich immer Pech? Steht auf meiner Stirn: Ich bin auch nur für ein paar Stunden zu haben? Was ist es, sag's mir Carla! Henning wird in zwei Monaten heiraten, aber eben hat er mich geküsst!!" Sie nahm mich in den Arm und ich fing an zu heulen. Wir nahmen uns zwei Stück Sahnetorte und setzten uns abseits in einen kleinen Nebenraum bis ich mich wieder einigermaßen gefangen hatte, dann holte ich meine Tasche und verschwand. War ich in einer Endlosschleife gefangen?

7

Ich muss mich stärker konzentrieren. Ja, das ist besser, viermal die Mitte getroffen. Die Musik muss lauter sein.
So schnell gebe ich nicht auf. Ich mag ihn. Er ist anders, er hat Biss. Das gefällt mir. Die meisten, die ich kenne, sind Durchschnitt, das ödet mich an.
Ich weiß nicht, wie lange ich diesen Schmerz noch aushalten muss, die Therapeutin sagt, dass es besser wird, wenn ich die Wunde in meinem Leben akzeptieren kann, aber das braucht Zeit. Ich frage mich, wie lange das noch dauert? Eigentlich liebe ich das Leben, aber diese Bitterkeit und der Schmerz machen mich fertig. Als ich neulich bei einer Freundin war, lief der Fernseher und ich sah Mami in der Serie in der sie mitgespielt hat. Ich bin sofort aus der Wohnung gerannt und nach Hause gefahren. Ich schaue nicht mehr fern. Die Angst ist zu groß, sie in irgendeiner Wiederholung zu sehen. Ich schaffe das nicht. Und es gibt so viele Filme mit ihr. Vielleicht irgendwann. Ich weiß nicht.
Die Dicke sitzt wieder auf ihrem Balkon. Der Durchschnitt in Person. Furchtbar. Aber ihre Wohnung scheint schön zu sein soweit ich das sehen kann. Ah, die Malerin macht ihren Mittagsschlaf. Echt durchgeknallt, die Alte. Erstaunlich wie

lange sie nachts durchhält, ihre Bilder sind scheußlich, aber sie hat eine enorme Energie, das bewundere ich, sie ist sicher schon über achtzig. Der hässliche Kater von Dietrichs macht es sich auf meinem Liegestuhl bequem, ich hasse Katzenhaare: „Zisch ab Lazlo!"
Wieder eine Mail vom Chefredakteur mit der Bitte, einen nicht ganz so gnadenlosen Ton anzuschlagen. Was soll das?! Das ist mein Markenzeichen! Stümper!
Oh, er ist schon zu Hause, mal sehen, was er so treibt, mein Lieblingsmensch.

8
Die Knochen tun mir weh und mein Schädel brummt. „Pablo, komm endlich!" Vielleicht sollte ich weniger trinken. Wie sie mich vorhin wieder angesehen hat, diese Spießerin von oben! Manchmal ist es einfach zu viel mit diesen Kaulbarts und ihrem Reinlichkeitsfimmel. Muss er immer gleich so brüllen? Nicht zu fassen! Wenn sie einfach gelassener wären, würde es vielleicht auch mit dem Kinderkriegen klappen. Aber vielleicht ist es auch gut wie es ist, ein Kind in einer so sterilen Wohnung mit einem cholerischen Vater hätte es nicht schön!
Ah, da ist er wieder, der Staranwalt. Trinkt ein bisschen zu viel, scheint mir. Sieht wirklich gut aus und diese charmante Art, wenn ich ein paar Jahre jünger wäre... wo seine Frau wohl ist? Das kommt mir merkwürdig vor. Sie war so voller Leben und Zuversicht. Gerne hätte ich sie gemalt, wenn sie auf ihrer Gartenbank saß und las, dann wirkte sie so zerbrechlich und unglaublich schön, nicht diese langweilige Schönheit vieler Models, sie hat etwas Besonderes, vielleicht diese gebogene Nase und diese klaren Augen. Das

hätte ich gerne festgehalten, aber jetzt ist sie weg. Tja, zu spät. Wahrscheinlich hat er sie vertrieben mit seinen Frauengeschichten. Ich weiß es nicht genau, aber diese Cécile war ja schon öfter bei ihm drüben und ihr traue ich alles zu, diesem rücksichtslosen, jungen Ding, die mich ein bisschen an mich selbst erinnert. Wenn ich daran denke, dass John damals einen Sohn hatte mit einer erfolglosen Schriftstellerin aus der Stadt. Auch wenn er nicht mit ihr verheiratet war, habe ich seine Familie zerstört. Es war mir egal, ich wollte ihn und wenn auch nur für ein paar Monate. Er zögerte am Anfang noch, aber dann habe ich ihn rumgekriegt so wie viele andere auch, die ich benutzt habe, um ihn zu ersetzen. Ein Mann wie er sollte keine Kinder haben. Es war klar, dass es nicht lange halten würde mit dieser Frau. Oh ja, ich habe viel erlebt, viel geliebt und viel kaputt gemacht. Ich habe es sehr bereut, ihn abgewiesen zu haben und es gibt fast keinen Tag an dem ich nicht daran denke. Er wäre wohl nicht bei mir geblieben und so blieb mir wenigstens erspart, von ihm verlassen zu werden. Das tröstet mich ein bisschen. Auch wenn ich es mir nicht anmerken lasse, bin ich einsam. Das ist der Preis, den ich bezahlen muss.

9

Wie viele Enttäuschungen werde ich noch erleben? Kann ich mich gar nicht mehr auf meine Menschenkenntnis verlassen? Falle ich aus lauter Not nun auf jeden halbwegs akzeptablen Typen herein? Ich habe die Nase voll, konzentriere mich auf meine Arbeit und halte mich an Rotwein und gute Bücher. Aber immer wieder ergreift mich das Gefühl, dass mir die Zeit davon läuft. Und wenn ich dann meine Nachbarn Cécile und Lars sehe, die abends oft wie ich al-

lein im Zimmer sitzen, ins Leere starren und zu viel trinken, fühle ich mich nicht ganz so verloren auch wenn wir ein wirklich tristes Trio abgeben. Cécile denkt oft an ihre Eltern, so kann man es jedenfalls in ihrer Kolumne lesen und Lars vermisst seine Frau, er sagt es zwar nicht, nach außen hin gibt er sich als glücklicher Single und Strahlemann, vielleicht mit etwas dunklen Augenringen, aber wenn man ihn zu Hause sieht, ist sein Blick finster und traurig. Und ich denke an Eric, noch immer.
Heute lag eine gelbe Rosenblüte an der Auskunftstheke. Sind gelbe Rosen nicht ein Vorbote von Untreue? Wer hat sie wohl da hingelegt? Ich habe meine Kollegin Anne gefragt, aber sie wusste es nicht. Wahrscheinlich war sie von Bernd. Das könnte ich mir vorstellen. Wenn Bernd nur nicht so langweilig wäre. Es ist ein Jammer.
Ich öffne mein Laptop und überarbeite das neue Konzept für die Bibliothek noch einmal. Es muss überzeugend sein. Die Zukunft der Bibliothek hängt davon ab. Ich gehe Punkt für Punkt durch, gleich am Montag muss ich das Konzept zusammen mit meiner Chefin in der Sitzung des Kulturausschusses präsentieren und wenn sie es schlucken, können wir den Umbau des alten Büchereigebäudes durchboxen. Endlich könnten wir einen größeren Fahrstuhl einbauen lassen und die Räume, besonders den düsteren Eingangsbereich heller und barrierefrei gestalten. Der großzügige Leseraum im ausgebauten Dachgeschoss mit den alten Balken würde den Blick auf die Alster freigeben und in den Kellerräumen planen wir einen Medienraum für verschiedene Veranstaltungen. Ich weiß, dass Franke auch auf der Spenderliste steht. Wir haben das Glück, dass unsere Stadtteilbibliothek in einem Viertel steht, in dem viele Reiche woh-

nen, die durchaus spendenbereit sind, selbst zwar nie einen Fuß in die Bücherei setzen, sich aber gerne als Wohltäter um das Gemeinwohl auf einem schönen Foto in der Zeitung wieder finden wollen und den Betrag von der Steuer absetzen. Egal, letztendlich profitieren wir alle davon.

Es ist schon spät, fast 3 Uhr, ich klappe den Laptop zu und schaue aus dem Fenster. Lars steht auf seiner Terrasse, es ist dunkel, aber sein Küchenlicht erhellt einen Teil seines Gartens. Er geht die Treppe hinunter, stolpert und ist nicht mehr zu sehen. Ich gehe auf meinen Balkon, um einen besseren Blick zu haben, aber nichts rührt sich und ich kann nichts erkennen. Mein Fernglas, wo ist es? Im Schrank ganz unten liegt es, aber es ist zu dunkel, ich kann nichts sehen. Ich werde unruhig. Alle anderen scheinen schon zu schlafen. Mist, was mache ich jetzt? Ich ziehe mir eine Jacke und eine Jeans über, schnappe meine Taschenlampe und schleiche leise in den Keller und von dort in den Garten. Am Gartenzaun rufe ich vorsichtig „Herr Franke, hallo?" doch ich höre nichts. Plötzlich ein Geräusch, die funkelnden Augen von Dietrichs Kater blitzen auf und ich sehe ihn davon rennen. Aufgeregt klettere ich über den Zaun, stolpere über einen Schirmständer und falle in ein Beet, mein Gesicht und meine Hose sind nass und ich habe Erde im Mund. Zitternd stehe ich auf, bewege mich langsam auf die Terrasse zu und als ich kurz vor der Treppe bin, stoße ich mit dem Fuß gegen etwas Weiches. Ich richte den Lichtstrahl meiner Taschenlampe darauf und schrecke zurück: Es ist ein Schuh mit einem Bein in Anzughose. Da liegt er bäuchlings mit dem Kopf nach unten regungslos zwischen zwei großen Büschen und nur sein Bein schaut heraus. Oh Gott, hoffentlich ist er nicht tot! Vorsichtig versuche ich mich zwischen den piksenden, dichtgewachsenen Ästen der Büsche über ihn zu beugen. „Herr Franke, hören Sie mich?" frage ich leise. Ich fasse an seine Schulter und versuche ihn zu drehen, er ist schwer und rührt sich nicht. Ich schüttle ihn etwas und da bewegt er plötzlich seinen Kopf in meine Richtung und sieht mich erschrocken an: „Was machen Sie hier? Und wie sehen Sie denn aus?!" „Und Sie, was machen Sie hier im Gebüsch? Und ehrlich gesagt, sehen Sie zum Fürchten aus, aber ich bin froh, dass Sie noch leben." Er blutet über der linken Augenbraue und das Blut läuft am Auge vorbei nach unten. Langsam richtet er sich auf. Ich helfe ihm, die Zweige zerkratzen mein Gesicht und meine Hände. Er sitzt endlich zwischen den Büschen. Mühsam helfe ich ihm aufzustehen und wir gehen vorsichtig Arm in Arm die Treppe nach oben. Er kann sich kaum auf den Beinen halten. In seiner Küche sehe ich, dass die Wunde nicht so tief ist, frage aber trotzdem, ob ich einen Arzt rufen soll. „Nein, bloß nicht, wenn das an die Presse kommt, bin ich geliefert. Ich kann mich doch auf Sie verlassen?" fragt er während ich seine Wunde am Kopf verarzte. „Natürlich!" versichere ich ihm und hole zwei Gläser Wasser. Er sieht nun nicht mehr ganz so grau aus. Als wir nebeneinander auf den Barhockern sitzen und uns in den Metallfronten der Küche spiegeln, müssen wir beide lachen. Unsere Gesichter sind mit Erde verschmiert, nur bei ihm ist noch ein bisschen Blut dabei. Er schaut mich im Spiegelbild an und sagt: „Danke, ich danke Ihnen! Es ist mir total peinlich und ich weiß nicht mal Ihren Namen, obwohl Sie schon ein paar Jahre hier wohnen." „Nelly Mey." Wir prosten uns mit den Wassergläsern zu. „Dass ich noch wach bin, haben Sie nur dem neuen Bibliothekskonzept zu verdanken, das ich dringend überarbeiten musste." Er lächelt: „Ich sehe Sie manchmal auf Ihrem Balkon Wein trinken." „Und ich sehe Sie in Ihrer Küche Wodka trinken, während ich auf meinem Balkon Wein trinke." Wir lachen und als ich auf der Küchenuhr sehe, dass es schon nach 4 Uhr ist, verabschiede ich mich. „Frau Mey, sollten Sie mal Hilfe brauchen, rufen Sie mich an." Er reicht mir seine Karte, schreibt mir seine private Mobilnummer dazu und bedankt sich nochmal. Dann gehe ich durch den Garten in mein Haus zurück. Als ich endlich im Bett liege, fangen die Vögel schon an zu zwitschern. Neben meinem Bett liegt seine Karte, Dr. jur. Lars Franke. Gut! denke ich und schlafe ein.

10
Gleich muss ich diese Tabletten nehmen, das darf ich nicht vergessen. Sie müssen den CRP überprüfen. CRP und Ferritin. Mein Arm zittert. Er zittert so stark, dass ich ihn mit der anderen Hand auf den Tisch drücke. Ich sehe Mitleid und Angst in Lars´ Augen. Er redet so viel. Er erzählt mir von Leuten, die ich nicht kenne. Wer ist Cécile? Und wer ist die durchgeknallte Malerin? Ich weiß nicht, wen er meint. Ich mag unseren Hund, der immer vor meinem Bett liegt. Gleich kommt die Physiotherapeutin und wir gehen in den Gymnastikraum. Wo bin ich hier eigentlich? Dieses Zimmer ist schön hell, aber ich will heim. Warum bin ich überhaupt hier? Im Spiegel sehe ich eine Frau mit kurzen schwarzen Haaren, die am Ansatz hellblond sind. Habe ich sie so kurz schneiden lassen? Ich kann nicht aus einem Glas trinken, weil ich es nicht schaffe ohne etwas zu verschütten. Ich trinke aus einer Flasche. Das wird schon wieder. Heute geht es mir besser. Heute werde ich mit dem Hund raus gehen.

Wo ist meine ... mir fällt das Wort nicht ein. Morgen gehen wir zu einer Lesung, hat die Ärztin gesagt. Morgen. Eine Lesung. Heute gehe ich mit dem Hund raus, wenn Lars kommt. Der Hund freut sich, wenn Lars kommt, er scheint ihn zu mögen. Ich freue mich auch, wenn Lars da ist. Er ist ein toller Kerl. Ich spreche leise, weil alles so anstrengend ist. Ich brauche Ruhe. Das wird schon wieder. Ich weiß das. Wenn ich mit dem Hund rausgehe, brauche ich meine Kappe. Wo ist sie? Eben schaute die Schwester herein. „Ihr Mann kommt heute nicht. Aber morgen kommt er wieder. Schlafen Sie gut Frau Andresen." „Ja, ist gut". Ich suche meine Kappe. Da liegt sie in der obersten Schublade. Ich setze sie auf und schaue aus dem Fenster. Es ist schon dunkel. Lars kommt heute nicht. Ich nehme die Mütze wieder ab. Morgen gehen wir zu einer Lesung.

11
Schweißgebadet stehe ich vor Mutters Tür. Schnell nehme ich noch einen Schluck aus meiner kleinen Flasche. Die hübsche Pflegerin lächelt mir im Vorbeigehen zu. Ich kenne diesen Blick. Ich lächle nicht, mein Magen zieht sich zusammen und ich muss dringend zur Toilette, seit Stunden habe ich nichts mehr gegessen und bekomme auch keinen Bissen herunter, dieser Moment vor der Zimmertür macht mich fertig. Ich weiß nicht, was mich erwartet. Ich werde nicht mehr so oft kommen, ich habe einen anstrengenden Job und muss irgendwie durchhalten. Zum Glück habe ich Helen. Noch einmal hole ich die Flasche aus meiner ausgebeulten Sakkotasche. Das Futter ist gerissen, ich merke wie sich die kleine Flasche in das Loch der Tasche bohrt. Vielleicht fällt sie bald heraus. Egal. Ich werde mir bald einen

neuen Anzug kaufen. Noch einen Moment, dann klopfe ich leise.

„Ja?" höre ich Mutter rufen. „Hallo Mutter, wie geht's Dir?" „Ich glaube, Sie haben sich in der Tür geirrt, mein Lieber, aber mir geht es gut. Wen suchen Sie?" Nicht schon wieder, sie erkennt mich nicht. Ich trete ein und setze mich auf den zweiten Sessel, der ihr gegenüber steht. Mutter sitzt da, schaut mich fragend an und wartet, dass ich etwas sage, aber ich weiß nichts zu sagen. Ich bin müde und erschöpft. Ich versuche zu lächeln, ich kann nicht mehr. Verdammt! „Ich glaube, Sie haben sich in der Tür geirrt, mein Lieber. Wen suchen Sie?" Vielleicht suche ich gar niemanden mehr. Vielleicht sollte ich diese Besuche lassen bis eine Besserung eintritt. „Ja, ich habe mich wohl geirrt", stehe auf und verlasse den Raum. Mutter lächelt mir zu und schaut dann aus dem Fenster.

Schnell gehe ich zur Herrentoilette. Mein Magen tut weh. Am Waschbecken lasse ich mir kaltes Wasser über die Hände laufen und wasche mein Gesicht. Meine Hände zittern. Noch ein Schluck. Mist, die Flasche ist leer. Ich sehe die roten Adern in meinen Augen und die schwarzen Augenringe, kein Wunder, dass Mutter mich nicht erkennt. Ich erkenne mich selbst kaum wieder. Mein Handy klingelt. Es ist der Redaktionsleiter. Die Aufzeichnung für morgen wurde eine Stunde nach vorne verschoben. Ob ich das notiert hätte, fragt er. In letzter Zeit sei ich etwas unzuverlässig. Er nimmt kein Blatt vor den Mund. Alle sehen, dass es mir schlecht geht und in der Maske haben sie Mühe, mir die Augenringe weg zu schminken. Das Weiß meiner Augen ist ständig rot durchzogen, ich habe die letzten Aufzeichnungen nicht angesehen, aber ich habe mitgekriegt, was geredet

wird. Ich zittere und mein Kopf tut weh. Julie wartet.
Noch einmal das gleiche Spiel. Wieder schaffe ich es nicht, einfach in Julies Zimmer hinein zu gehen. Ich stehe vor der Tür wie ein Schuljunge, den man vor die Tür gestellt hat und der nicht weiß, welche Strafe ihm drohen wird. Ich hebe meine Flasche zum Mund, aber es kommen nur noch wenige Tröpfchen. Mein Magen und Darm verkrampfen, aber ich reiße mich zusammen und klopfe. „Hallo Lars, ich bin so froh, dass Du kommst", sagt Julie ganz langsam. Ich nehme sie in den Arm. Sie sieht nicht, dass mir die Tränen kommen. Schnell wische ich sie mit dem Sakkoärmel weg.
„Du siehst sehr müde aus heute. Geht es Dir nicht so gut?" fragt sie, aber ich schüttle den Kopf und versuche zu lächeln. „Ich war heute bei einer Lesung mit Musik in einer Bücherei. Frühling am Meer. Das war schön", erzählt Julie langsam und leise. „Eine Lesung? Wo war das?" Hoffentlich hat sie niemand erkannt. Ich will nicht, dass die Presse das mitkriegt, ich habe mich doch deutlich ausgedrückt. Was soll das?! Ich drücke den Knopf am Bett und rufe die Pflegerin. „Sie haben geklingelt?" „Ja, ich muss Sie sprechen, draußen." Julie schaut mich fragend an und versteht nicht, warum ich für das Gespräch aus dem Zimmer gehen muss. „Ist was wegen Mutter, weißt du, ich komme gleich wieder." Auf dem Flur ist niemand, außer der Pflegerin und mir. „Ich habe mich doch klar ausgedrückt, oder?!" mir platzt der Kragen. „Ich will, dass meine Frau nicht erkannt wird und da gehen sie mit ihr zu einer Lesung in irgendeine bescheuerte Bücherei?! Was soll das?! Sie wissen, was für mich auf dem Spiel steht. Sind hier lauter Stümper am Werk?!" „Aber wir können Ihre Frau doch nicht einsperren, dieser Ausflug hat Ihr gut getan, sie war…" „Ich möchte die

Heimleitung sprechen, augenblicklich!" „Aber Frau Michalski ist nicht mehr im Haus…" Wutentbrannt gehe ich zurück zu Julie und lasse die Pflegerin wortlos stehen. Was glaubt sie, wen sie vor sich hat?! Ich kann nicht mehr. Wann wird das endlich besser, dieser ganze Mist hier? Ich will einen Schluck aus meiner kleinen Flasche nehmen, aber sie ist ja leer. Ich schwitze und meine Gurgel brennt. Ich setze mich und sehe Julie an, die mich unsicher anschaut. „Komm, wir gehen mit dem Hund raus." Langsam holt sie ihre Kappe und die Leine. Keno springt auf und wedelt mit dem Schwanz. Ihre Haare sehen furchtbar aus. Dieses krasse Schwarz und der helle Ansatz. Und wie langsam sie sich bewegt. Mir geht das alles auf die Nerven. Warum wird es nicht besser? Zum Glück ist es schon dunkel als wir im Park ankommen. Ich habe jetzt immer meine Basecap und Sonnenbrille dabei, wenn ich hierher komme. Ich muss an Helen denken. Heute wollte ich es ihr sagen, aber ich bin so ausgebrannt und sehne mich nach körperlicher Nähe. Sie ist eine so wunderschöne, starke Frau. Ich war heute einfach nur froh, sie zu sehen. Ich kann sie jetzt nicht verlassen. Wer weiß wie lange das alles hier noch geht.
Wir setzen uns auf eine Bank unter einen Kastanienbaum. Keno rennt über die Wiesen. Sein Halsband leuchtet im Dunkeln. „Ich habe heute…" fängt Julie an und bemüht sich, deutlich und etwas schneller zu sprechen, sie spürt, dass ich gereizt bin. Es tut mir leid. Ich bin ein Vollidiot. „Ich habe heute Mathilda Waldvogel gesehen", sagt sie leise. „Mathilda Waldvogel?" frage ich erfreut. „Du erinnerst Dich an Mathilda Waldvogel? Das ist toll! Das ist ein gutes Zeichen!" Julie lacht und spürt meine Freude und Erleichterung. „Mathilda Waldvogel!" rufe ich in den dunk-

len Park, „Das ist super, Julie!" Mathilda Waldvogel ist zwar schon vor einigen Jahren gestorben, aber es ist toll, dass sie sich an sie erinnert. Wer auch immer das heute gewesen sein mag, ich freue mich – und ich spüre wie sehr ich Julie vermisse.

12
Ein kleines Essen, ein italienisches Buffet mit einem leckeren Rotwein habe ich auf dem Balkon vorbereitet. Iris, Anne, Bernd, meine Schwestern mit Lebensgefährten, Stella und Bruno werden kommen. Es ist ein wunderschöner, warmer Abend. Ich schenke mir von dem Rotwein ein und proste mir selbst zu, neununddreißig Jahre. Wie furchtbar! Gegen 8 Uhr werden sie da sein, ich habe also noch eine halbe Stunde Zeit, um den Tisch mit Blumen, Servietten und Kerzen zu dekorieren. Schön sieht das aus. Die Sonne geht langsam unter hinter dem großen Kastanienbaum im Garten. Der Wind weht leicht und bewegt die Blätter des Baumes, der den Blick auf Frankes Küche freigibt. Er steht am Fenster und ich habe den Eindruck, dass er zu mir herauf schaut. Ich zünde die Kerzen und Laternen an, die ich um den Balkon gehängt habe. Wieder schaue ich herunter. Er steht immer noch reglos da und schaut mich an, keine Spur eines Lächelns oder eines Grußes, nichts. Es klingelt, Meline, Ralf, Carla und Philipp kommen. Sie schenken mir einen bunten Strauß Ranunkeln, die ich so sehr liebe, einen kleinen Olivenbaum und ein riesiges auf Leinwand gezogenes Foto in Schwarz-Weiß von uns drei Schwestern, das uns als Kinder am Strand zeigt. Meline sitzt im Sand, Carla tanzt und ich mache einen Kopfstand. Unsere Gesichter sehen sehr glücklich aus und das waren wir damals auch.

Ich stelle das Bild in mein Wohnzimmer an die Wand und schaue es mir kurz an, es tut so gut, sich an schöne, unbeschwerte Zeiten zu erinnern und beschwingt durch den Wein kommt kurzzeitig dieser unbändige Lebensmut in mir hoch, den ich von früher kenne. „Du strahlst ja richtig heute!" sagt Philipp. Und wieder klingelt es an der Tür, Iris, Anne, Bernd, Stella und Bruno kommen die Treppe herauf. Wir begeben uns auf den Balkon als es zum dritten Mal klingelt. Mit fragendem Blick öffne ich die Tür, wer könnte das nun sein, eigentlich sind wir vollzählig. „Meine liebe Nelly, ich möchte Ihnen zum Geburtstag gratulieren und ihnen eine Kleinigkeit schenken." Elsa Jörden steht keuchend vor mir, die Stufen bis zu mir herauf haben sie ziemlich angestrengt. Ihr Gesicht ist etwas gerötet. In der Hand hält sie ein kleines Portrait von mir, das mich mit leuchtenden grünen Augen zeigt. Es ist unheimlich gut getroffen und ich erkenne mich sofort, denn selbst wenn es mir richtig schlecht geht, leuchtet das Grün meiner Augen. Wenigstens etwas. „Ich hoffe, Sie strahlen bald wieder so wie damals als sie hier eingezogen sind. Ihren Gesichtsausdruck von damals habe ich versucht fest zu halten. Da war so viel Mut in ihren Augen." Ich nehme das Bild entgegen und fange an zu weinen. Wie Recht sie hat. Aber da sind auch die traurigen Linien zu sehen, die ebenfalls meinen Gesichtsausdruck prägen. „Weinen Sie nicht, heute wird gefeiert!" und ohne, dass ich sie herein gebeten hätte, marschiert Elsa in meine Wohnung und auf den Balkon. Ich wische die Tränen weg, hole noch ein Gedeck aus der Küche und als ich auf den Balkon komme, hat sie sich schon einen Platz ergattert und unterhält die Gäste. Wir stoßen an, essen, trinken und reden viel miteinander bis Bernd nach einer Weile ausholt, um eine Urlaubsgeschichte zum Besten zu geben. Ich befürchte schon das Schlimmste sowie Iris und Anne auch, weil wir ihn kennen und wissen wie langweilig seine nicht endenden Erzählungen sein können. Schnell frage ich, ob noch jemand Wein möchte, Bernd schaut mich genervt an und fährt fort. Irgendwann zwischendurch klinken sich einige der Zuhörer aus und gehen in die Küche, um den Nachtisch zu holen, nur Elsa hört ihm vom Anfang bis zum Ende zu. „Wahrhaftig der emotionsloseste Erzähler, den ich je getroffen habe, nicht zu glauben!" sagt sie mehr zu sich selbst als in die Runde, aber alle haben es gehört und warten auf weitere, vielleicht etwas freundlichere Worte, aber ich kenne sie, sie wird nichts mehr dazu sagen und so ist es auch. So ergreife ich als Gastgeberin das Wort und leite zum Nachtisch über. Auch wenn Bernd erst mit steinerner Miene dasitzt, nimmt er sich nach einer Weile ein Schälchen mit Nachtisch, fängt an zu essen und geht über diese Bemerkung hinweg als ob nichts gewesen wäre. Irgendwie tut er mir leid. Er ist eigentlich ein feiner Kerl, aber eben auch boring-perfect, wie Iris, Anne und ich immer sagen. Nach einer Weile ziehen sich die vier Männer in die Küche zurück, Elsa und meine Schwestern sind in ein angeregtes Gespräch vertieft und Stella und ich stehen mit unseren Weingläsern an der kleinen Mauer des Balkons und schauen direkt in Frankes hellerleuchtete Küche. Da steht er mit einer leicht bekleideten, dunkelhaarigen Frau am Küchenfenster. Leise erzähle ich Stella, dass ich seine Frau in der Bücherei gesehen habe und dass es ihr nicht so gut geht. „Dieser Mistkerl!" sagt Stella, „Ja" antworte ich, „aber er kann auch richtig nett sein." Tatsächlich habe ich meinen neununddreißigsten Geburtstag hinter mich gebracht. Ich habe geweint und gelacht und gesehen, dass das Glück schon bei mir war. Es ist wichtig, sich immer wieder daran zu erinnern.

13

Als ich die Haustür aufschließe, höre ich jemanden im Treppenhaus. Frau Jörden steht vor mir, bestimmt ist wieder etwas kaputt. „Hallo, Frau Jörden" sage ich in der Hoffnung, schnell an ihr vorbei zu kommen, aber ich sehe schon in ihrem Blick, dass sie mir etwas sagen will. „Frau Mey, bitte kommen Sie mal zu mir herein. Ich möchte Sie etwas fragen" sagt sie in einem ungewöhnlich milden Tonfall. Was ist los? denke ich und folge ihr in ihre wie üblich unaufgeräumte Wohnung. Der Geruch von Zigarillos und Hund haut mich fast um.

„Ich möchte Sie um etwas bitten. Sie kennen sich doch gut aus mit Informationsbeschaffung. Ich besitze keinen Computer und brauche eine Auskunft. Heute Morgen habe ich ihn auf der Alsterchaussee gesehen. Er ist wieder in der Stadt. Sie wissen schon, John, der Amerikaner. Mein Herz rast immer noch wie wild. Ich kann es nicht glauben. Der Himmel hat ihn mir geschickt! Er ist wieder da. Wie vom Blitz getroffen blieb ich auf dem Gehweg stehen und starrte ihn an. Er sieht immer noch toll aus. Ich habe mich hinter einer Mauer versteckt, er sollte mich nicht sehen mit meinen vielen Falten. Ich war nicht darauf vorbereitet. Nach all den Jahren steht er plötzlich wenige Meter von mir entfernt. Ich muss rauskriegen, wo er wohnt. Wie oft habe ich an ihn gedacht und gehofft, er würde zu mir zurückkommen. Jetzt bin ich achtzig Jahre alt und habe immer auf diese Gelegenheit gewartet."

Aufmerksam höre ich ihr zu, Frau Jörden sieht richtig bekümmert aus, so kenne ich sie gar nicht. „Können Sie herausfinden, wo er wohnt? John Benton. Vielleicht wohnt er bei seinem Sohn. Versuchen Sie es unter dem Namen Feldkamp. Den Vornamen weiß ich nicht. Oder unter Hilda Feldkamp." Ich hole mein Handy heraus und gebe seinen Namen ein. Kein Eintrag für John Benton in der Stadt, aber Feldkamp gibt es einige. Achtmal Feldkamp, H., dreimal Feldkamp, I., und einmal Feldkamp, Juliane und Heller, Eric. Ich werde kreidebleich und lasse mich auf einen Sessel fallen. Frau Jörden fragt mich bestürzt, was los ist während ich nur verunsichert lächle. „Ich habe soeben meinen ehemaligen Freund gefunden, der mit einer Juliane Feldkamp zusammen lebt. Ist das nicht merkwürdig?" „Oh, ich verstehe, und was haben Sie noch gefunden?" Ich schreibe ihr alle Feldkamps mit Adresse und Telefonnummer auf einen Zettel. Aufmerksam geht sie die Namen durch. „Vielen Dank! Darauf trinken wir einen. Ich glaube Sie können auch einen Schluck vertragen!" Auch wenn es erst früher Nachmittag ist, muss ich ihr Recht geben. Sie holt einen Whisky und wir trinken auf spannende Zeiten. Als ich oben in meiner Wohnung bin, fühle ich mich mies. Muss ich mich immer wieder mit ihm beschäftigen? Ich weiß, dass seine Neue Juliane heißt. Ich habe ihn schon einige Jahre nicht mehr gesehen. Das ist der Vorteil einer Großstadt. Man läuft sich nicht einfach so über den Weg.

Einige Tage später passt mich Frau Jörden wieder im Treppenhaus ab, sie hat Neuigkeiten. Gespannt folge ich ihr in die Wohnung. „Setzen Sie sich, Frau Mey, Sie werden es nicht glauben, was ich erlebt habe." Schnell setze ich mich auf den einzig freien Sessel im Wohnzimmer während sie

Champagner aus der Küche holt. Na, da muss ja etwas ganz Tolles passiert sein. Frau Jörden ist ganz rot im Gesicht vor Aufregung, sie glüht förmlich. „Ich habe ihn getroffen! Aber eins nach dem anderen. Ich bin alle Adressen durchgegangen und habe in mich hineingehört, welches wohl die richtige sein könnte und wieder mal hat mich meine Intuition nicht im Stich gelassen. Ich bin zu seinem Haus in der Isestraße gegangen mit Pablo, habe mir zuvor noch eine komplett neue Garderobe mit Mantel und passendem Hut gekauft und trug den Diamantring, den er mir damals geschenkt hatte und sah richtig gut aus und als ich an der Haustür klingeln möchte, öffnete sie sich und ein stattlicher, älterer Herr kam heraus, ebenfalls mit Hut und ich erkannte ihn sofort. Mir zitterten die Knie, Pablo bellte ihn an und ich war froh, ihn zurückpfeifen zu können und dann sah ich ihn erwartungsvoll an. Er erkannte mich auch. Nelly, Sie glauben nicht wie wunderbar das war! Auf diesen Moment habe ich ein Leben lang gewartet." „Wie schön!" werfe ich ein, dann fährt sie fort. In einem kleinen Café haben sie ihr Wiedersehen gefeiert und erzählt. Er war zweimal verheiratet gewesen und hat einen Sohn in Amerika. John wohnt jetzt wieder hier in der Stadt, weil er hier seine glücklichsten Zeiten erlebt hat. Er wohnt in dem Haus, das er für seinen Sohn vor vielen Jahren gekauft hat. Sein Sohn hat drei Wohnungen vermietet und seine eigene für Besuche in Deutschland behalten und dort wohnt John jetzt. Um Geld muss er sich keine Gedanken machen, seine Bilder haben ihn schon in jungen Jahren zu einem reichen Mann gemacht. „Sie werden es nicht glauben, aber…" Elsa schießen die Tränen in die Augen, „er will mich heiraten, so richtig mit allem Drum und Dran und diesmal habe ich Ja gesagt!"

Ich bin völlig überwältigt von so viel Entschlossenheit und Happy End, dass ich nur lächle, mein Glas erhebe und sie umarme! Was für ein großes Glück, so etwas in diesem Alter noch erleben zu können. Die Erfüllung ihrer Träume. Nicht zu glauben. Nach einer Weile hat Elsa sich wieder gefangen und geht in ihr Schlafzimmer. Sie kommt mit einer Schmuckschatulle zurück und reicht mir einen Diamantring als das Telefon klingelt. Hastig stellt sie die Schatulle vor mir ab und geht in die Küche ans Telefon. Wie dieser große, schön gefasste Diamant an diesem mattsilbernen Ring glitzert. Wunderschön. Immer wieder halte ich ihn ins Sonnenlicht. Das muss der Ring von diesem reichen Maler sein. Während sie noch am Küchenfenster steht und telefoniert, streife ich mir den Ring über. Wie schön er aussieht mit diesem riesigen Stein. Nur ein bisschen zu klein. Mühsam versuche ich ihn wieder auszuziehen, aber es geht nicht, der Ring bewegt sich keinen Millimeter. Plötzlich höre ich etwas auf dem Küchenboden zu Bruch gehen und springe auf, um nach Elsa zu sehen, sie liegt auf dem Fußboden und hat Blumentöpfe und Vasen mit sich herunter gerissen. Aus dem Telefonhörer ertönt eine Männerstimme, die ihren Namen ruft. Erschrocken versuche ich ihr zu helfen, aber sie rührt sich nicht mehr, ihre Augen sind geschlossen. Schnell rufe ich einen Notarzt.
Wie eng Glück und Leid beisammen liegen können. Unfassbar, dass sie tot ist. Herzversagen. Der Notarzt hat alles versucht, aber sie konnte nicht wiederbelebt werden. Jetzt sitze ich mit John Benton in ihrer Wohnung, der sofort herbei geeilt war, um nach Elsa zu sehen als er den Lärm am Telefon mitbekam. Wie ein Häufchen Elend sitzt dieser fast zwei Meter große Mann vor mir auf dem Sofa, tränenüber-

strömt. „Ick war zu spät. Ick war einfack zu spät. Nur einen Tag hatten wir nock zusammen…" sagt er immer wieder mit tränenerstickter Stimme und amerikanischem Akzent. „Sie haben ihr trotzdem viel Glück gebracht, sie hatte den glücklichsten Tag ihres Lebens, ihr Traum, Sie wieder zu sehen, ist in Erfüllung gegangen", versuche ich ihn zu trösten. Er nickt nur gedankenverloren und hört mir gar nicht richtig zu. Es tut mir so leid. Ich hätte ihnen noch ein paar schöne Jahre zusammen gegönnt. Wir überlegen, wen wir benachrichtigen sollen. John erzählt mir von einer Cousine, die in Dänemark lebt. Sie ist die einzige, die ihm einfällt und er ruft sie an. Sie wird in den nächsten Tagen anreisen, wenn es ihre Gesundheit zulässt. Als ich mich von John verabschiede, steht er auf und umarmt mich. „Elsa hat sie sehr gemockt, Nelly." Ich schaue ihn mit Tränen in den Augen an, nehme Pablos Leine, Hundekorb und Hundefutter, rufe den Hund und steige langsam die Stufen nach oben in meine Wohnung. Pablo ist auch durcheinander. Ich stelle sein Körbchen in den Flur und nachdem er alles beschnüffelt hat, legt er sich hinein und schaut mir nach. Völlig erschlagen rufe ich Stella und meine Eltern an, um von dem Unglück zu erzählen. Und als ich so dasitze, sehe ich den Ring an meinem Finger. Den habe ich total vergessen. Im Badezimmer versuche über eine halbe Stunde, ihn mit viel Seife und warmem Wasser von meinem Finger zu lösen, aber es geht einfach nicht. Morgen versuche ich es nochmal und dann muss ich ihn irgendwie wieder in die Schatulle zurücklegen. Als ich das Fenster öffne, höre ich französische Lieder und sehe Cécile auf ihre Zielscheibe werfen. Lars sitzt vornüber gebeugt an seinem Küchentisch und hat den Kopf auf seine Arme gelegt. Was für ein trauriger Tag.

Zum Glück sind die Kaulbarts im Urlaub. Ihre Streitereien könnte ich heute nicht ertragen. Gegen Mitternacht schlafe ich endlich ein.

14
Heute ist die Beerdigung. Es regnet an diesem lauen Donnerstagnachmittag im Frühling. John hat alles organisiert zusammen mit Elsas Cousine. Alle ihre Künstlerfreunde sind gekommen und ein junger Cellist spielt Bachs Cello Suite No.1, die Elsa liebte und einem Tränen in die Augen treibt. Auch wenn ich ihr nicht so nahe stand, werde ich sie vermissen. Die Kaulbarts, die Dietrichs von gegenüber, Cécile und Lars Franke sind ebenfalls gekommen. Hatte sie doch mehr mit den Nachbarn zu tun als ich dachte? John steht am offenen Grab und wirft eine orangefarbene Strelitzie hinein. Das passt zu Elsa, sie war wirklich schön und außergewöhnlich. Ich habe für sie eine Sonnenblume gekauft, die für ihre lebensbejahende Art stehen soll. Cécile und Lars kommen nach der Beerdigung nicht mit in das kleine Café in dem sie noch vor wenigen Tagen mit John ihr Wiedersehen gefeiert hat, sie verabschieden sich und verlassen getrennt den Friedhof. Franke sieht fast schon krank aus, so tief sind die Ringe unter seinen Augen. Als wir später mit den Künstlerfreunden und Nachbarn im Café zusammen sitzen, erzählt John, dass er sich um alles kümmern möchte, um ihre Wohnung, ihren Hund und ihren letzten Willen.
Da fällt mir mit Schrecken Elsas Diamantring ein, den ich zu dem redseligen Goldschmied mit dem schönen, kleinen Laden im Mittelweg bringen musste nachdem ich mehrere Tage vergeblich versucht hatte, ihn vom Finger zu bekom-

men. Ich habe immer noch ein Pflaster am Finger, weil er ihn aufsägen musste und mehr auf den Ring als auf meinen Finger geachtet hat. Der Goldschmied war völlig perplex und hocherfreut als ich ihm den Ring zeigte, denn der Ring war von ihm, er hat ihn vor über dreißig Jahren entworfen. Ein drei Karat Brillant, der heute mindestens 20000 Euro wert ist. Er erinnerte sich noch genau an den reichen Amerikaner, der ihn gekauft hat, um damit einer Frau einen Heiratsantrag zu machen. Mir stockte der Atem als er den Preis nannte und es war sehr unangenehm als er mich fragte, wie ich zu diesem Ring gekommen sei. Ich konnte nur vage antworten. Jedenfalls kann ich den Ring erst in ungefähr zehn Tagen abholen, weil er noch am gleichen Tag für eine Woche auf eine einsame, finnische Insel in den Urlaub geflogen ist. Es wäre mir lieber gewesen, ich hätte den Ring sofort wieder an Ort und Stelle legen können, aber jetzt geht es eben nicht anders.

Wenn John Benton seiner Liebsten einen so teuren Ring schenken konnte, muss er wirklich ein reicher Mann sein. Die ersten Trauergäste verlassen bereits das Café als John anfängt, von ihrem letzten Treffen zu erzählen: „Elsa hat erst vor kurzem ihr Testament ändern lassen. Ick habe mit ihrer Cousine besprocken, dass ick mick um alles kümmern werde. It´s so sad, I can´t believe it. Kann ick so lange in ihrer Wohnung wohnen? Ick werde auck Miete weiterzahlen" sagt John mit Tränen in den Augen und sieht mich an.

„Ja, natürlich" antworte ich. Mir wird heiß und kalt. Weiß er von dem Ring, der nicht da ist, wo er sein sollte? Ich lächle ihn an und überlege verzweifelt wie ich diesen doofen, wahnsinnig teuren Ring zurück in die Schatulle legen könnte, wenn er in der Wohnung ist. Mist! Wie mache ich

das nur?
„Ick werde heute nock in ihre Wohnung kommen und damit anfangen, alles zu ordnen, sonst werde ick nock verrückt!" sagt John beim Abschied im Café und ich mache mich auf den Heimweg.

15

Wieder stehe ich vor Mutters Tür. Heute habe ich gut gegessen und versuche, es ohne Alkohol zu schaffen. Ich drücke die Klinke herunter und mache mich auf alles Mögliche gefasst, aber das Zimmer ist leer. Eine Pflegerin sagt mir im Vorbeigehen, dass Mutter in der Cafeteria ist. Das ist gut! denke ich und begebe mich dorthin. „Seine Bäckerei ist jetzt am Klosterstern, wissen Sie, bei der Kirche St. Nikolai. Nicht mehr in der Hallerstraße, obwohl das auch eine gute Adresse war." Die Dame neben Mutter nickt immerzu, ich bin mir jedoch nicht sicher, ob sie überhaupt etwas von all dem versteht, was Mutter ihr erzählt.
„Hallo Lars!" begrüßt mich Mutter. Ich bin überwältigt von dieser Reaktion, wie lange habe ich darauf gewartet, dass sie mich wieder erkennt. „Seine Bäckerei ist jetzt am Klosterstern, weißt Du, nicht mehr in der Hallerstraße. In der Nähe von der Kirche St. Nikolai und diesem kleinen Park." Ich weiß, er wird die Bäckerei nächstes Jahr aufgeben und in den Ruhestand gehen. Vater und ich sehen uns kaum, er hat mehrmals nach Mutter gefragt, Elisabeth hat ihn vor drei Jahren verlassen. Ob er Mutter besuchen könne, wollte er wissen, aber die Ärzte haben in diesem Stadium davon abgeraten. Er hat ihr zu viel Leid zugefügt. Vielleicht später. Ich freue mich, dass sie sich an meinen Namen und die Bäckerei erinnert. „Die Hallerstraße war eine gute Adresse,

aber jetzt ist er am Klosterstern, weißt Du, nicht weit entfernt von der Kirche St. Nikolai." "Ja Mutter, jetzt ist sein Laden da. Wie geht´s Dir heute?" "Gut geht´s mir und ich frage mich, wann wir fahren." Nicht das schon wieder, sie weiß nicht, warum sie hier ist. Das wird ein schwieriger Abschied. Was soll ich ihr nur sagen? Vielleicht kann ich sie ablenken. "Wollen wir ein bisschen in den Garten gehen?" "Was soll ich im Garten, ich werde mich gleich in meinen eigenen Garten setzen. Dieser hässliche Garten hier mit diesen schrecklichen Bänken. Da blüht ja kaum etwas. Meine Geranien sind im ganzen Ort bekannt, genau wie meine Himbeercreme-Torte, stimmt´s, Lars? Er hat seinen Laden nicht mehr in der Hallerstraße, weißt Du? Die neue Bäckerei ist am Klosterstern, rechts ist die Kirche St. Nikolai, aber wenn man links herum geht und die kleine Straße überquert, kommt seine Bäckerei. Mir fällt der Name der kleinen Straße nicht ein. Die Hallerstraße war eine gute Adresse." "Soll ich den Damen noch Kaffee und Kuchen holen?" frage ich und beide nicken. Als ich nach einigen Minuten wieder komme, höre ich Mutter erzählen während die andere Dame wieder nur schweigend aber aufmerksam zuhört: "Wissen Sie, wo die Hallerstraße ist? Jetzt ist die Bäckerei allerdings am Klosterstern. Kennen Sie den Platz? Das ist der Platz neben der Kirche St. Nikolai, da ist auch dieser kleine Park. Den kennen sie bestimmt. Eine gute Gegend." Mutter ist nicht zu stoppen und ich freue mich so sehr darüber, auch wenn es noch nicht danach klingt, als ob sie ganz über den Berg ist. Aber immerhin ein Fortschritt, doch dann passiert das, wovor ich mich fürchte, weil ich nicht weiß, wie ich in dieser Situation reagieren soll. Mutter trinkt den letzten Schluck Kaffee und schiebt die letzte Gabel Kuchen in den Mund, schnappt ihre Handtasche, steht auf und sagt: „Komm Lars, wir fahren jetzt." Die Dame neben ihr sieht sie regungslos an. Ich kann sie überzeugen, noch etwas zu trinken und hole zwei Gläser Apfelsaftschorle. Mein Handy klingelt. Es ist Helen. Ich telefoniere kurz mit ihr und freue mich, sie heute nach der Sendung zu sehen. „War das Julie? Wie geht´s ihr denn? Ich finde, ihr seid ein tolles Paar!" Ich bin überrascht, an was Mutter sich heute alles erinnert, auch wenn sie Julie hier im Heim bisher nie erkannt hat. Ich sage nichts und denke an Julie, die wahrscheinlich in ihrem Zimmer sitzt und liest oder fernsieht. Ich werde später noch zu ihr gehen oder sollte ich sie jetzt holen? Ja, mir scheint das eine gute Idee zu sein. „Julie ist auch hier, Mutter, ich hole sie. Einen Moment." Beschwingt von Mutters gutem Erinnerungsvermögen, gehe ich die Treppen hinauf zu Julies Zimmer. Ich klopfe und als ich ein leises „Herein" höre, trete ich mit erwartungsvollem Blick ins Zimmer. Julie sitzt auf ihrem Sessel, hält ein Buch in ihren Händen und dreht langsam ihren Kopf zu mir: „Hallo Lars."

„Hallo, mein Schatz!" Sie sieht schrecklich aus. Ihre Haare sind fettig und auf ihrem Pulli sind Zahnpasta Flecken. Wo ist die Frau, die ich geheiratet habe? Ich frage sie, ob sie mit mir und Mutter Kaffee trinken möchte. Sie steht auf, nimmt ihre Kappe und mit langsamem Schritt gehen wir in die Cafeteria. Mutter starrt Julie entsetzt an und sagt in unmissverständlichem Ton: „Du meine Güte, Julie, wie siehst Du denn aus?!" Die Schwestern beobachten die ungute Situation. Julie steht vor Mutter und bekommt keinen Ton heraus, ganz im Gegensatz zu Mutter, die heute ohne Punkt und Komma erzählt und ich mir inzwischen wünsche, ich wäre heute gar nicht gekommen. Langsam setzt sich Julie und es ist offensichtlich, dass sie mit dieser Situation überfordert ist.

„Mutter, bitte!" und schon im nächsten Augenblick könnte ich mich dafür ohrfeigen, denn jetzt sehe ich wie Julie die Tränen über die Wangen laufen und Mutter sie mit abstoßendem Blick ansieht. Mutter hat immer sehr auf Äußerlichkeiten geachtet und war unglaublich stolz, ein Model als Schwiegertochter zu haben. Die Pflegerin kommt, schaut mich vorwurfsvoll an und bringt Julie wieder in ihr Zimmer. Ich kann nicht mehr. Ich bin ein Volltrottel. Traurig sehe ich ihr nach. Mutter trinkt ihre Apfelsaftschorle aus, nimmt ihre Tasche und steht auf: „Lars, wir fahren! Ich will jetzt heim. Julie sieht ja furchtbar aus, dass dir das nichts ausmacht, wundert mich. Was ist nur mit ihr los?!" Hilfesuchend schaue ich mich um. Eine Pflegerin kommt und nimmt meine Mutter vorsichtig am Arm, aber Mutter ist fast wieder ganz die Alte heute, sie wehrt sich und schlägt mit ihrer Handtasche um sich. „Lassen Sie mich los, Sie unverschämte Person! Mein Sohn und ich fahren jetzt. Lars, komm endlich! Erkennen Sie ihn nicht? Wissen Sie denn nicht, wen Sie vor sich haben?" Ich begleite Mutter mit der Pflegerin zusammen in ihr Zimmer, Mutter versteht die Welt nicht mehr und wehrt sich dagegen. Sie ist bitter enttäuscht von mir. „Ich hole dich bald", versuche ich sie zu trösten und verlasse schnell den Raum. Auf dem Flur greife ich in die Tasche meines neuen Jacketts, um einen Schluck aus der kleinen Flasche zu nehmen. Ich muss zum Sender.

16

Der Wecker klingelt, ich versuche mehrmals ihn auszustellen und werfe ihn schließlich an die Wand, aber das Klingeln hört nicht auf bis ich merke, dass es die Türglocke ist. Erschrocken ziehe ich einen Bademantel über und öffne die Tür. Vor mir stehen eine Frau, ein Mann und John Benton, der mehrmals beteuert, wie leid es ihm tut. Was tut ihm leid? Ich verstehe nicht. „Guten Morgen Frau Mey, Charlotte Jensen, Kriminalpolizei, das ist mein Kollege Stern."
„Soll das ein Witz sein?!"
„Wir ermitteln im Todesfall Elsa Jörden. Dürfen wir reinkommen? Wir haben einen Durchsuchungsbeschluss für Ihre Wohnung. Die Spurensicherung wird gleich hier sein."
„Ich, äh, ich verstehe nicht. Warum kommen Sie zu mir?" frage ich verunsichert.
„Ein teurer Diamantring ist verschwunden. Herr Benton hat Anzeige erstattet und Sie waren die Letzte, die Elsa Jörden lebend gesehen hat. Laut Herr Benton trug sie den Ring einen Tag vor ihrem Tod noch." Ich werde rot und fange an zu schwitzen: „Ich kann das erklären" stammle ich.
„Es tut mir so leid, Nelly, ick wollte das nickt. Elsa hat mir erzählt, dass sie den Ring jemandem vererben will, ihr Testament ist nock beim Notar und ick wollte schon alles vorbereiten. Ick weiß nickt, wem sie wollte den Ring geben, er ist auf jeden Fall nickt mehr da. Und da bin ick zur Polizei gegangen und die kamen sofort auf sie. Ist mir ganz schlimm unangenehm, glauben Sie mir!" Ich kann es nicht fassen und bekomme erstmal keinen Ton heraus, weil nun eine Truppe mit sechs Leuten in weißen Overalls meine Wohnung betritt und beginnt alles auseinander zu nehmen. Die Kommissarin setzt sich in meine Küche, ich mache

Kaffee und dann fange ich an, alles zu erklären: „Es war so, dass Frau Jörden mich zu sich hereingebeten hat und mir den Ring zeigte als das Telefon klingelte. Ich probierte den Ring an und bekam ihn nicht mehr vom Finger und dann ist sie in der Küche zusammen gebrochen und ich habe den Ring an meinem Finger vergessen. Abends fiel er mir wieder ein, aber ich bekam ihn nicht ab. Ich bin schließlich zu einem Goldschmied hier in der Straße gegangen, der ihn aufsägen musste. Der ist allerdings gerade im Urlaub, aber in einer Woche kommt er wieder und dann repariert er den Ring und ich wollte ihn dann wieder zurücklegen" und noch während ich erzähle, kommt mir diese Geschichte so unglaubwürdig und lächerlich vor, dass ich die Kommissarin nur auf Verständnis hoffend anschaue.

„Ihnen gehört das Haus, richtig? Und Sie haben Geldsorgen, weil Sie sich das Haus eigentlich gar nicht leisten können, richtig?" fragt Kollege Stern während ich auf meinem Stuhl immer tiefer sinke. „Nein, ich, ähm, doch, ja."

„Frau Mey ziehen Sie sich an, wir müssen Sie mitnehmen. Wir müssen wissen, was Sie mit Elsa Jördens Tod zu tun haben. Sie haben ein Motiv" sagt Stern kurz. Ich bekomme für einen Moment keine Luft mehr, ich weiß nicht, wo mir der Kopf steht. Ich soll eine Mörderin sein? Ich bin fassungslos. Ich komme mir vor wie in einem schlechten Film. Als ich mich im Bad anziehe, atme ich mehrmals tief durch und sage mir ständig, dass sich das alles aufklären wird. Schließlich bin ich unschuldig. John Benton steht da wie ein Häufchen Elend als die Kommissare mich mitnehmen. Er hat die Hundeleine in der Hand und nimmt Pablo mit nach unten. Mein Kopf ist leer. Ich kann überhaupt nicht denken, so aufgeregt bin ich. Als wir das Büro der Kriminalpolizei

betreten, bekomme ich eine Nachricht auf mein Handy. Iris fragt, wo ich bleibe und dass ich nochmal das Konzept durchgehen soll. Heute ist der Termin im Rathaus. Oh nein! „Wie soll ich das alles meiner Chefin erklären?" frage ich den Kommissar.
„Das ist ihr kleinstes Problem, glauben Sie mir."
„Darf ich telefonieren?" frage ich ängstlich. Er nickt und sagt, dass ich mich kurz fassen soll. Verzweifelt erzähle ich Iris, was hier gerade passiert. Sie ist ganz aufgeregt und will sich wieder bei mir melden. Stern nimmt einige Daten von mir auf, fragt mich nach meinem Arbeitsverhältnis, nach einem Lebensgefährten, Freunden, Nachbarn und Familie damit sie sich ein Bild von meinem sozialen Umfeld machen können. Ich bitte ihn, meine Eltern nicht anzurufen, ich möchte ihnen das alles hier ersparen. Als die Kommissarin herein kommt, fragt sie mich, ob ich einen Anwalt anrufen möchte. Mir kommt das alles so unglaubwürdig vor, ich die Durchschnittsbibliothekarin, soll eine Mörderin und Diebin sein? Ich lächle die Kommissarin an als wollte ich sagen, dass das doch nun wirklich übertrieben sei, aber sie bleibt ernst und rät mir, einen Anwalt einzuschalten. Mir wird kalt, ich habe Angst. Und da fällt mir Lars ein. „Ja, ich möchte einen Anwalt anrufen." Ich rufe in seinem Büro an, weil ich seine private Nummer nicht bei mir habe. Ich spreche mit seiner Sekretärin. Er ist noch nicht im Haus, sie wird ihm aber Bescheid geben. Bis dahin sage ich kein Wort mehr und trinke den Kaffee, den die Kommissarin mir aus dem Automaten geholt hat. Nach dreißig Minuten, die sich wie drei Stunden anfühlen, kommt Lars endlich. In meinem Kopf dreht sich alles und ich sehe mich schon für Jahre unschuldig in einem engen Gefängnishof Runden

drehen, weil ich meine Unschuld nicht beweisen konnte. Er schaut mich fragend an, begrüßt die Kommissare und setzt sich zu mir. Man sieht der Kommissarin an, dass sie nicht mit einem so prominenten Anwalt gerechnet hat. Am liebsten wäre ich ihm um den Hals gefallen. Es tut so gut, dass er da ist. „Ich werde mich mit meiner Mandantin besprechen. Wo können wir ungestört reden?" fragt er. Die Kommissarin deutet auf einen kleinen Nebenraum. Es ist wie im Krimi, nur dass ich die Hauptverdächtige bin und ganz schön in der Klemme stecke. Ich erzähle ihm die ganze Geschichte, er schaut mich ernst an und sagt erstmal nichts, was mich noch mehr beunruhigt. „Sie verweigern weiterhin die Aussage. Ich werde sehen, was ich machen kann. Wir schaffen das schon." Er legt mir mit einem aufmunternden Lächeln die Hand auf die Schulter. Ich bin ihm so dankbar und fühle mich nicht ganz so verloren, obwohl die Situation wirklich sehr beängstigend ist. Dann verlässt er den Raum und ich warte, bewacht von einem Polizeibeamten. Ich kann das alles nicht glauben.

17

Er ist echt fertig und säuft zu viel. So viel, dass die Dicke ihn aus den Büschen holen musste. Eigentlich wollte ich ihn retten, aber sie kam mir zuvor. Oh Mann! Wie armselig! Und dann sieht man ihn am nächsten Tag wieder geschniegelt und gebügelt im Fernsehen und zu Hause stürzt er nur noch ab im wahrsten Sinne des Wortes. Und ich hab alles gefilmt. Das wird ordentlich Klicks geben. Er wollte es nicht anders, vielleicht mache ich die Home Story über ihn wahr, dann sieht mein Chef, dass ich die Beste in seinem Laden bin, dieser Idiot. Den Journalistenpreis habe ich nicht

dafür gewonnen, um irgendwelche beschissenen Lokalnachrichten zu verfassen, was denkt er sich? Ich mache eine richtig große Sache. Ich habe die besten Anwälte, die machen das schon.
Eigentlich wollte ich ihn heute Morgen nur kurz sehen, aber er war so abweisend und mit den Gedanken ganz woanders, hat mich fast rausgeworfen, dieser Säufer. Was glaubt er, wer er ist?
Ich könnte mal mein neues Material sichten. Ich glaube, ich kann da was draus machen. Ja, ihr werdet schon sehen, mit wem ihr es hier zu tun habt. Mich kann man nicht kaufen. Und man serviert mich auch nicht so einfach ab wie er das gemacht hat. Dieser beschissene Mistkerl. Nein, ich werde nicht heulen, nicht wegen ihm.

18

Dass sie meine Hilfe so schnell braucht, hätte ich nicht gedacht, so ein Mist! „Lenz soll sich darum kümmern" trage ich meiner Sekretärin auf. „Sagen Sie ihm, dass er sofort in mein Büro kommen soll. Und bringen Sie uns Kaffee und Brötchen. Wir müssen die nächste Stunde ungestört sein. Keine Anrufe, auch nicht vom Sender. Nur wenn es um Nelly Mey geht, stellen Sie durch."
Es besteht keine Fluchtgefahr, das müssen wir dem Haftrichter klar machen, damit sie sie nicht länger festhalten können. Lenz wird das schon hinkriegen.
Was hat Cécile gesagt, sie hat jede Menge Material? Was für Material? Vielleicht hätte ich ein bisschen netter sein sollen, aber ich will nicht, dass sie sich etwas verspricht. Das wird nichts. Ich werde sie fragen, was sie mit `Material´ gemeint hat. Wenn sie nur nicht so verdammt radikal wäre.

Wir werden alles durchgehen, was wir haben, die Aussage von dem alten Benton, von den Kollegen und von den Mietern. Wo steckt nur dieser Goldschmied? Das gibt´s doch nicht, aber selbst wenn die Geschichte stimmt, beweist das noch gar nichts. Ich muss Cécile anrufen. Was hat Benton gesagt, das Testament ist noch beim Notar? Ich muss das Testament sofort anfordern.

19

Heute beim Frühstück konnte ich meine Kaffeetasse halten ohne etwas zu verschütten und es ging schon schneller, das Brötchen zu streichen. Bald kann ich heim. Ich muss Lars anrufen und ihm Bescheid sagen, er wird sich freuen. Dreimal wähle ich seine Nummer, aber er geht nicht ran, nur die Mailbox. Langsam kann ich auch ein paar Medikamente absetzen. Ich hoffe, dass dieses Zucken im Oberschenkel noch weggeht. Keno, komm her, mein Guter, wir gehen in den Park. „Frau Andresen, Sie wissen, dass Sie hier im Garten bleiben müssen. Wir können Sie noch nicht alleine mit dem Hund spazieren gehen lassen. Kommt Ihr Mann heute?" fragt die Pflegerin, die ich sehr mag.

„Ich weiß es nicht, sein Handy ist ausgestellt. Ich erreiche ihn nicht, aber das macht nichts. Ich freue mich, heute geht`s mir gut!"

„In zwanzig Minuten beginnt Ihre Physiotherapie. Bis gleich dann, Frau Andresen." Ich nicke nur, das Antworten fällt mir immer noch schwer, weil ich merke, dass ich zu langsam spreche und manche vom Pflegepersonal und auch Lars dann die Geduld verlieren. Ich hasse das, dieses langsame Bewegen und Sprechen macht mich unsicher und ich habe Angst, dass es nicht mehr besser wird. Ob ich jemals wieder arbeiten kann? Ob ich die Stelle im Kinderkrankenhaus jetzt noch bekomme? Nächste Woche hätte ich anfangen sollen. Die Kollegen werden mich nicht ernst nehmen. Die größeren Kinder werden lachen und sich gelangweilt abwenden, wenn ich so langsam mit ihnen spreche. Die Kleinen nicht, sie nehmen es so hin wie es ist. Ich liebe kleine Kinder, sie sind so originell, ehrlich und echt. Ich hätte so gerne selbst Kinder, aber Lars lehnt das total ab. Er will ein Leben ohne zu große Verantwortung. Schon öfter habe ich daran gedacht, ihn zu verlassen, aber ich kann mir ein Leben ohne ihn nicht wirklich vorstellen. Vielleicht ist das alles hier auch eine Chance, neu zu beginnen, aber erstmal muss ich es überstehen. Ich darf mich nicht zu sehr unter Druck setzen. Heute werde ich noch zum Yoga gehen. Danach geht es mir meist gut. Nochmal wähle ich seine Nummer. Wieder nur die Mailbox. Verdammt! Heute kann ich mich an so viel erinnern, das ist toll. Im Radio kommt mein Lieblingslied von Helen Fiennes und als der Moderator von der Sängerin erzählt, kommen mir die Tränen und ich bin am Boden zerstört. Das, was der Moderator erzählt hat, ist belanglos, ich muss an Helen denken. Helen aus der Rechtsabteilung, auch diese Erinnerung ist wieder da. War sie nicht sogar der Grund für meine Bewerbung im Kinderkrankenhaus? Hat mir diese fiese Geschichte nicht die Augen geöffnet? Welche Erinnerungen werden noch auftauchen und mich umhauen? Ist er vielleicht gerade bei ihr und will nicht gestört werden? Ich betrachte mich im Spiegel während ich mit verheulten Augen auf dem Sofa sitze. Meine Klamotten sehen furchtbar aus und meine Haare stehen wild ab. „Frau Doktor, das haben Sie gut hingekriegt!" sage ich zu mir selbst und kann nicht aufhören zu weinen. Keno

sitzt bei mir und stupst mich mit der Schnauze. Ich streiche ihm über den Kopf. Ich bin so froh, dass dieser Hund bei mir ist, obwohl es gegen die Regeln des Heims verstößt. Aber Lars hat es irgendwie durchgesetzt. Was ist mit Lars und mir? Ich weiß es nicht. Gestern habe ich eine Zeitschrift im Warteraum durchgeblättert und Fotos von Lars und mir gefunden. „Wo ist Julie Andresen? Was hat er zu verbergen?" Da war von Flucht, Streit und Scheidung die Rede und von unzähligen Frauengeschichten. Gestern hat es mich noch nicht so berührt, es hat mich aufgewühlt, aber es war wie wenn diese Frau, die da abgebildet ist, ein Teil von mir ist, den ich abgelegt oder verloren habe, aber wenn ich mich heute im Spiegel sehe und daran denke, dreht sich mir der Magen um. Mir wird schlecht. Ich klingle der Schwester.
„Frau Andresen, Sie haben geklingelt?"
„Mir ist so furchtbar übel."
„Kommen Sie, wir gehen ein paar Schritte im Garten."
Keno springt auf und läuft voraus. Als wir an der frischen Luft sind, wird es besser und wir setzen uns auf eine Bank, aber die Pflegerin springt plötzlich auf und rennt schreiend zu einer Stelle an der hohen Hecke, die den Garten des Heims umgibt, die nicht ganz so dicht bewachsen ist und ich sehe einen Mann mit einer Kamera wegrennen. „Mist!" sagt die Pflegerin immer wieder.

20
Es wird Zeit für eine Party, vielleicht mal eine wie Mami sie geliebt hätte, mit allen Nachbarn und Freunden. Mami war viel zu gut für diese Welt und gab viel zu viel Geld für wohltätige Zwecke aus. Sie fehlt mir so sehr. Papa war wie ich, er konnte knallhart sein. Wie oft wir uns gezofft haben.

Selbst an dem Abend als sie zum Flughafen fuhren, hatten wir uns noch gestritten. „Es interessiert mich nicht, was du sagst" hatte ich zu ihm gesagt und mich von ihm abgewendet, aber Mami hat darauf gedrungen, dass wir uns anständig verabschieden. Er hat seine Wut über meine freche Antwort herunter geschluckt und mich in den Arm genommen. Widerwillig hatte ich mich von ihm umarmen lassen. „Cécile-Schätzchen, sei nicht so hart. Wir lieben dich über alles. Das weißt Du." Das waren Mamis letzte Worte und ich dumme Kuh, habe nur die Augen verdreht und sie nachgeäfft. Ich werde mir das nie verzeihen und es vergeht kein Tag an dem ich nicht daran denke. Die Worte, die meiner Mutter vor acht Jahren, zwei Monaten und drei Tagen trotz meines frechen Benehmens so leicht über die Lippen kamen, haben sich in tonnenschwere Felsbrocken verwandelt, die mich nach unten ziehen und mich irgendwann zu Fall bringen werden. Der Zorn und die Wut halten mich aufrecht, aber ich habe bald keine Kraft mehr. Was wird dann aus mir? Wie soll ich jemals Frieden schließen mit diesem schrecklichen Ereignis? Wie soll ich zurechtkommen ohne meine Eltern? Sicher, ich habe jede Menge Geld und gute Anwälte, die mich schon aus einigem herausgeboxt haben, aber bisher hat es noch niemand geschafft, mir zu sagen wie ich mit dieser Wunde klar kommen soll. Wie soll ich klar kommen ohne die stichelnden Bemerkungen meiner Mutter zu meinen gewagten Outfits, die mich immer so genervt haben, die Mousse au Chocolat, von der wir immer eine Portion im Kühlschrank hatten und die wir oft um Mitternacht noch zusammen gegessen haben, ihre aufmunternde Art, wenn ich mal wieder ganz unten war. Ohne die Strenge und den schwarzen Humor meines Vaters. All das fehlt mir so sehr und es tut immer noch so unendlich weh. Wer sagt mir jetzt, wo´s lang geht? Tante Geneviève und auch die anderen Verwandten und Freunde sind immer sehr verständnisvoll, niemand von ihnen sagt mir mal ehrlich die Meinung. Erst heute weiß ich es zu schätzen, eine funktionierende Familie gehabt zu haben. Heute ist da niemand mehr, der sich um mich sorgt. Und Mousse au Chocolat kann ich nicht mehr sehen. Solange ich all das nicht überwinden kann, mache ich keinerlei Fortschritte. Seit acht Jahren gehe ich zur Psychotherapie, sechs Therapeuten haben versucht, mir zu helfen, aber ich habe so große Angst, in einen Abgrund zu stürzen und nie wieder hoch zu kommen, dass ich den Weg zu meinem Inneren mit aller Kraft versperre. Wenn ich die Angst verlieren könnte, würde es mir besser gehen, aber ich schaffe es nicht. Es tut so wahnsinnig weh. Außer der Zielscheibe in der Küche, habe ich im ganzen Haus nichts verändert. Alles ist so, wie sie es verlassen haben. Wenn ich mir all die Bücher, Bilder und Möbel anschaue, überlege ich immer wieder wie es sein mag, all das ein letztes Mal zu sehen. Wie muss es sein, seine geliebten Sachen zurückzulassen, weil sie völlig unwichtig geworden sind und wie unvorstellbar muss es sein, die Menschen zurückzulassen, die man liebt? Zum Glück wussten sie nicht, dass sie mich nie wieder sehen. Immer und immer wieder stelle ich mir ihre letzten Minuten und Sekunden vor. Die Fluggesellschaft konnte mir nicht sagen, wie sie genau gestorben sind. Ob sie alles noch mitgekriegt haben. Mami war sowieso etwas angeschlagen in dieser Zeit. Vielleicht ging es ihr auch gar nicht so gut. Ich habe das damals nicht so genau beobachtet. Und dann zerschellte ihre Maschine in den Schweizer Bergen. Motorschaden. Der

Anruf am frühen Morgen von diesem Schweizer Polizeibeamten, den ich kaum verstanden habe, ich dachte noch, da will mich jemand auf den Arm nehmen. Ich hatte einige Wochen zuvor mein Abitur gemacht und überlegte, was ich studieren könnte. Mami fand Journalismus für mich sehr passend, Papa riet mir zu BWL, um in die Firma einsteigen zu können. Aber ich wollte weder das eine noch das andere. Letztendlich bin ich an der Journalistenschule angenommen worden. Schreiben ist mein Ventil geworden.
Tante Geneviève, Mamis Schwester, und ich mussten sie identifizieren. Der Anblick ihrer verletzten Körper lässt mich nie wieder los. Ihre Gesichter waren kaum erkennbar, so viele Schnitte, Abschürfungen und Blut, da war nichts mehr, was man hätte ablesen können in ihren Gesichtern, kein Ausdruck, der einem einen Hauch von Trost hätte geben können. Nichts. Ich konnte froh sein, dass sie nicht total zerstückelt waren wie andere Leichen neben ihnen. Ich habe Mamis rote Haare gesehen, die nahezu unversehrt waren. Sie waren leicht blutverschmiert, aber sonst nichts. Ihr Gesicht und der Rest ihres Körpers waren so schlimm verletzt, dass sie kaum mehr zu erkennen waren, aber ihre Kopfhaut und ihr Haar hatten fast nichts abbekommen. Papas Kopfhaut war übersät von Schnitten und sein Gesicht komplett aufgeschürft, tiefe Wunden, die Nase, Augen und Mund kaum noch erkennen ließen. Seine linke Hand war unverletzt, sonnengebräunt und trug noch die Uhr, die Mami ihm zum fünfzigsten Geburtstag geschenkt hatte und den Ehering. Ich nahm seine Hand, drückte sie immer wieder an mein Gesicht und strich über Mamis Haare, die so wunderschön in der Sonne leuchteten. Ich fing an zu weinen und atmete wie eine Irre, ich konnte all das nicht ertragen, ich

wusste nicht, wie ich diesen Schmerz aushalten sollte, ich war fassungslos, schrie laut, rannte herum, um immer wieder zu den verletzten Körpern meiner Eltern zurück zu kehren. Geneviève versuchte mich zu beruhigen, aber es ging nicht. Der Notarzt gab mir schließlich eine Beruhigungsspritze, sonst wäre ich durchgedreht. Wir haben sie in Särgen nach Hause geholt.

Ohne Medikamente hätte ich die Beerdigung und die Wochen danach nicht durchgestanden. Wir haben sie unter Ausschluss der Öffentlichkeit im engsten Familienkreis beerdigt. Einige Tage danach erschienen jedoch Artikel und Bilder der Beerdigung in einigen Klatschblättern mit wilden Gerüchten über Scheidung, Krankheiten usw. Geneviève ließ die Zeitschriften sofort verklagen und wir gewannen jeden Prozess. Aber all das Geld, das sie zu zahlen hatten, war kein Trost. Auch wenn wir Recht bekamen, die widerlichen Geschichten waren geschrieben und verbreitet worden.

Geneviève blieb noch ein paar Wochen, aber dann musste sie wieder arbeiten. Sie hat mich gefragt, ob ich zu ihr nach Paris kommen wolle, aber ich konnte und wollte unser Haus nicht verlassen, das war alles was ich noch von ihnen hatte.

Ich fing an, zu schreiben. Ich habe versucht, mir alles von der Seele zu schreiben. Schreiben tut mir gut. Mami hatte Recht. Das ist das Richtige für mich.

Ich muss mich ablenken, sonst drehe ich noch durch.

Die Party, genau, die Party muss geplant werden. Die Dicke werde ich zur Abwechslung auch mal einladen. Immer wenn ich sie sehe, muss ich daran denken wie sehr Mami diese Mathilda Waldvogel mochte. Wahrscheinlich ihre lebenslustige Art und dieses Lachen. Unglaublich wie die Dicke ihrer Tante ähnlich sieht, nur fehlt ihr das selbstbe-

wusste Auftreten. Lars scheint sie zu mögen. Ich würde sie gerne ein bisschen ärgern. Ja, eine Party mit allem Drum und Dran und ein paar kleinen Gemeinheiten. Ich werde der Bibliothekarin mal etwas auf den Zahn fühlen, mal sehen wie es um ihr literarisches Wissen steht. Das wird ein Spaß!
Mein Handy klingelt, es ist Lars. „Hallo Lars, was gibt´s?" Er klingt gestresst und fragt mich nach meinem Material und ob er es sehen könne. Woher weiß er davon? Spinnt er?! Das ist MEIN Material, daraus werde ICH etwas machen und sonst niemand. „Nein, das ist keine gute Idee. Das…" Er unterbricht mich, schlägt einen sehr milden, charmanten Ton an und betont wie wichtig es sei. „Wichtig für wen?" frage ich. Für Nelly Mey! Heißt die Dicke nicht so? Ja natürlich, sie heißt so. Was hat er mit ihr zu schaffen? Steht er jetzt auf Dick und Unterdurchschnitt? Widerlich! „Was habe ich damit zu tun?! Nein, tut mir leid. Das geht auf gar keinen Fall! Ich muss auflegen, mach´s gut Lars. Tschüss." Er wollte nochmal ausholen, aber ich habe ihn abgewürgt. Was denkt er sich?! Erst serviert er mich ab und jetzt kommt er auf Knien angekrochen. Ich könnte ihn fertig machen mit alldem, was ich über ihn weiß. Aber jetzt werde ich tatsächlich mal mein Material der letzten Wochen ansehen. Was genau interessiert ihn so sehr? Mal sehen, was ich von der Dicken alles habe…. Ich kann nicht so gut in ihre Wohnung schauen, aber da, die Dicke auf dem Balkon mit Rotwein, die Dicke feiert mit Gästen, die Dicke im Garten, die Dicke bei den schrecklichen Mietern im ersten Stock… schnell klappe ich mein Laptop zu, weil es an der Tür klingelt. Es ist Lars. Der kann mich mal! Auch wenn er jetzt vor meiner Tür bettelt! Wie erbärmlich! Ich hasse das!
Ich lösche das mit der Dicken einfach. Was geht mich das

an, dass sie in der Klemme steckt? Ich habe selbst genug Probleme und ich muss meinen Text heute Mittag abgeben. Mist!

21

Noch immer nippe ich an meinem Kaffeebecher, obwohl er längst leer ist, verweigere die Aussage wie Lars es mir geraten hat und werde irgendwann dem Haftrichter vorgeführt. Ich fasse das nicht. Bin ich dann vorbestraft? Ich versuche tief durch zu atmen und mich daran zu erinnern, was der Goldschmied gesagt hat. Er hat mir erzählt, dass er auf eine finnische Insel ohne Handy, Telefon und Strom gehen wird, um abzuschalten. Und selbst, wenn er die ganze Geschichte bestätigt, ist es noch kein Beweis dafür, dass ich den Ring nicht gestohlen habe. Die Kaulbarts werden von meinen ewigen Geldsorgen erzählen, so wie ich sie kenne. Ich habe Angst! Mir schnürt es immer wieder die Kehle zu und ich schaue zu dem Polizisten, der mich bewacht und mir nicht in die Augen sieht. Ich bin ein ehrlicher Mensch, aber wie soll ich das beweisen? Wie oft werden Menschen zu Monstern, wenn sie in der Klemme stecken? Ich erinnere mich an ein Buch, das ich gelesen habe. In ganz schlimmen Situationen, soll man sich mit aller Kraft an das Gefühl in guten Zeiten erinnern, an ganz konkrete schöne Ereignisse und mir fällt die Motorradfahrt mit Olivier ein, bei herrlichem Sonnenschein die Elbe entlang, und der Kuss von Henning unter dem Kastanienbaum – da war mein Leben noch in Ordnung, naja nicht wirklich - und schon kippt die Stimmung wieder. Für den Bruchteil einer Sekunde bin ich erfüllt von diesem Glücksgefühl, das die Erinnerung an Olivier und Henning in mir ausgelöst hat. Ich überlege erneut und zwinge mich dazu, an schöne Momente zu denken. Tanzen mit Henning. Er konnte so gut tanzen. Komischerweise bin ich in diesem Moment überhaupt nicht mehr böse auf Olivier und auch nicht auf Henning, diesen stummen, verlobten Typen, der jetzt verheiratet ist und vielleicht schon Kinder hat. Nein, daran möchte ich jetzt nicht denken. Ich schaue auf meine Armbanduhr. Der Sekundenzeiger tickt so langsam und laut, aber noch viel lauter hämmert es in meinem Ohr, so laut, dass ich es fast nicht mehr aushalten kann. Ich kann meine Unschuld nicht beweisen! Ich kann es nicht! Ich habe keine Zeugen. Mir fällt nichts ein, was mich entlasten könnte.

Ich muss an das Buch von Ilse Rampoldt denken, eine Frau, die Kontakt zu toten Seelen aufnehmen kann. Sie wohnt in einem kleinen Ort gar nicht so weit entfernt von hier. Nicht, dass mich solche Geschichten besonders interessieren, aber wir haben einige Leser, die gerne mehr zu diesem Thema lesen würden. Deswegen habe ich eine Auswahl verschiedener Bücher besorgt, aber nur das von Ilse Rampoldt ganz gelesen und muss sagen, dass es glaubwürdig und gut geschrieben ist. Sollte das wirklich funktionieren, könnte Elsa Jörden mir nun aus dem Jenseits beistehen. Wie gut dieser Gedanke tut. Wenn sie nur kommen und alles aufklären würde. Ich schrecke hoch, tatsächlich habe ich taggeträumt, wahrscheinlich bin ich vor lauter Angst so erschöpft, dass ich mit offenen Augen träume. Es hämmert immer noch wie wild in meinem Ohr. Wenn ich nur die Zeit zurück drehen könnte und diesen verdammten Ring nie angerührt hätte, wäre mein Leben perfekt. Nicht wirklich perfekt, aber ich könnte es sehr gut ertragen mit allen seinen Unzulänglichkeiten. Wie gerne würde ich weiter leben wie bisher, von

mir aus auch allein für den Rest meines Lebens. Als Erstes würde ich John Benton vor die Tür setzen, weiterhin in der Bibliothek arbeiten, Eclairs essen, mit Bernd ausgehen, im Schwimmbad vom Fünfer springen, mit Stella unter dem Triumphbogen Champagner trinken, öfter Fleischklopse mit Kräuternudeln kochen, eine Reise nach Island machen und Eric in die Arme schließen und endlich loslassen.
Die Tür geht auf. Kommissar Stern bringt mir etwas zum Mittagessen und schaut mich ernst an: „Ihr Anwalt hat sich noch nicht gemeldet. Sie bleiben erstmal hier!"

22

Sie hat mich tatsächlich nicht mal in die Wohnung gelassen und ich musste ihr vor der Haustür von Nellys Fall erzählen. Dieses Miststück ist knallhart. Möglicherweise hat sie Filmmaterial, das Nelly entlasten könnte. Wir könnten den Ausnahmefall anwenden, Persönlichkeitsrecht hin oder her. Aber ich weiß nicht, wie ich an das Material rankommen soll. Ansonsten sieht es ziemlich schlecht aus. Wir haben nichts. Verdammt. Ich muss etwas trinken. Mal sehen, was noch im Kühlschrank ist. Zwei Flaschen Wodka und Rotwein. Ich will erst zum Rotwein greifen, nehme aber dann doch den Wodka. Langsam kriege ich Angst, ohne das Zeug nicht mehr auszukommen. Aber heute ist kein Tag, um dieses Problem anzugehen. Ich habe viel zu tun und dann noch dieser neue Fall. Ich weiß nicht, wie ich diese Nelly da rausholen soll. So eine blöde Geschichte, ich lasse mir meinen guten Ruf nicht von so einem Mist ruinieren.
Julie hat mehrmals angerufen. Ich rufe sie zurück. Sie klingt gut und hat Neuigkeiten. Sie kann bald nach Hause. Das ist schön, aber ich weiß gar nicht, ob ich mich darüber freuen

soll. Ich wollte mein Leben in Ordnung bringen, bevor sie heimkommt, die Geschichte mit Helen beenden und reinen Tisch machen. Dazu bin ich im Moment nicht in der Lage. Ich werde sobald wie möglich mit der Heimleitung sprechen. Aber jetzt muss ich arbeiten. Zum Glück keine Sendung heute. Ich muss mir etwas überlegen wie ich an Cécile rankomme. Soll ich mich entschuldigen, dass ich beim letzten Mal so unhöflich zu ihr war? Nein, ich muss sie mit irgendetwas anderem drankriegen. Soll ich ihr erzählen, dass ihre Filmerei illegal ist, ob sie weiß, was es mit dem Persönlichkeitsrecht auf sich hat? Ich glaube nicht. Dass sie das Material ohnehin nicht verwenden darf ohne die Zustimmung der Gefilmten? Nein, das wird sie nicht erweichen. Als erstes muss ich wissen, ob es überhaupt Filme sind. Ich muss sie irgendwie emotional erreichen, aber wie? Selten eine Frau getroffen, die so knallhart ist. Unter anderen Umständen auch irgendwie spannend, sie zu knacken. Soll ich ihr von ihrer Mutter erzählen, die kurz vor dem Flugzeugabsturz noch bei mir war und einen Rat wollte wegen eines Aufhebungsvertrages. Sie wollte aus dieser Fernsehserie aussteigen und mit ihrem Mann für einige Zeit nach Kanada gehen. Sie hatte von einer Spezialklinik gesprochen. Um welche Krankheit es genau ging, wollte sie mir dann später noch erzählen, wenn die Untersuchungen abgeschlossen waren. Wusste Cécile davon? Soll ich ihr eine Lüge auftischen? Nein, ich werde sie auf ihre Mutter ansprechen, was für eine schöne, warmherzige Frau das war und eine gute Schauspielerin. Cécile scheint nur das Aussehen von ihr geerbt zu haben, dieses Harte ist ganz der Vater. Also, das könnte ich versuchen. Ich gehe durch den Garten, mal sehen, ob ich sie irgendwie dazu bringe, mir zu helfen.

Vorsichtig schaue ich durch die Wohnzimmerfenster. Sie ist nicht zu sehen. Eigentlich ist das überhaupt nicht meine Art, aber vielleicht ist sie die Einzige, die einen Beweis für Nellys Unschuld liefern kann. Ich muss das prüfen. Ich will wegen so einer bescheuerten Sache nicht in Verruf geraten. Ich klopfe an die Scheibe, erst leicht, dann fester. Cécile kommt aus einem Zimmer und sieht mich erst erschrocken, dann wütend an und bevor sie etwas sagen kann, trete ich ein und fange an zu reden: „Natürlich bin ich immer noch an Deinem Material interessiert und brauche immer noch Deine Hilfe, aber da ist auch noch eine andere Sache, die mir nicht aus dem Kopf geht. Vor dem Absturz Deiner Eltern war Deine Mutter noch bei mir. Es ging ihr nicht so gut. Sie fragte mich, wie schnell sie aus der Serie aussteigen könnte, weil ich ja schon einige solcher Fälle hatte. Ich beriet sie und sie schien erleichtert zu sein, dass es doch so schnell möglich war. Sie erzählte von einer Krankheit, wollte mir aber erst nach dem Besuch einer Spezialklinik in Kanada, mehr sagen."
„Du willst mich quälen? Was soll das? Nein, ich weiß nichts von einer Krankheit. Sie wollte aus dieser Serie aussteigen, ja, das ist richtig, aber den Rest hast du wohl erfunden. Das ist erbärmlich!"
„Nein, Cécile, das ist nicht meine Absicht, wirklich nicht. Auch wenn ich diese Härte, die Du an den Tag legst, verstehen kann, könnte ich mir vorstellen, dass Dir etwas Mitgefühl Deinen Mitmenschen gegenüber helfen würde, Dich besser zu fühlen. Ich habe den Eindruck, Dein Zustand stagniert und Deine Art ist unerträglich."
„Raus jetzt! Du bist nicht mein Psychiater! Was bildest Du Dir ein! Krieg Du mal lieber Dein Alkoholproblem in den

Griff. Und überhaupt, wo ist Julie eigentlich?"
„Du hast Recht, ich muss unbedingt mein Alkoholproblem in den Griff kriegen und Julie… ja, ich habe wirklich genug Probleme. Ich sage Dir das alles, weil ich Dich mag, ich mag Dich wirklich, auch wenn mir Deine knallharte Art auf die Nerven geht." Céciles Gesichtszüge entspannen sich für einen Moment und ich sehe, wie erstaunt sie über meine Offenheit ist. Natürlich hoffe ich, dass sie mir hilft und meine Strategie des emotionalen Angriffs aufgeht, im nächsten Augenblick aber schüttelt sie den Kopf und schreit: „Geh jetzt! Lass mich in Ruhe!"

23
Dass er es wagt, so mit mir zu reden, dieser Säufer! Er ist nicht mein Psychiater und schon gar nicht mein Vater! Was bildet er sich ein! Jetzt hat er es geschafft, ich bin wieder ganz unten. Ich setze mich aufs Sofa und starre die Bücherregale an, mein Blick fällt auf ein Buch mit einem gelben Umschlag, das mir vorher nie wirklich aufgefallen ist. Ist es nicht das Buch, das Mami mir mal mitgebracht hatte und ich nur die Augen verdreht und dankend abgelehnt hatte? Ja, das ist es. Ich ziehe das Buch aus dem Regal, schlage es auf und im nächsten Augenblick schießen mir die Tränen in die Augen. SEI NICHT SO HART, DU DUMMES REH! steht da mit einem großen Herzen darum gemalt. Mamis Schrift auf der ersten Seite des Ratgebers trifft mich wie ein Schlag. Sie nannte mich oft Reh wegen meiner roten Haare. Es geht um Achtsamkeit in diesem Buch, Achtsamkeit war schon damals in aller Munde, aber dieser Trend interessierte mich nicht im Geringsten. Wegen der Tränen kann ich kaum ihre Schrift erkennen, ich drücke das Buch fest an

mich und weine als gäbe es kein Morgen. Nach fast einer Stunde sitze ich immer noch da und umklammere das Buch als hinge mein Leben davon ab. Und irgendwie ist es auch so. Mein Leben hängt in diesem Moment an diesen dahingekritzelten Worten auf der ersten Seite. Meine Augen sind dick und rot, ich reiße ein Stück Küchenrolle ab, um mein Gesicht zu trocknen. Es hat mich kalt erwischt als ich schon ganz unten war. Ich mache mir Tee, hole eine Tafel Marzipanschokolade aus dem Schrank und schiebe mir ein großes Stück davon in den Mund. Es schmeckt wunderbar, ich höre den Wasserkocher brodeln und lasse das Buch nicht los. Ich werde es lesen, jetzt gleich!

24
Ende der Woche kann ich vielleicht heim. Das wäre schön, aber ich habe auch Angst. Ob die Fotografen mich gleich abpassen werden? Welche Geschichten sie sich wieder zusammenreimen werden. All das ist so belastend. Und ich weiß gar nicht wie es mit Lars und mir weiter gehen wird. Es geht mir besser, aber ich bin nicht die Alte. Ich habe Angst, ihn zu verlieren. Wie soll ich seinen Ansprüchen gerecht werden? Das war schon vor meiner Krankheit nicht leicht. Ich sehe seine Blicke, wenn er ins Zimmer kommt. Manchmal schaut er mich enttäuscht, vielleicht sogar angewidert an. Ich spüre das und es tut weh. Manchmal bin ich froh, wenn er wieder weg ist, weil ich dann nicht mehr so unter Druck stehe. Wie soll ich das alles schaffen? Die Presse, die Öffentlichkeit, die Lügen, die schlechten Fotos, mein neuer Job? Die Ärztin sagt, ich soll jetzt nur an mich denken. Alles andere wird sich finden.
Es ist schwer, einem Mann wie Lars gerecht zu werden. Er

ist bei allem, was er anfängt, erfolgreich. Ich kann diese ganzen Frauengeschichten nicht aus meinem Kopf kriegen. Ich kann ihn aber auch nicht danach fragen, weil ich die Wahrheit im Moment nicht ertragen könnte. Ich versuche, mich auf mich selbst zu konzentrieren und gesund zu werden. Meine Chancen stehen gut. In den letzten Jahren habe ich kaum noch Model-Aufträge bekommen, darunter habe ich sehr gelitten, aber jetzt bin ich richtig froh darüber. Ich mag das nicht mehr machen und kann es wahrscheinlich auch nicht mehr. Zum Glück habe ich genug verdient, um mich die nächsten Jahre selbst über Wasser halten zu können. Ich habe Angst davor, wie Lars mit alldem umgehen wird. Diese Frauengeschichten machen mich verrückt. – Ich darf nicht daran denken, ich muss erstmal gesund werden und dann werde ich schon sehen, was zu tun ist. Ich hoffe, es gibt noch eine Chance für uns. Schon wieder Zahnpasta Flecken auf meinem Pulli, egal.

25
Das ist ja wohl nach hinten losgegangen. Ich fasse es nicht! Was mach´ ich jetzt bloß? Ich hätte schwören können, dass sie darauf einsteigt, im Grunde braucht sie jemanden, der ihr mal die Meinung sagt. Ich hätte nicht gedacht, dass sie so reagiert. Bisher war sie auch nach kritischen Bemerkungen nie eingeschnappt gewesen. So ein Mist, genau jetzt wo ich sie dringend brauche. Sie ist halt doch noch ein Kind. Ich rufe Lenz an, vielleicht hat er noch eine Idee. Und ich werde nochmal mit John Benton sprechen.
Meine Güte, er ist ja völlig aufgelöst, tja, jetzt ist das alles nicht mehr rückgängig zu machen. Wegen so einem bescheuerten Ring, wird die Mey nun als Tatverdächtige fest-

gehalten und wenn wir nicht bald etwas finden, kann sie die Nacht in Untersuchungshaft verbringen. Sie haben sich nicht darauf eingelassen, dass keine Fluchtgefahr besteht. Warum rennt dieser Benton auch gleich zur Polizei?
Lenz hat mir eine Mail geschickt mit allem was wir haben. Das Testament ist endlich da: Elsa Jörden vermacht den Ring tatsächlich Nelly! Aber Nelly wusste nichts davon und hat sich durch die Geschichte mit dem Goldschmied um Kopf und Kragen geredet. Dieses Testament nützt auch nicht viel und beweist leider gar nichts. Was für ein Irrwitz! Aber vielleicht kann man daraus etwas machen. Gab es nicht vor kurzem einen ähnlichen Fall? Verdammt, ich erinnere mich nicht. Ich trinke zu viel.
Gerade als ich Lenz nochmal anrufen will, sehe ich Cécile durch den Garten in mein Wohnzimmer kommen, ohne anzuklopfen läuft sie einfach rein. Ach du meine Güte, wie sieht sie denn aus? Total verheult. Was ist los mit der eisernen Lady? Habe ich sie so hart getroffen?
Sie hat ihren Laptop unterm Arm und sagt kein Wort, öffnet es und zeigt mir eine Filmsequenz, die mir im Handumdrehen ein Lächeln ins Gesicht zaubert: „Du weißt schon, dass das illegal ist, was Du da treibst?"
„Soll ich dieser Nelly Mey nun helfen oder nicht?"

26

„Ihr Anwalt hat sich gemeldet. Er wird gleich da sein" sagt die Kommissarin und schon ist sie wieder verschwunden. Während ich den Kaffeebecher immer wieder zusammendrücke, überlege ich, welches Weltuntergangsszenario sich mir gleich bieten wird. Vielleicht hätte ich nicht so viele Krimis lesen sollen. Das Mittagessen, das mir gebracht wurde, habe ich kaum angerührt. Fleischklößchen mit Nudeln und Tomatensauce. Schon nach dem ersten Klößchen bekomme ich nichts mehr herunter. Der Geruch der viel zu stark gewürzten Tomatensauce steigt mir immer wieder in die Nase. Ich werde nie wieder Tomatensauce essen können. Das alles hier ist ein Alptraum. Wann kommt Franke endlich? Ich halte das nicht mehr aus. Ich soll noch heute dem Haftrichter vorgeführt werden. Dem Haftrichter! Ich fasse es nicht! Was soll ich ihm sagen? Ich habe Elsa Jörden keine Vase über den Kopf gezogen, ich habe sie nicht zu Fall gebracht! Dieser verdammte Ring. Wie konnte ich nur so blöd sein und ihn anstecken? Wie kann eine so kleine Handbewegung mein ganzes Leben erschüttern? Mein Magen tut weh. Das ist immer so, wenn ich es nicht schaffe, mich zu entspannen. Oft habe ich tagelang Magenschmerzen. Meine Hände zittern und dieser Plastikbecher ist mein einziger Halt. So sieht es aus. Tatsächlich versuche ich, an einem zusammen gedrückten Plastikbecher Halt zu finden. Ich lächle verbittert und fast kommen mir die Tränen. Ich sehe kurz nach dem Polizisten, der mich bewacht. Er schaut mich nicht an. Das ist gut. Was für ein erbärmlicher Anblick muss das sein. Eine verzweifelte Frau Ende dreißig, die einen Plastikbecher bearbeitet, um nicht die Nerven zu verlieren. Ich dachte immer, ich sei eine verzweifelte Single-Frau, aber dieses Thema spielt im Moment überhaupt keine Rolle mehr. Irgendwie ist man doch allein und muss allein durch all die schweren Zeiten im Leben. Also, was soll's? Ich brauche keinen Mann, der könnte mir jetzt auch nicht helfen. Ich würde trotzdem hier alleine sitzen und womöglich sitze ich auch bald alleine in einer grauen Zelle in Untersuchungshaft. Allein. Oder ist man da gar nicht allein?

Panik überfällt mich. Was, wenn ich mit einer richtigen Mörderin zusammen eingesperrt werde? Meine Fingerspitzen fühlen die Oberfläche des geriffelten Plastikbechers. Langsam streiche ich mit den Fingern über diese Streifen. Nie wieder in meinem Leben wird ein Plastikbecher dieser Art, den es überall an Kaffee- und Getränkeautomaten gibt, nur ein hässlicher, weißer, geriffelter Becher für mich sein, den es nicht zu beachten gilt. Dieser unscheinbare Becher wird mich immer an den schlimmsten Tag in meinem Leben erinnern. Eins schwöre ich mir, sollte ich aus dieser Sache heil herauskommen, werde ich mein Leben neu angehen und keine Zeit mehr mit unsinnigen Grübeleien verschwenden.

Die Tür geht auf, Lars kommt herein mit einem Laptop und einigen Unterlagen. Ich schaue ihn hilfesuchend an und versuche, seinen Gesichtsausdruck zu deuten, was mir nicht so recht gelingen mag, denn er ist kein Mensch, dem man seine Emotionen vom Gesicht ablesen kann. Aber er lächelt mich an und schon allein, dass er da ist, lässt meinen Magen etwas entkrampfen. „Es hat ein bisschen gedauert, aber ich erinnere mich an einen ähnlichen Fall. Schauen Sie mal." Er klappt den Laptop auf und zeigt mir einen kurzen Film, der mich bei Elsa Jörden in der Wohnung zeigt. Ich komme in die Wohnung, setze mich auf den Sessel am Fenster und sie reicht mir die Schmuckschatulle und den Ring, der deutlich zu erkennen ist, dann geht sie in die Küche und bricht direkt mit dem Telefonhörer am Ohr vor dem Küchenfester zusammen. „So war es! Genau so war es!" rufe ich immer wieder vor Erleichterung und falle ihm um den Hals. Er lächelt kurz und greift dann zu den vorbereiteten Unterlagen. Ich lasse ihn los, weil ich spüre, dass ihm die Umarmung unangenehm ist. Egal. Ich freue mich trotzdem. „Wer hat das gefilmt?" frage ich. „Darüber sprechen wir später." Wir gehen die Unterlagen zusammen durch. Er möchte diesen privaten Film zur Beweiserhebung einsetzen. Es geht um das Persönlichkeitsrecht der aufgezeichneten Personen, also um mich und Elsa Jörden und um das Verwertungsinteresse des Filmenden. Er erzählt mir, dass ihm Fälle bekannt sind, bei denen das Gericht private Videos zu Beweiszwecken zugelassen hat. Er erklärt, wie er vorgehen möchte und ich unterschreibe alle nötigen Einwilligungen. „Das Irrwitzige ist, dass Elsa Jörden Ihnen den Ring vererbt hat, aber das nützt uns nicht viel." Ich starre ihn ungläubig an und will gerade etwas sagen als die Tür aufgeht und die Kommissarin, Stern und eine Dame in meinem Alter, die mir als Staatsanwältin vorgestellt wird, herein kommen und tatsächlich werde ich jetzt dem Haftrichter vorgeführt. Er kennt Lars und ich hoffe, dass das nicht zu meinem Nachteil ausfällt. Ich komme in einen Saal in dem mehrere Stuhlreihen aufgestellt sind. Wir setzen uns in die erste Reihe. Da sitzt der Haftrichter und sieht mich mit aufmerksamen Augen an. Es fallen die Worte: Tatverdächtige, Todesfall Elsa Jörden, Motiv: Geldnot. Ich nehme das alles nur bruchstückhaft wahr, es pfeift in meinem linken Ohr und ich bin sehr aufgeregt. Ich weiß gar nicht, was ich denken soll, ich bin so unendlich aufgeregt und heilfroh, dass Lars das alles für mich übernimmt. Er macht es gut. Er agiert, so wie ich ihn aus dem Fernsehen kenne, erklärt und wirft mit juristischen Ausdrücken um sich. Die Aufnahmen seien zur Gestaltung eines geselligen Abends der Nachbarn unter dem Motto „So funktioniert Nachbarschaft" angefertigt worden, dass ausgerechnet der Tod von Elsa Jörden festgehalten wurde, war in keiner Weise beabsichtigt und die Filmaufnahmen sofort eingestellt worden. Die Zustimmung der Gefilmten seien für den Fall „Nelly Mey" nun eingeholt worden bis auf die von Elsa Jörden, die aufgrund ihres Ablebens nicht mehr dazu in der Lage war. Die Aufnahmen seien in keinem Fall zur Veröffentlichung, sondern nur zu privaten Zwecken erstellt worden. Lars zeigt zum Beweis noch ein paar Sequenzen von Marie Dietrich wie sie Elsa Jörden Äpfel über den Zaun reicht. Ich sehe, dass Frau Dietrich eine Einverständniserklärung unterschrieben hat. Wie hat er das hingekriegt, frage ich mich, und wer zum Teufel hat all diese Aufnahmen gemacht? Ein geselliger Abend mit den Nachbarn, was für eine geniale Idee, um all diese Aufnahmen zu rechtfertigen. Bestimmt erzählt er mir später, wer das gefilmt hat. Merkwürdig ist es auf jeden Fall, aber es ist meine Rettung.

Nachdem die Kommissare, selbst Kommissar Stern, bestätigen, dass ich ein sozial stabiles Umfeld, einen festen Wohnsitz und einen festen Job, Kollegen und Freunde vorweisen kann, wenn auch keinen festen Lebenspartner - wie Stern mit einem gewissen Unterton bemerkt, der mich kurz aufschrecken lässt, spielt das sogar hier eine Rolle? Nicht zu fassen! - und die Videoaufnahmen mich entlasten, lässt der Richter sie nach sorgfältiger Abwägung als Beweismittel zu. Er entlässt mich mit den Worten: „Frau Mey, der Tatverdacht gegen Sie im Todesfall Elsa Jörden hat sich nicht bestätigt. Ihre Unschuld wurde durch den Videofilm bewiesen. Ihr Anwalt bestätigt, dass dieser Film mit Ihrem Einverständnis und nicht zu Veröffentlichungszwecken gedreht wurde. Ich werde in diesem speziellen Fall davon absehen, die Verwertungszwecke des Filmenden untersuchen zu lassen. Sie können gehen." Er legt die Unterlagen, die Lars ihm reicht, in eine Mappe, gibt ihm und mir die Hand und damit ist der Fall für ihn erledigt. Lars und ich verlassen das Polizeigebäude und ich könnte hüpfen vor Glück. Auch Lars ist erleichtert, glaube ich zumindest, auch wenn er nichts sagt. „Ich kann Ihnen nicht sagen, wie dankbar ich Ihnen bin. Ich habe Höllenqualen ausgestanden. Wir müssen unbedingt auf meine wieder erlangte Freiheit anstoßen! Und von wem kommt dieser Film?" Er deutet auf ein kleines Lokal: „Gehen wir in das kleine Bistro da hinten. Ich habe allerdings nicht viel Zeit." Wir setzen uns in die hinterste Ecke und ich sehe wie die Leute tuscheln, weil sie Lars erkennen. Er sieht trotz Augenringe gut aus in seinem dunklen Anzug ganz im Gegensatz zu mir. Ich trage meine alte Jeans und einen Pulli, den ich heute Morgen in Windeseile aus dem Schrank gezogen habe und eigentlich schon lange aussortieren wollte. Aber das ist jetzt egal. Ich werde mich durch solche Belanglosigkeiten nicht davon abbringen lassen, mich zu freuen. Wir bestellen Champagner und stoßen an. Ich strahle die ganze Zeit über, der Alkohol füllt meinen fast nüchternen Magen und lässt mich völlig aufdrehen: „Erzählen Sie mal, wie Sie an diesen Film gekommen sind. Wie sind Sie auf so eine Idee gekommen? Wer hat mich da gefilmt?" Lars lächelt nicht, er bleibt ernst: „Dieser Film ist illegal, das ist klar, in diesem Fall war er aber unser einziges Beweismittel. Cécile von Strehlow hat ihn gedreht. Sie wissen ja wahrscheinlich, dass sie gerne mal ein bisschen über das Ziel hinausschießt und auch vor illegalen Sachen nicht zurückschreckt. Ich habe eine klare Abmachung mit ihr getroffen, sämtliches Material zu vernichten."

„Cécile von Strehlow? Tatsächlich? Ausgerechnet ihr habe ich meine Freiheit zu verdanken? Was wäre ich ohne meine Nachbarn?" antworte ich ungeachtet der Tatsache, dass ich mich schon wundere, dass Cécile das alles gefilmt hat. Warum macht sie so etwas? Es war mein Glück, dass sie etwas durchgeknallt ist, aber was sie da wohl noch so alles auf Video hat? Ich proste Lars nochmal zu, er trinkt sein Glas leer, lächelt mich erleichtert an und bietet mir an, mich nach Hause zu fahren.

Als er mich vor meinem Haus absetzt, bedanke ich mich nochmal und spreche die Rechnung an, aber er winkt ab: „Haben Sie schon vergessen, dass Sie mich aus den Büschen geholt haben? Verbuchen Sie es unter Nachbarschaftshilfe."

Kaum habe ich die Haustür aufgeschlossen, stehen die Kaulbarts vor mir, um ihre wöchentlichen Einkäufe zu machen und bedrängen mich, endlich das kaputte Fenster in ihrem Badezimmer austauschen zu lassen. Ich sehe sie mit leerem Blick an und verspreche ihnen alles was sie wollen und bin einfach nur froh, als hinter ihnen die Haustür ins Schloss fällt, aber kaum betrete ich die erste Stufe, öffnet sich leise die Wohnungstür von Elsas Wohnung und John Benton steht vor mir im Treppenhaus. Bitte nicht! Er hat mir gerade noch gefehlt! Immer wieder beteuert er, wie leid es ihm tut und welche großen Vorwürfe er sich den ganzen Tag gemacht hat. Er bittet mich mehrmals um Entschuldigung. „Ick wollte das nickt, glauben Sie mir! Wie kann ick das wieder gut macken jemals? Der Ring gehört Ihnen! Elsa hat ihn an Ihnen vererbt." „Ich weiß, mein Anwalt hat es mir gesagt, aber ich will nun erstmal nichts mehr von diesem Ring hören. Er hat mir kein Glück gebracht. Ich bin müde." Mit langsamen Schritten ziehe ich an ihm vorbei. Soll er ruhig ein schlechtes Gewissen haben! Am liebsten würde ich diesen alten Kerl vor die Tür setzen, aber dazu fehlt mir heute Abend die Kraft.

Als erstes rufe ich Stella an, dann meine Schwestern und Iris. Sie alle wurden von den Kommissaren befragt. Wissen es nun auch alle Nachbarn hier? Wie peinlich diese ganze Sache ist. Ich versuche alles zu erklären, bin furchtbar erschöpft, aber ich weiß, dass sie auf meinen Anruf warten. Alle sind erleichtert, dass diese Angelegenheit sich aufgeklärt hat. Zum Schluss rufe ich noch meine Eltern an, um sicher zu gehen, dass sie wirklich nichts mitbekommen haben. Mutter erzählt von den Blumen im Garten und der Hecke, die Vater endlich mal schneiden soll. Ich bin froh, das zu hören. Da hat der Kommissar sich tatsächlich zurück gehalten. Das ist gut, denn sie haben beide ein schwaches Herz.

Und dann muss ich mich noch bei Cécile bedanken. Die ist ja total abgedreht. Was sie da wohl noch alles gefilmt hat? Gruselig.

27

Heute mache ich reinen Tisch. Ohne Alkohol. Helen sitzt in der hintersten Ecke des kleinen Cafés am Stadtrand und wartet auf mich. Sie sieht umwerfend aus und wirft mir einen abschätzenden Blick zu als ich das Café betrete. Ob sie schon etwas ahnt? Ich umarme sie nie in der Öffentlichkeit, man weiß nie, ob da nicht irgendwo jemand lauert. Ich setze mich förmlich ihr gegenüber an den Tisch, hole Unterlagen heraus und bestelle Kaffee. Sie sieht mich an und ich kann mich kaum auf dem Stuhl halten, am liebsten würde ich aufspringen, sie umarmen und sagen wie sehr ich sie brauche, aber stattdessen bleibe ich sitzen und bringe keinen Ton heraus. Erst nach einigen Minuten erzähle ich ihr, dass Julie bald nach Hause kommt und ich für sie da sein möchte. Welche Rolle sie dabei spielt, möchte sie wissen. Diese Frage kann ich ihr nicht beantworten. Ich greife nach ihrer Hand und halte sie fest. Wie weh mir das tut, sie verletzen zu müssen. Ich kann das nicht. Nicht heute. Als der Kellner den Kaffee bringt, lasse ich schnell ihre Hand los. Hastig trinke ich einen Schluck und verbrenne mir den Mund. Ich weiß nicht, was ich sagen soll. Ich merke nur, dass ich Helen nicht verlassen kann. Jedenfalls nicht heute. Helen gibt mir so viel Kraft, die ich im Moment so bitternötig habe. Es gibt nichts zu sagen, ich möchte bei ihr sein und an nichts anderes mehr denken müssen. Unsere Kaffeetassen sind noch halbvoll als ich zahle und wir das Café verlassen. Wir fahren getrennt zu ihrer Wohnung und endlich kann ich sie in meine Arme schließen. Mein Handy ist ausgestellt und es gibt für eineinhalb Stunden nur noch Helen und mich.

Kaum sitze ich wieder in meinem Wagen, klingelt mein Handy, mein Manager hat schlechte Nachrichten: „Sie haben Julie gefunden, die Fotos sind schon überall. Julie mit einer wollenen Kappe und einem dreckigen Pulli auf einer Bank mit einer Pflegerin. Wir sollten die Flucht nach vorne antreten und zwar schnell." „Diese Pressegeier! Wie konnte das passieren?! Ich muss jetzt zum Sender und komme nach der Sendung gegen 22 Uhr in Ihrem Büro vorbei. Bereiten Sie schon mal was vor!"

Ich muss Julie anrufen und die Heimleitung.

28
Heute kann ich heim. In zwei Stunden holt Lars mich ab. Ich hoffe nur, dass ich das alles schaffe. Lars hat mir gestern neue Klamotten gebracht. Das Kleid ist traumhaft schön und die Schuhe passen auch einigermaßen. Ich weiß, dass für ihn viel auf dem Spiel steht und dass ich ihm vielleicht sogar peinlich bin. Lars hat mir meinen Friseur geschickt und eine Stylistin, die mich schminken soll. Gleich sind die Haare wieder blond. Der neue Schnitt sieht gut aus. Die Stylistin lacht mich an, aber ich fühle mich wie die Fehlbesetzung in einem Theaterstück. Ich drehe immer noch zu langsam den Kopf. Ich kann das selbst sehen, deswegen werde ich versuchen, einfach zu lächeln und meinen Kopf nicht so viel zu bewegen. Zum Glück scheint die Sonne und ich kann meine große Sonnenbrille tragen. Jetzt wissen alle, dass ich hier war. Welche beschissenen Geschichten sie daraus wieder machen werden. Ich hasse dieses Leben. Ich hoffe nur, dass ich in den High Heels überhaupt gehen kann. Ich bin manchmal noch etwas wackelig auf den Beinen, aber Lars wird mich stützen. Und er will, dass ich so wirke wie früher. Ich weiß nur gar nicht mehr so genau, wie das war. Und es kommt mir alles so lächerlich vor. Dieses ganze Spiel um Schönheit und Erfolg. Aber ich werde mitmachen. Meine Haare sind fertig. Wow, ich erkenne mich selbst fast nicht mehr im Spiegel.
„Wollen Sie diese hellroten Töne passend zum Kleid, Frau Andresen, Apricot würde etwas natürlicher wirken, wäre weniger auffällig. Sie mochten es immer natürlicher. Welche Töne bevorzugen Sie? Die alle kann ich mir gut vorstellen. Dazu die Augen nur dezent betont. Was meinen Sie?"
„Entscheiden Sie das. Ich vertraue Ihnen. Machen Sie es so

wie ich es früher mochte." Sie fängt an, mein Gesicht zu grundieren. Rouge auf die Wangen, die Augen dezent betont. Dazu einen hellroten Lippenstift, der perfekt zu dem Kleid passt. Ich sehe gut aus, glaube ich. Zufrieden streiche ich Keno über den Kopf, der neben mir sitzt und mir nicht von der Seite weicht. Merkt er, dass wir heute nach Hause gehen? Ich trinke einen Schluck Wasser aus dem Glas und da kommt Lars herein. Vor Schreck verschütte ich etwas und das Wasser läuft mir am Kinn herunter. Ungeschickt versuche ich es abzuwischen und verschmiere den Lippenstift. Keno springt auf und rennt auf Lars zu. Er begrüßt mich kurz und sieht mich gestresst an: „Dein Lippenstift, Vorsicht Du verschmierst noch das Kleid!"
„Das haben wir gleich" sagt die Stylistin und mit ein paar Handbewegungen sehe ich wieder perfekt gestylt aus. Sie reicht mir Papiertücher, um meine Hände abzuwischen. Ich komme mir vor wie ein Kind. Zum Schluss sprüht sie mir noch meinen Lieblingsduft auf: Rêve! Diesen Duft mochte ich mal? Ich kann mich nicht daran erinnern. Immer wieder sehe ich zu Lars und versuche, seine Stimmung zu deuten. Ich bin froh, als er mich kurz anlächelt und zufrieden scheint mit meinem Aussehen. Ich stehe auf und knicke fast um. Ich muss erstmal ein paar Schritte hin und her gehen bevor ich da raus kann. Die Stylistin hält mich. Sie ist nett und versucht immer wieder, mir Mut zu zusprechen besonders als sie sieht wie genervt Lars inzwischen ist und wie unsicher ich ihn immer wieder ansehe. Er bringt den Hund schon mal nach unten. Beim fünften Versuch klappt es besser. Ich kann mich ganz gut auf diesen hohen Schuhen halten. Ich kann gar nicht glauben, dass ich fast immer solche Schuhe getragen habe. Dann kann ich das nicht ganz ver-

gessen haben wie man in solchen Schuhen geht. Ich reiße mich zusammen und versuche an seinem Arm eine gute Figur zu machen.

„Können wir?" fragt er ernst. Die Schwestern und Ärztinnen verabschieden sich von mir, ich umarme meine Lieblingspflegerin und spüre wir Lars mich weiter zieht. Sie lächelt mir zu und das macht mir ein bisschen Mut. Ich sehe durch das Fenster von oben mindestens fünfundzwanzig Fotografen vor der Tür warten. Mir wird heiß und kalt, ich muss mich konzentrieren auf die Stufen. Es sind fünfzehn, das habe ich mit dem Physiotherapeuten gezählt. Ich will, dass Lars wieder stolz auf mich ist, an dieses Gefühl erinnere ich mich gut. Jetzt müssen wir da raus.

29

Die Kollegen wollen alles genau wissen, als ich am nächsten Morgen in die Bücherei komme. Zugegeben, es passiert nicht jeden Tag, dass man von der Kripo über eine Kollegin ausgefragt wird und es passiert zum Glück auch nicht jeden Tag, dass man unter Mordverdacht steht. Mir ist das alles sehr unangenehm, aber wie auch immer es sein mag, ich habe mir in dem Vernehmungsraum geschworen, mein Leben zu ändern. Ich bin im Moment zwar ganz unten, aber ich komme wieder hoch, das weiß ich. Ich stürze mich in die Arbeit, laufe täglich meine Runden und versuche John Benton nicht zu begegnen. Außerdem hat der Goldschmied mir eine Nachricht hinterlassen:

„Hallo Frau Mey, Wenger hier, der verschollene Goldschmied" er lacht über seinen eigenen Witz. "Ihr Ring ist fertig und kann abgeholt werden. Nicht, dass er noch in falsche Hände gerät" wieder lacht er. „Morgen bin ich bis

18 Uhr im Laden. Durchgehend. Bis dann."
In der Mittagspause hole ich den Ring ab. „Ich verstehe gar nicht, warum Sie ihn nicht größer machen wollen, wo andere für so einen Ring morden würden." Er lacht laut, aber ich schaue ihn nur erschrocken an.
„Das war ein Witz, Frau Mey! Das war ein Witz! Sie schauen mich an als wolle ich Sie hinter Gitter bringen." Ich lächle gezwungen und bezahle ohne nochmal aufzusehen. Zeit zu gehen. Er steckt den Ring in eine mit dunkelgrünem Samt ausstaffierte kleine Schatulle und reicht ihn mir. Schnell stecke ich ihn ein. Er gehört ja nun wirklich mir, dieser verdammte Ring. Immer noch gezwungen lächelnd verlasse ich den Laden. Auf dem Weg zurück zur Bücherei kaufe ich mir zwei Eclairs mit Vanillefüllung, eines hätte auch gereicht, aber heute geht es mir nicht so gut, manches lässt sich wohl nicht so leicht ändern. Mit Genuss beiße ich in eines der Eclairs und als sich die kühle Vanillecreme mit dem leckeren Brandteig in meinem Mund vermischt und auf der Zunge zergeht, hellt meine Stimmung auf. Köstlich. An den Ring will ich gar nicht mehr denken. Als ich gerade das zweite Eclair verschlungen habe und für einen kurzen Moment Magenschmerzen verspüre während ich durch den Hintereingang die Treppen hoch zu meinem Büro steige, kommt mir Bernd entgegen. Er hat mich gesucht, sagt er. Wie nett. Er bittet mich, in sein Büro zu kommen.
Ich hätte ja einiges durchgemacht und deswegen wolle er mir etwas Gutes tun. Ich bin ganz gerührt und ein bisschen Zeit habe ich noch bevor ich an der Informationstheke eingeteilt bin. Sein Büro ist immer sehr ordentlich. Er hat einen wunderschönen, großen Druck von Robert Delaunays buntem Eiffelturm an der Wand hängen und auf dem Fenster-

brett stehen zwei Pflanzen mit kleinen, hellgrünen Blättern in grauen Übertöpfen, die sehr schön harmonieren mit dem Grauton seines Schreibtischsets. Er hat einen guten Geschmack. Auf dem Schreibtisch brennen zwei dicke, cremefarbene Kerzen und es duftet nach Vanille, auf einem Tablett stehen eine Kanne Tee, zwei Tassen und daneben ein hübscher Teller mit zwei Vanille-Eclairs, genau die gleichen wie die, die mir nun doch etwas schwer im Magen liegen. Aber ich lasse mir nichts anmerken. „Wie nett von Dir. Vielen Dank!" Vielleicht ist Bernd doch nicht die schlechteste Wahl. Im Gegenteil, er erscheint mir heute attraktiver denn je, keine Spur von einem Trostpreis wie ich all die Jahre gedacht habe. In seinem gestreiften Hemd und der Jeans sieht er richtig gut aus. Er schenkt mir Tee ein und deutet auf die Eclairs und auch wenn der Vanilleduft der Kerzen etwas stark ist, bin ich gerührt von so viel Aufmerksamkeit und sollte er mich heute fragen, ob wir zusammen ausgehen, würde ich ja sagen. Ich nippe an dem viel zu heißen Tee, Vanilletee, und bringe es nicht übers Herz, die Eclairs liegen zu lassen, wo er sich so viel Mühe gemacht hat, also nehme ich einen und beiße ein Stückchen ab und sage ihm, dass das mein Lieblingsgebäck ist.
„Das weiß ich doch! Ich hoffe, dass Du Dich von dem Schrecken der letzten Tage gut erholst. Vielleicht kann ich Dir zur Ablenkung von meiner letzten Reise nach Oslo erzählen." Überwältigt von all dem was er für mich vorbereitet hat, wage ich es nicht, seine Geschichte abzuwürgen, auch wenn der künstliche Vanilleduft der Kerzen langsam unangenehm wird, der Tee immer noch viel zu heiß ist und der zweite Bissen meines für heute dritten Eclairs nicht mehr so herrlich auf meiner Zunge zergeht, sondern mir

Übelkeit verursacht. Ich versuche, ihm zuzuhören, aber schon nach wenigen Sätzen kann er sehen, dass es mir nicht gut geht und unterbricht seinen Reisebericht, der leider wie erwartet sterbenslangweilig ist. Aber trotz Übelkeit sehe ich ihn heute mit anderen Augen und wenn er mich heute fragen sollte, werde ich nicht ablehnen. Ich reiße mich zusammen, frage nach einem Schluck Wasser und schon geht es mir besser.

„Da ist noch eine Sache, die ich Dich fragen wollte, das passt jetzt vielleicht nicht so gut,..."
„Ja?"
„Du weißt es wahrscheinlich..., alle wissen es wahrscheinlich schon lange..." er macht eine kurze Pause, die ich dazu nutze, mich aufrechter hinzusetzen und ihn zu ermuntern: „Ja, was wissen alle schon lange?"
„Es ist so, ich habe schon einige Zeichen hinterlassen, eine gelbe Rose, der Kaffee, der morgens bereit steht,..." wieder sucht er nach den richtigen Worten. Ich lächle und weiß genau, was er meint. Das mit dem Kaffee ist echt nett jeden Morgen, er war das also, der mir jeden Morgen Kaffee gekocht hat. Und die gelbe Rose an der Auskunftstheke, ja, ich erinnere mich. Erwartungsvoll schaue ich ihn an und dann lächelt er wie ich ihn noch nie habe lächeln sehen und sagt: „Ich komme mir so doof vor,..."
„Ach, komm schon..." antworte ich so charmant wie nur möglich. „Ich komme mir so doof vor, Dich zu fragen, wo Du ja, sagen wir mal, auch nicht gerade von Erfolg verwöhnt bist in diesen Dingen."
„Was genau meinst Du?" frage ich voller Erwartung.
„Auch wenn die letzten Tage schlimm für Dich waren, würde ich Dich gerne fragen, ähm..."

Aufgeregt rutsche ich auf meinem Stuhl hin und her, freue mich so sehr und möchte ihm jegliche Angst nehmen. Er soll nur endlich auf den Punkt kommen.

„Ich bin total verliebt in Iris, aber komme einfach nicht weiter. Kannst Du mir einen Tipp geben?"

„In Iris? Nein, das wussten nicht alle schon lange! Und Iris am allerwenigsten. Der Kaffee und die gelbe Rose an der Auskunftstheke waren für Iris? Vielleicht müssen Deine Zeichen etwas deutlicher sein!" fahre ich ihn an.

„Ach, meinst Du?" fragt Bernd bestürzt. Mir ist schlecht und diese Antwort gibt mir den Rest.

„Jetzt muss ich wirklich los." Nicht mal Bernd hat Interesse an mir.

Was denkt er sich, dieser Langweiler? Auf dem Flur atme ich erstmal tief durch, dieser penetrante Vanilleduft, grässlich!

Schon fühle ich mich wieder wie in die Gosse gestoßen, aber ich will nicht in alte Verhaltensmuster zurückfallen, ich bin ein freier Mensch und nur das zählt, ich kann auch allein gut leben. Ich richte mich auf, spiegle mich im Vorbeigehen in den großen Vitrinenscheiben der wertvollen Kunstbücher, bleibe kurz stehen, um mich näher zu betrachten und sehe eine Frau, die vielleicht ein winziges bisschen zu dick ist und etwas gezwungen lächelt, aber schöne blonde Haare hat, einen Pulli trägt, der das Grün ihrer Augen gut zur Geltung bringt und die dabei ist, ihr Leben neu anzugehen. Entschlossen gehe ich weiter und übernehme die Auskunftstheke während Iris ihre Sachen zusammen sucht und mich freundlich ansieht:

„Ich bin so froh, dass wir Dich wieder hier haben. Ich arbeite gerne mit Dir zusammen. Das wollte ich Dir schon lange mal sagen."

„Ach Iris, Du bist die Beste, für Bernd übrigens auch", antworte ich, umarme sie kurz und freue mich trotzdem.

30

„Sie ist zurück!", „Coming home, Julie!", „Das Traumpaar ist wieder vereint", „Was ist mit Julie? Hat er sie krank gemacht?" „Julie – nach schwerer Krankheit aus Klinik entlassen" lese ich in der Presseauswahl, die mein Manager mir geschickt hat. Julie und ich haben die Flucht nach vorne angetreten und direkt vor dem Pflegeheim ein paar Interviews gegeben, um all den Spekulationen um Julies Krankheit zuvor zu kommen. Es war furchtbar anstrengend, besonders für Julie. Sie hat geweint als wir von der Klinik nach Hause gefahren sind und sich erst wieder beruhigt als sie endlich auf dem Sofa saß und den Kastanienbaum im Garten sah. Keno wich nicht von ihrer Seite. Jetzt liegt sie oft auf einem Liegestuhl unter dem Baum und beobachtet die Blätter. Wenn es ihr gut tut, soll sie es machen so oft sie mag, ich hoffe nur, sie wird bald stabiler. Zum Glück ist bald Sommer und schon jetzt sind die Tage angenehm warm und man kann auch abends noch lange draußen auf der Terrasse sitzen. Ich mag sie sehr und ich bin zum Glück auch nicht mehr so gereizt. Ich hatte schon Angst davor, sie nach Hause zu holen und ihren Krankenpfleger spielen zu müssen. Ich habe nach wie vor viel um die Ohren und dann ist da ja auch noch meine Mutter und Helen. Ich weiß nicht, wann ich die Sache mit ihr beende. Julie braucht Zeit, das sagt sie mir ständig, wenn ich versuche ihr näher zu kommen. Wir unterhalten uns über dies und das, meist über Belangloses und ich vermeide bewusst unangenehme The-

men. Bisher klappt es ganz gut. Sie achtet auch wieder mehr auf ihr Äußeres, was mir gut gefällt und bestimmt ist es auch ein Zeichen dafür, dass es ihr besser geht. Vielleicht kann sie auch bald wieder alleine mit dem Hund raus.
Manchmal habe ich das Gefühl, Julie spielt mir etwas vor. Sie wirkt so erschöpft und hat seit sie wieder zu Hause ist, keine ihrer Freundinnen getroffen. Da fällt mir auf, dass sie außer mir auch nie Besuch bekam im Pflegeheim. Keine ihrer Schauspieler-Freundinnen ist dort aufgetaucht. Merkwürdig. In all den Wochen nicht einmal. Eigentlich ist es mir auch recht so. Diese Frauen haben immer auch das öffentliche Interesse geweckt. Je weniger Aufsehen, umso besser. Oder wollte Julie das nicht? Ich muss sie mal fragen.

31

Julie ist wieder da. Dann wird er sie heute Abend sicher mitbringen zu meiner Party. Die Dicke hat auch zugesagt und sich bei mir bedankt, dass ich Lars das Filmmaterial gegeben habe. Es war schon ein bisschen unangenehm mit ihr zu sprechen. Ich hatte keine Erklärung für meine Filmaufnahmen. Ich werde das Zeugs löschen müssen, jetzt wo es sogar die Staatsanwaltschaft weiß, ist es zu gefährlich, daraus etwas zu machen.
Sechzig Gäste haben zugesagt, das Catering wird gleich kommen und Phil wird die Musik wieder übernehmen. Zum Glück ist es schon so warm draußen, da können wir wieder im Garten tanzen.
Julie sieht ziemlich fertig aus und etwas neben sich wie sie da auf der Liege unter dem Baum liegt. Tja, dann muss ich mich wohl etwas zurückhalten was Lars angeht. Ich mag ihn wirklich und er ist der Einzige, der ehrlich zu mir ist. Auch

wenn das beim letzten Mal eine miese Nummer war, was er mir da alles an den Kopf geworfen hat, bin ich froh, dass er es getan hat. Er hatte Recht. Als ich der Dicken helfen konnte, ging es mir tatsächlich besser. Wer hätte das gedacht, der saufende Anwalt ist ein Hobbypsychologe. Und dann ist da noch Mamis Buch, dieser Ratgeber ist nicht schlecht. Ich schaue mir immer wieder ihre Zeilen auf der ersten Seite an. Das tut so gut. Mami, ich versuche, nicht mehr so hart zu sein! Aber so einfach ist das nicht.
Die Catering Firma kommt. „Die Zelte, Tische, Stühle und Scheinwerfer in den Garten wie beim letzten Mal. Und keine Lilien! Verdammt! Ich habe doch ausdrücklich gesagt, keine Lilien mehr auf die Tische, ich hasse es, Blütenstaub im Essen zu haben. Achten Sie darauf! Ich mag bunte Sträuße mit Sommerblumen, ein bisschen wie eine Blumenwiese. Ihr Problem, dass Sie nur Lilien mitgebracht haben." Meine Güte, kann diese Frau nicht zuhören? In zwei Stunden werden die ersten Gäste da sein. Da ist der Typ, der für die Cocktails zuständig ist, in der Küche wird das Essen vorbereitet und eben kommt Phil mit seinen Verstärkern herein. Super. Ich werde mich jetzt nach oben begeben und mich stylen. Was ziehe ich heute an? In meinem großen, begehbaren Schrank gehe ich die Kleider durch. Da ist das hellgelbe, fast durchsichtige Kleid, Mami hätte das nicht gut gefunden, aber ich liebe dieses Kleid. Oder soll ich lieber den blauen Minirock und das Top dazu anziehen? Nein, ich werde das schulterfreie schwarze nehmen, das Mami gehört hat. Dazu die schwarzen Manolo Blahnik und die großen Ohrringe von Papa aus Barcelona. Die Haare werde ich hochstecken und ein bisschen mehr Farbe auflegen als sonst. Schnell springe ich unter die Dusche. Das

schwarze Kleid passt wie angegossen. Ich fühle mich gut in diesem Kleid, ich war mir nicht sicher, ob ich Mamis Kleider weggeben sollte, aber jetzt bin ich froh, dass ich es nicht getan habe, denn Mami und ich haben eine sehr ähnliche Figur. Ich muss mich beeilen, es ist gleich acht. Noch ein Hauch von Chanel und ab nach unten. Die Musik gefällt mir. Phil macht das gut, er ist der beste DJ, den ich kenne. Oh Mann, warum stellen diese Idioten den Tisch mit den Getränken genau in diese Ecke, sehen sie nicht, dass das total blöd aussieht? Das muss sofort geändert werden.
Lange Tischreihen in U-Form mit weißen Tischdecken und weißen Kerzen stehen im Garten. Die Lilien sind inzwischen durch bunte Sträuße aus Sommerblumen ersetzt worden und in der Mitte des Gartens ist eine Plattform zum Tanzen aufgebaut, die mit Scheinwerfern beleuchtet wird. Die Abendsonne taucht den Garten und die Terrasse in ein warmes, rotes Licht. Phil legt kubanische Rhythmen auf. Was für ein schöner Sommerabend! Das Buffet ist aufgebaut, die letzten Kräuter, Limonen und Blumen werden dekoriert. „Weiße Kerzen habe ich gesagt! Ist das denn so schwer?! Nehmen Sie diese orangenen Kerzen da alle wieder weg. Sie werden doch hoffentlich weiße Kerzen dabei haben!" Ich hole mir ein Glas Champagner vom Tablett, das der Kellner mir bringt und denke an die schönen Partys meiner Eltern mit Mathilda Waldvogel und den anderen Nachbarn, den Freunden und Schauspielkollegen von Mami und Papas Freunden aus London. Heute fühle ich mich richtig gut. Das mit der Party war eine gute Idee. Meine Freunde werden gleich da sein und die Kollegen von der Zeitung. Mal sehen, wer von den Nachbarn kommt. Diesmal habe ich alle Nachbarn um mich herum eingeladen, auch wenn

ich es nicht so prickelnd finde, aber ich mache es, weil Mami es auch so gemacht hätte. Dieser alte Amerikaner hat sofort zugesagt. Komischer Vogel, aber berühmt. Ich habe ihn gegoogelt.

Die Dietrichs und ihre Tochter mit Mann kommen herein, Lars kommt allein und entschuldigt Julie. Für Julie sei das noch zu viel. Auch gut, Hauptsache mein Lieblingsmensch ist da! Sofort kommt ein Kellner und bietet Ihnen Champagner an. Zumindest das funktioniert bei diesem Catering Team. Gegen halb neun sind alle da. Ich liebe solche Auftritte. Noch ein Blick in den Spiegel, dann nehme ich mir ein Champagnerglas, gehe nach draußen, gebe Phil ein Zeichen, die Musik runter zu drehen, stelle mich auf die Terrasse und fange an, meine Gäste zu begrüßen. „Meine Lieben, schön, dass Ihr alle gekommen seid. Ich möchte Euch einander vorstellen, damit Ihr wisst, mit wem Ihr es heute Abend zu tun habt. Die Gruppe um die Bar, das sind meine Freunde aus Studienzeiten, Joko ist Radiomoderator bei Sieben Zwei, Anna schreibt Drehbücher für den Tatort, Leni spielt im Symphonieorchester, David ist Fotograf und daneben sind meine Kollegen von der Zeitung. Hannes ist Auslandskorrespondent und eigentlich in Washington zu Hause, die Gruppe am Buffet sind Schauspieler und Moderatoren vom Kulturfernsehen und da hinten in der Ecke sitzen meine Nachbarn, die Dietrichs mit ihrer Tochter, einer Architektin, die das Haus nebenan sehr schön umgebaut hat. Und da ist Lars, der hier auf der anderen Seite wohnt und den ihr alle aus dem Fernsehen kennt. Der ältere Herr mit Hut und weißem Anzug ist John Benton, ein berühmter Künstler aus Amerika und die Dame im hellblauen Kleid ist Nelly Mey von gegenüber, eine Bibliothekarin hier in der Stadtteilbibliothek. Ich möchte mich herzlich bedanken für die Geschenke und vielleicht könnte ich das ein oder andere jetzt gleich auspacken. Da ist ein tolles kleines Gemälde von John Benton von unseren Gärten mit dem großen Kastanienbaum. Sehr schön. Vielen Dank! Und dieses große Foto von mir in Schwarz-Weiß, wunderschön, David Du bist der Größte. Und was könnte das sein? Ein Buch von unserer Bibliothekarin Nelly, mal sehen, was es ist. `Ilse Rampoldt spricht mit toten Seelen´. Uhh, wie gruselig. Ilse Rampoldt, der neue Star am Literaturhimmel!" juble ich und erhebe mein Glas. Meine Freunde lachen und schauen zu Nelly hinüber, die nicht so amüsiert aussieht, aber ein bisschen Spaß muss sein. „Das Buffet ist eröffnet, esst, trinkt und tanzt!" Die Musik wird lauter und die Gäste fangen an, sich am Buffet zu bedienen. Nelly setzt sich zu den Dietrichs und ich sehe Lars mit ihr reden. Als John Benton auf sie zukommt, steht sie schnell auf und geht zur Bar. Tja, der alte Kerl hätte sie fast hinter Gitter gebracht. Ich muss zugeben, dieses hellblaue Kleid steht ihr gut auch wenn es sehr schlicht ist. Und ja, ihre Augen sind auffällig, aber ansonsten ist sie absoluter Durchschnitt. Und tatsächlich hat sie heute High Heels an. Kann sie in den Dingern überhaupt gehen? Heute sieht sie mal nicht aus wie eine graue Maus. Lars redet schon wieder mit ihr. Was findet er nur an dieser Person? Ich gehe zu ihnen und falle Lars um den Hals. Er lässt Nelly stehen, wendet sich sofort mir zu und ich ziehe ihn auf die Tanzfläche. Er sieht einfach umwerfend aus und kann sehr gut tanzen. Nelly steht noch eine Weile alleine da, dann winkt sie mir zu, um sich zu verabschieden und geht. Da sehe ich wie Joko hinter ihr herläuft. Was will Joko bitteschön von dieser Frau? Ein paar meiner Freunde sind schon total betrunken, machen sich aus den Blumen auf den Tischen Haarkränze und tanzen wie Irre im Garten herum. Aber das alles ist mir egal, ich amüsiere mich auf der Tanzfläche mit Lars und genieße jede Minute mit ihm. Nach einer Weile braucht er eine Pause und setzt sich. Ich gehe umher und plaudere mal hier, mal da, wie Mami es getan hätte. In einer dunklen Ecke im Garten entdecke ich Lars und setze mich zu ihm. Er scheint schon einiges getrunken zu haben, aber er ist es ja gewöhnt. „Du siehst Deiner Mutter verdammt ähnlich. Du bist echt eine schöne Frau." Ich lehne mich an ihn und lächle zufrieden. „Schöne Party" sagt er und streicht mir über die Wange. Ich schaue ihm in die Augen und küsse ihn auf den Mund. Er zieht seinen Kopf nicht weg, sondern erwidert den Kuss. Ich liebe diesen Mann! Aber plötzlich richtet er sich auf, schiebt mich weg und sagt immer wieder, dass er betrunken sei. Kurz darauf verabschiedet er sich und geht nach Hause. Schade, aber da ist ja noch David. Er ist für jeden Spaß zu haben und macht sensationelle Fotos.

Irgendwann kriege ich gar nicht mehr mit, wer noch da ist, habe nur noch Augen für David mit dem ich in den frühen Morgenstunden in meinem Zimmer verschwinde. Wie schon oft bleibt David noch zum Frühstück und geht dann. Genau so liebe ich es. Er ist ein genialer Liebhaber, der Unverbindlichkeit ebenso schätzt wie ich.

32

Am Montag soll ich in den Sender kommen. Ich fasse es nicht! Joko Schmidt hat mich gefragt, ob ich aushelfen kann. Joko Schmidt persönlich! Ich liebe seine Sendung. Und er ist echt witzig. Ich soll die Literaturtipps für diese

Woche übernehmen, Krankheitsvertretung für eine Kollegin, die mit einer schlimmen Grippe im Bett liegt. Noch vor dem ersten Schluck Kaffee, rufe ich Stella und meine Eltern an, um ihnen davon zu erzählen. Ich freue mich total. Außerdem erzähle ich ihnen von den Schauspielern und anderen Promis, die gestern da waren und die man aus dem Fernsehen kennt. Es war schon lustig, sie mal live zu sehen. Den ganzen Morgen gehe ich schon mein Bücherregal durch und komme gar nicht dazu, mich über Cécile zu ärgern. Ich überlege, welche Bücher ich vorstellen könnte. Es sollen drei Romane sein. Ich darf frei entscheiden, einzige Bedingung, es sollen Neuerscheinungen sein. Für jedes Buch habe ich zweieinhalb Minuten Sendezeit. Zweieinhalb Minuten für Autor, Handlung, Lob und Kritik. Ich setze mich hin und mache mir Notizen. Wenn ich von etwas begeistert bin, dann sind es Bücher! Ich fange an mit Michael Blessings `Frühling am Meer´, auch wenn ich immer noch mit Schrecken an die Lesung denke. Gut geschriebene, herrlich leichte Urlaubslektüre, perfekt für laue Sommerabende am Meer. Ich brauche noch mehrere Stunden, um mich zu entscheiden, gehe sogar nochmal in die Bücherei, obwohl Sonntag ist und nehme mir ein paar der neuen Bücher zur Auswahl mit nach Hause. Es muss richtig gut werden. Als ich eine kurze Kaffeepause auf dem Balkon einlege, höre ich die Kaulbarts unter mir wieder streiten, da fällt mir ihr kaputtes Badezimmerfenster ein. Ich werde den Ring verkaufen und dann einiges reparieren lassen. Ich hoffe nur, die Kaulbarts kommen heute nicht schon wieder, um sich zu beschweren. Letzte Woche haben sie mir tatsächlich mit Mietminderung gedroht. Ich wusste gar nicht, was ich sagen sollte. Letzte Woche hatte ich wirklich ganz andere Sorgen.

Wenn ich an diesen Tag in Polizeigewahrsam denke, wird mir ganz anders. Wie zufrieden und glücklich ich dann bin, hier auf meinem Balkon sitzen zu können. Herrlich. Ich sehe Julie wieder auf einem Liegestuhl unter dem Kastanienbaum liegen. Lars sitzt neben ihr und liest. Frau Dietrich ruft ihren Kater, aufgrund ihrer Schwerhörigkeit ruft sie in einer Lautstärke, die gar nicht zu ihrer feinen, grazilen Erscheinung passt. Von Cécile ist den ganzen Tag nichts zu sehen und das ist auch gut so. Dieses Miststück hat mich ganz schön vorgeführt. Um mich etwas abzureagieren, laufe ich noch eine Runde um die Alster. Aber ich muss mich ranhalten, sonst werde ich nicht fertig.

Inzwischen ist es schon Mitternacht. Ich spreche den Text mehrmals durch und mache mir Zeichen, wo ich langsamer und schneller sprechen muss, damit es zeitlich hinhaut. Ich freue mich über dieses tolle Angebot, bin zwar müde, aber auch sehr aufgeregt. Schließlich soll ich den Text selbst sprechen. Morgen werde ich Stella und meiner Familie noch die genaue Sendezeit durchgeben. Am Montag arbeite ich nur bis drei. Danach werde ich in den Sender fahren mit meinen drei Buchvorschlägen.

Da war diese Party doch noch zu etwas nütze, auch wenn es mich sehr ärgert, dass sie mich so lächerlich machen musste und ihre Freunde mich ausgelacht haben. Und als ob das nicht schon genug wäre, hat Lars mich mitten im Satz stehen lassen, um mit ihr abzuzischen. Tja, die High Society unter sich. Da passe ich eben nicht rein. Ob er mit ihr auch etwas hat? Die arme Julie! Kaum ist sie wieder da, muss sie sich mit solchen Themen auseinander setzen. Noch nie war ich auf einer so nobel organisierten Party. Die Dekoration, das Essen, die Getränke und auch die Musik, alles vom

Feinsten, aber die Leute. Furchtbar. Aber wo hätte ich den meiner Meinung nach witzigsten Radiomoderator kennen lernen sollen? Da muss ich meiner lieben Nachbarin schon wieder dankbar sein. Hätte sie mich und meinen Beruf nicht vorgestellt, wäre es wahrscheinlich nie so weit gekommen.
„Nelly Mey für Sieben Zwei!" sage ich lachend zu mir selbst vor dem Badezimmerspiegel.

33
Schöne Kleider aussuchen, duschen, Haare waschen und föhnen, anziehen, Tabletten nehmen, frühstücken, nichts vollkleckern, wieder Tabletten nehmen, mit dem Hund rausgehen, die wollene Kappe nicht mehr aufsetzen. Die ist zu warm. Das ist alles so wahnsinnig anstrengend. Und am schlimmsten sind Lars' Blicke. Seine Erwartungen machen mich fertig. Der Druck ist so groß, dass ich manchmal am liebsten gehen möchte, aber wo soll ich hin? Meine Eltern sind tot und meine Freundinnen von früher ertrage ich nicht mehr. Lucy hat mich letzte Woche angerufen, aber es war nicht zum Aushalten. Uns verbindet nichts mehr. Ich bin allein. Und ich bin nicht gesund. Ich weiß nicht, wie ich das mit Lars auf die Reihe kriegen soll. Ich habe Angst. Noch immer bin ich schon kurz nach dem Frühstück wieder total müde. Ich muss nach und nach die Tabletten absetzen. Bestimmt wird es dann auch mit der Müdigkeit besser. Ich lese wieder mehr. Lars hat mir Bücher mitgebracht. „Frühling am Meer" lese ich gerade, es ist, als ob ich diese Geschichte schon kenne, ich weiß nur nicht, woher. Ich muss mich entspannen und vielleicht kann ich bald wieder zum Yoga gehen. Im Moment kann ich noch nicht alleine aus dem Haus. Lars hat eine nette Frau eingestellt, die mich in den

nächsten Wochen begleiten soll, wenn ich Arzttermine habe, einkaufen oder mit dem Hund spazieren gehen möchte. Sie heißt Vera. Ich mag sie. Sie hat eine sehr herzliche Art. Bei ihr fühle ich mich gut. Das hat Lars gut gemacht. Heute gehe ich mit Vera einkaufen und danach mit ihr und Keno an die Alster. Die Dietrichs haben mich gestern zum Tee eingeladen als wir uns im Garten gesehen haben. Ihr dicker Kater strich mir sofort um die Beine und wollte sich auf meinen Schoß setzen. Frau Dietrich hat ihn dann weggejagt. „Lassen Sie doch, das ist doch schön" warf ich ein, aber sie wollte ihn nicht am Tisch haben. Ihre Enkel haben im Garten gespielt und sich irgendwann nur noch gestritten und geweint. Das wurde mir dann zu viel. Ich hoffe, dass ich bald wieder belastbarer bin. Wenn ich mir meine Model-Mappe ansehe und an die anstrengenden Fotoshootings überall auf der Welt denke, ist es wie ein Leben, zu dem ich keinen Zugang mehr habe. Ich erinnere mich an die außergewöhnlichen Locations, die bewundernden Blicke, die tollen Partys und die Männer, der sensible Billy am Klavier und Robert, der damals ständig wegen Drogen hinter Gitter saß, es aber irgendwie geschafft hat, davon loszukommen und jetzt einer der ganz Großen im Filmbusiness ist. Hat er nicht sogar einen Oscar bekommen? Wenn ich ihn auf der Leinwand sehe, kann ich es kaum glauben, dass wir für ein paar Wochen ein Paar waren. Auch wenn ich von Anfang an wusste, dass es mit uns nichts werden würde, war es sehr reizvoll für mich, mich ins Abenteuer mit irgendeinem Typen zu stürzen. So war ich damals bis ich Lars traf.
Ich erinnere mich aber auch an das Ausgeliefertsein, die würdelosen Forderungen der Redakteure und Fotografen, die schlimmen Migräneanfälle und Kreislaufstörungen we-

gen des Jetlag, die starken Schmerztabletten, das Hungergefühl und die Angst, nicht gut genug zu sein, nicht gut zu schlafen und womöglich am nächsten Tag schlecht auszusehen. Zum Glück habe ich auf meine Ernährung geachtet, die Chia-Samen und Nüsse haben mir oft über die Runden geholfen. Ich habe mich immer damit getröstet, irgendwann als Ärztin arbeiten zu können. Und jetzt kann ich weder das Eine noch das Andere. Bin ich für einen Neuanfang zu alt und zu krank? Kam diese Krankheit, weil ich zu viele Jahre zu ehrgeizig war und immer über meinem Limit gelebt habe? Ohne Verschnaufpausen und Entspannung, von einem Termin zum nächsten, um mir etwas zu beweisen? Nur was? Oder wollte ich Lars etwas beweisen? Wollte ich ihm beweisen, dass ich mit ihm mithalten kann? Ich weiß es nicht mehr. Im Radio läuft ein Song, der mich an unseren Urlaub in Santa Monica erinnert. Dieses wunderschöne Strandhaus. Ich hatte einen Auftrag in San Francisco und Lars flog von Hamburg aus herüber. Wir hatten uns vier Wochen nicht gesehen und trafen uns in diesem Strandhaus. Was für ein schönes Wiedersehen. Lars ist immer total entspannt, wenn wir nicht in Deutschland sind, weil ihn dann keiner kennt. Das ist herrlich. Er ist dann so wie damals als ich ihn kennen gelernt habe. Es war auf einer Kunstausstellung in New York. Ich hatte wenige Monate zuvor meine Eltern verloren. Sie sind beide im Abstand von acht Wochen an Krebs gestorben. Nach ihrem Tod bin ich von Hamburg nach New York gezogen und glücklicherweise lief es gut für mich als Model. Lars und ich haben uns gleich gut verstanden, aber ich hatte große Bedenken bei einem so gutaussehenden Typen. Ich wusste nicht, dass er ein bekannter TV-Anwalt ist. Das war eine schöne Zeit. Er hatte mich in den ersten sechs Monaten achtmal in New York besucht. Ich hatte viel zu tun und war mir nicht sicher, ob ich etwas Ernstes mit ihm anfangen wollte. Aber er ließ nicht locker und als ich nach einem halben Jahr das erste Mal bei ihm zu Hause in Deutschland war, hatte ich das Gefühl, ihn schon lange zu kennen. Er war mir sehr vertraut, er war lustig, einfallsreich und ein ehrlicher Typ. Ich war beeindruckt davon wie er sich um seine Mutter und seinen kranken Bruder kümmert. Das alles gefiel mir. Familie bedeutet mir sehr viel und es ist für mich unendlich traurig, dass ich weder Eltern noch Geschwister habe. Als ich nach diesem ersten Besuch zurück nach New York geflogen bin, habe ich es ohne ihn fast nicht mehr ausgehalten, obwohl ich diese Stadt liebe und immer schon dort leben wollte. Dann kam der Urlaub in Santa Monica. Wir haben am Strand getanzt, sind nachts schwimmen gegangen und ließen uns Essen liefern, um das Haus nicht verlassen zu müssen. Wir legten die Matratzen auf die überdachte Veranda des Hauses und verbrachten Tag und Nacht draußen. Es gab nur uns, die Sonne, den Strand, das Meer und dieses wunderschöne Haus. Manchmal war mir diese Harmonie zwischen uns schon unheimlich. Nach diesem Urlaub habe ich endlich ja gesagt und wir haben wenige Wochen später in Hamburg geheiratet. Die Erinnerung an diese drei Wochen hat mir in den letzten Jahren immer wieder über schwere Zeiten geholfen. Ob es diesmal auch so ist, weiß ich nicht. Vielleicht sind die Probleme und die Angst zu groß geworden. Dieses öffentliche Leben ist wahnsinnig anstrengend, ich hasse es. Vielleicht sollten wir irgendwohin gehen, wo uns keiner kennt. Ich halte das alles nicht mehr aus. Vor allem will ich nicht an Helen oder sonst eine Frau in seinem

Leben denken. Ich kann das erst mit ihm klären, wenn es mir besser geht. Ich muss das ausblenden. Ich muss.
Ich werde mich gleich wieder auf die Liege im Garten legen und nur die Sonnenstrahlen auf meiner Haut spüren. Wie gerne würde ich jetzt einen Kaffee trinken, aber das geht noch nicht wegen der Medikamente und meinem hohen Blutdruck. Durch die Blätter des Kastanienbaumes sehe ich Nelly von gegenüber auf ihrem Balkon sitzen. Wie sehr sie ihrer Tante ähnlich sieht. Ich beneide sie um ihr Leben. Sie ist frei und steht nicht in der Öffentlichkeit.

34

Joko Schmidt ist für seine spontanen Ideen bekannt und beliebt. Jetzt, wo ich Teil seiner Sendung bin, macht es mir doch Sorgen, was da auf mich zukommen wird. Aber es ist abgesprochen, dass ich nur die Bücher vorstelle und weiter nichts. Den ganzen Morgen kann ich mich gar nicht auf meine Arbeit konzentrieren und heute Nacht bin ich mehrmals hochgeschreckt, weil ich an den blöden Ring und die Verhaftung denken musste. Zum Glück ist heute keine Klassenführung eingeplant. Als Bernd mich fragt, ob ich mit ihm Mittagessen gehe, lehne ich geistesabwesend ab. Immer wieder überfliege ich den Text auf meinen Karten, die ich für die Sendung vorbereitet habe. Ich will Bernd und auch den anderen nicht sagen, was ich da mache und überhaupt hoffe ich inzwischen, dass niemand, den ich kenne, die Sendung anhört. Angst überfällt mich und die Freude über diesen Beitrag hat sich komplett in Luft aufgelöst. Als ich in der Pause an der französischen Bäckerei vorbeikomme, sehe ich die Vanille Eclairs in der Auslage liegen, aber es läuft mir nicht wie sonst das Wasser im Mund zusammen. Im Gegenteil, ich habe keinerlei Appetit auf diese süßen Teile. Merkwürdig, wo sie meine Stimmung doch jahrelang aus dem Keller holen konnten. Vielleicht war dieses eine Eclair in Bernds Büro einfach zu viel. Oder hat mir Bernds Geständnis doch mehr zugesetzt als ich mir eingestehen will? Keine Ahnung. Gleich muss ich los zum Sender. Oh Mann, vor lauter Aufregung habe ich keinen Bissen herunter gebracht. Das passiert mir wirklich nicht oft, ich liebe Essen, auch wenn mein Lieblingsessen, Fleischklopse mit angebratenen Nudeln, nicht die auserlesenste Wahl sein mag. Kurz vor drei packe ich meine Sachen zusammen, stecke die Karten mit meinen Notizen in die Tasche und fahre mit meinem Auto bei herrlichem Sonnenschein durch die Stadt zum Sender. Ich bin etwas zu früh da und kann nun in Ruhe, das Studio suchen. Als ich im dritten Stock ankomme, sehe ich ein Schild „Sieben Zwei". Aufgeregt und ein bisschen stolz öffne ich die große Glastür und betrete die Redaktion. Die Büros sind hell und lichtdurchflutet mit Glaswänden und riesigen Fenstern, die einen tollen Blick auf die Stadt frei geben. Langsam schlendere ich den Flur entlang bis mir eine Frau mit schnellem Schritt entgegen kommt. „Sind Sie Nelly Mey?" „Ja" antworte ich mit vor Aufregung heiser klingender Stimme. „Wir warten schon die ganze Zeit auf Sie! Sie sollten um 14.45 Uhr da sein! Jetzt schnell. Für Proben ist nun keine Zeit mehr. Joko ist schon auf Sendung. Antworten Sie einfach auf seine Fragen. Für die Bücher haben Sie jeweils dreieinhalb Minuten."

„Er hat mir gesagt, ich soll um 15.45 Uhr da sein. Auf seine Fragen? Was für Fragen? Dreieinhalb Minuten, er hat mir gesagt, zweieinhalb pro Buch."

„Joko und die Zahlen, damit nimmt er es nie so genau. Machen Sie sich nichts draus. Schnell jetzt. Gehen Sie in die Technik, da vorne vierte Tür links, da wird man Ihnen genau sagen, auf was Sie achten sollen. Die Armbänder können Sie schon mal ausziehen. Die klimpern zu sehr. Das stört. Also schnell jetzt." Hastig eile ich den Gang hinunter und klopfe vorsichtig an der vierten Tür auf der linken Seite. Ein Techniker reißt sie auf und ich falle fast mit der Klinke in der Hand hinein. „Ah, da sind Sie ja endlich! Sie müssen sofort ins Studio." Er sieht, dass ich ihn etwas fragen möchte, aber ohne mir die Möglichkeit dazu zu geben, winkt er ab, sagt mir in Windeseile, worauf ich achten muss und führt mich ins Studio. Ich habe nur die Hälfte verstanden und stehe plötzlich Joko Schmidt gegenüber vor einem Mikrofon und krame meine Karten aus der Tasche. Aber es sind nur acht Karteikarten. Wo sind die restlichen vier? Das darf doch nicht wahr sein! Ich suche in meiner Tasche überall, aber Joko gibt mir ein Zeichen, dass ich leise sein und die Tasche weglegen soll. Ich fange an zu schwitzen, es ist brütend heiß in diesem Studio. Mein Kopf ist sicher schon ganz rot. Verkrampft stehe ich vor dem Mikrofon. Das Studio hat gläserne Wände und erst jetzt sehe ich die Redakteure in ihren Büros um uns herum. Ach du meine Güte! Sie beobachten uns. Wahrscheinlich stehe ich da wie ein Bauerntrampel mit einer roten Birne und zu wenig Karteikarten. Mist! Mist! Mist! Und schon fängt Joko in seiner gewohnt lässigen Art an, zu moderieren: „Ihr wollt in den Urlaub fahren? Dann haben wir was für Euch! Nelly Mey stellt Euch drei Bücher vor und wird zu jedem noch eine kleine Anekdote erzählen. Mit welchem fängst du an?"
Ich erstarre vor Schreck und weil ich nichts sage, macht

Joko weiter: „Nelly Mey ist Bibliothekarin, müsst Ihr wissen, sie weiß was in der Literaturszene los ist. Wie heißt Dein erster Tipp, Nelly?"
Ich halte mir die erste Karteikarte so hin, dass ich sie trotz relativ großem Mikrofon noch sehen kann und beginne mit zittriger Stimme zu lesen. „Ich fange an mit „Frühling am Meer" von Michael Blessing." Und schon unterbricht er mich wieder: „Was fällt Dir ganz spontan zu diesem Buch ein? Was kannst Du persönlich dazu sagen? Irgendwelche tollen Erlebnisse bei dieser Lektüre? Wir wollen es wissen."
Ich fühle mich in die Ecke gedrängt, schaue gebannt auf meine Karte und fahre fort: „Ein herrliches Urlaubsbuch, es spielt in Südfrankreich am Meer,..."
„Was verbindest Du persönlich mit diesem Buch?" er lässt nicht locker. Ich fange an zu stottern „Also, ich, ähm, ich habe Michael Blessing persönlich kennen gelernt bei einer Lesung in der Bibliothek."
„Gab es irgendwelche Zwischenfälle?" fragt er ernst und ahmt einen Polizeikommissar aus einer bekannten Krimiserie nach. Ich schaue immer wieder aufgeregt auf das Mikrofon und dann zu Joko. Er gibt mir Zeichen, dass er jetzt endlich etwas hören möchte und will mir die Karten aus der Hand nehmen, aber ich lasse sie nicht los, er zieht nun richtig kräftig an ihnen und dann hat er sie. Ich fühle mich verloren ohne sie, auch wenn sie unvollständig sind, haben sie mir ein bisschen Sicherheit gegeben. Ich stehe vor dem Mikrofon und weiß nicht, was ich sagen soll, schaue Joko an, dann unsicher zu den Redakteuren in den Räumen um uns herum, zwei schütteln unmissverständlich den Kopf und einer gibt mir völlig genervt ein Zeichen, dass ich jetzt endlich den Mund aufmachen soll. So ein Mist, ich bin kom-

plett überfordert mit dieser Situation und in keiner Weise auf so etwas vorbereitet.

„Es gab tatsächlich einen Zwischenfall..." fange ich verzweifelt an, „als ich den Autor und einen Freund von ihm, der die Lesung musikalisch begleitet hat und aussieht wie George Clooney in jungen Jahren, in der Bücherei getroffen habe. Ein älterer Herr im Rollstuhl rammte mir sein linkes Bein, das er fast waagrecht auf einer Schiene vor sich ausgestreckt hatte von hinten in den Oberschenkel. Ich stand zwischen den Stuhlreihen und kippte nach vorne und plötzlich öffneten sich die oberen Knöpfe meiner Bluse und ich möchte gar nicht wissen, was da alles zum Vorschein kam. Der gutaussehende Michael Blessing und sein George Clooney-Freund starrten mich jedenfalls erstaunt an, genauso wie die Abiturientinnen eines Mädchengymnasiums, die in diesem Moment den Raum betraten und an ihrem prustenden Gelächter konnte ich mir ausmalen, dass da einiges sichtbar geworden sein musste, was lieber verborgen geblieben wäre. Jedenfalls ist es mir gelungen trotz allem danach noch auf die Bühne zu treten und eine Begrüßungsrede zu halten. Dieses Erlebnis werde ich wohl immer mit diesem Buch verbinden." Joko schaut mich breit grinsend an und auch in den Redaktionsräumen sehe ich lachende Gesichter. War das lustig und persönlich genug? denke ich. Im nächsten Moment fasse ich es nicht, dass ich diese Geschichte tatsächlich erzählt habe. Bin ich masochistisch veranlagt?

„Na, das ist doch mal eine Geschichte. Ich bin sicher, es ist gut geschrieben, da vertraue ich unserer Nelly voll und ganz. Und was hast du noch für uns?"

Richtig gut in Fahrt erzähle ich vom nächsten Buch, das ich

gelesen habe, als ich Henning kennen gelernt hatte. Und wieder will Joko wissen, welche persönliche Anekdote hinter diesem Literaturtipp steckt. Und da erzähle ich von meinem stummen Verehrer, der wunderbar tanzen kann, aber leider in Washington lebt und verheiratet ist mit einer anderen. Beim dritten Buchtipp muss ich an die Geschichte mit Bernd denken, dessen Name ich natürlich nicht nenne. Ich nenne ihn lediglich meinen jahrelangen Trostpreis, der sich dann nicht mal als das entpuppt und womöglich auch der Grund dafür ist, dass ich keine Vanille Eclairs mehr mag. Joko ist hochzufrieden und gibt mir ein Zeichen, dass ich gleich das Studio verlassen kann. „Das waren die Literaturtipps für diese Woche von Nelly Mey für Sieben Zwei. Bleibt dran. Nach den Nachrichten geht´s weiter.
Auf dem langen Gang der Redaktion kommen mir lachende Gesichter entgegen. Ich habe mich mal wieder zum Affen gemacht. Ich weiß auch nicht, warum ich immer wieder in Situationen gerate, die geradezu grotesk erscheinen, für mich in diesem Moment aber in keinster Weise lustig sind. Im Nachhinein kann ich diesen Geschichten dann auch etwas Erheiterndes abgewinnen, sonst würde ich womöglich durchdrehen.
Ich soll mich im Büro 301 bei Frau Mück melden, um mein Honorar abrechnen zu lassen. Mal sehen, was der Sender so zahlt.

35
Dieses verdammte Kindergeplärre geht mir auf die Nerven. Können diese kleinen Kröten nicht mal eine halbe Stunde ruhig sein? Ich muss arbeiten! Es wird Zeit für einen Urlaub. Ich werde David fragen, ob er Lust hat, mitzugehen.

Als ich in die Küche komme und das Radio lauter stelle, höre ich Joko von Nelly Mey sprechen. Habe ich richtig gehört? Das gibt's doch nicht! Jetzt ist die Dicke auch noch im Radio! Literaturtipps? Ich fasse es nicht. Und was für bescheuerte Geschichten erzählt sie denn da? Was macht Joko mit ihr? Das ist ja ganz neu. Originell, dass er sie einfach persönliche Anekdoten zu den Büchern erzählen lässt. Ich könnte eine Kritik zu dieser Sendung schreiben. Sie ist schon lustig unsere dicke Nelly. Ich werde Henny im Sender anrufen und fragen, wie der Beitrag ankam und dann meine eigene Meinung dazu verfassen.
Tante Geneviève kommt nächste Woche zu Besuch. Ich habe sie schon lange nicht mehr gesehen. Ich hoffe, ich kann bei ihr in Paris Weihnachten feiern. Die Feiertage sind immer extrem schlimm. Ich bin froh, dass ich sie noch habe. Sie ist meine Familie. Nach dem Unfall habe ich oft Stunden lang mit ihr telefoniert. Das hat mir geholfen. Sie ist Mami sehr ähnlich. Wenn sie nur nicht so viel arbeiten würde. Sie ist unheimlich ehrgeizig und würde für ihren Posten als Chefredakteurin bei OneWay alles tun.
Ah, David hat mir eine Nachricht geschrieben. Er kann heute nicht. Schade. Und in den Urlaub kommt er auch nicht mit, weil er für fünf Wochen in die USA fliegt und danach noch nicht weiß, was er machen will. So ein Mist! Ja, ja, nur keine Verpflichtungen. Idiot!
Was liegt denn da unter dem Sofa? Ach, das merkwürdige Buch von der Dicken. Wie das schon klingt: Ilse Rampoldt, was für ein Name. Jetzt brauche ich erstmal einen Kaffee. Mit meiner Kaffeetasse setze ich mich auf die Terrasse und blättere etwas in dem Buch herum und bleibe an einer Stelle hängen. Ein fünfzehnjähriges Mädchen nimmt Kontakt zu

ihren verstorbenen Eltern auf und kommt nun viel besser mit dem Verlust der Eltern klar. Als ich das nächste Mal auf die Uhr schaue, ist es Abend, mein Kaffee ist kalt und ich habe tatsächlich das ganze Buch durchgelesen. Es ist gut geschrieben, das muss ich zugeben. Ich bin ganz aufgewühlt. Ob das wirklich funktioniert? Ob ich auch mal zu dieser Ilse Rampoldt gehen sollte? Ich habe jedenfalls wieder Hoffnung, dass sich meine seelischen Schmerzen vielleicht doch behandeln lassen. Ich werde sie anrufen und einen Termin machen. Sie wohnt gar nicht so weit weg.

36
Drei Tage ohne Alkohol. Ich habe mir fest vorgenommen, ohne dieses Zeugs auszukommen. Dieser Kuss auf Céciles Party hat mir die Augen geöffnet. Ich will ihr keine Hoffnungen machen, im Grunde ist sie ein verzogenes, reiches Gör. Ich gehe öfter laufen abends und achte mehr auf meine Ernährung seit Julie wieder da ist. Drei der schmierigsten Fotografen haben uns die letzten Abende aufgelauert. Ich habe Vera klare Anweisungen gegeben, auf Julies Aussehen zu achten. Sie muss immer gut und sauber gekleidet das Haus verlassen. Ich will keine Fotos und Schmierengeschichten über sie und ihre verfleckten Klamotten mehr sehen.
Wieder stehe ich vor Mutters Tür. Die Ärztin fängt mich ab. „Guten Tag Herr Dr. Franke, schön, dass ich Sie treffe. Ihre Mutter hat große Fortschritte gemacht und wir sehen es für Ihre Genesung als förderlich an, wenn sie in ihre gewohnte Umgebung zurückkehrt."
„Wie stellen Sie sich das vor? Meine Mutter wohnt allein in einem kleinen Dorf. Wer soll nach ihr sehen? Ich muss ar-

beiten und habe auch noch meine Frau zu versorgen."
„Sie sollten sich mit Ihrer Mutter zusammen überlegen, welche Möglichkeiten es gibt. Sie könnten eine Pflegerin einstellen oder vielleicht wäre Betreutes Wohnen etwas für sie. Das bleibt Ihnen überlassen." Und schon geht sie weiter. Ich will Mutter nicht nach Hause holen. Mir wäre lieber, sie könnte noch einige Zeit hier bleiben. Ich habe so viel um die Ohren und keine Zeit, für sie eine Pflegerin zu suchen. Und so wie ich Mutter kenne, ist ihr keine gut genug. Sie ist leider nicht so wie Julie. Julie kommt inzwischen schon ganz gut zurecht. Und diese Vera kümmert sich hervorragend um sie. Da bin ich sehr erleichtert. Obwohl ich es nicht erwartet hätte, bin ich froh, Julie wieder zu Hause zu haben. Jetzt merke ich wie sehr sie mir gefehlt hat. Ich möchte sie nicht verlieren. Auch wenn das eine Zeitlang anders aussah. Ich hoffe, sie wird bald wieder ganz gesund sein. Ihre Chancen sind gut. Wir brauchen nur Geduld. Und dann fliegen wir nach Santa Monica und machen endlich mal wieder Urlaub.
Ich werde das mit Helen beenden. Sobald wie möglich.
Aber jetzt muss ich erstmal nach Mutter schauen. Als ich nach einem zaghaften Klopfen ihr Zimmer betrete, begrüßt sie mich und zeigt mir ein Fotoalbum, das sie gerade angeschaut hat. „Schau mal wie krank Kai auf den Bildern aussieht. Vielleicht hatte er das mit den Herzbeschwerden schon in der Schulzeit."
„Klar hatte er das schon in der Schulzeit. Er musste manchmal das Klassenzimmer verlassen, weil er es nicht mehr ausgehalten hat."
Sie schaut mich mit Tränen in den Augen an. „Warum hat er nie etwas gesagt? Der arme Junge. Wir hätten zum Arzt

gehen sollen, vielleicht hätte er ihm helfen können. Der arme Junge! Warum habt Ihr beide nichts gesagt?"
„Ich weiß auch nicht, warum wir nichts gesagt haben. Vielleicht weil Ihr so mit Euch selbst beschäftigt wart. Es war ja auch alles Mist damals als Papa gegangen ist."
Sie schaut mich traurig an. „Ja, da hast Du Recht. Und dabei haben Papa und ich so gut zusammen gepasst, fand ich immer, und dann verlässt er mich ohne Vorwarnung wegen dieser Elisabeth." Mit leerem Blick sieht sie nach draußen. Heute ist Mutti ganz nachdenklich. Eigentlich ist sie ein eher oberflächlicher Mensch, der viel auf Äußerlichkeiten gibt. Aber heute grübelt sie und grübelt, besonders das mit Kai macht ihr sehr zu schaffen heute. „Der arme Junge ist so krank, er kann mich nicht mal besuchen. Versprich mir Lars, wenn ich wieder heim darf, dass wir uns bald alle treffen, Du, Julie, Kai und Charlotte. Versprichst Du mir das? Und wie geht es Julie? Geht es ihr gut?"
Was ist heute nur mit ihr los? Sonst interessiert sie sich auch nicht so sehr für uns. „Sie ist noch nicht ganz über den Berg, aber es geht ihr besser. Ich habe eine Frau eingestellt, die Julie ein bisschen hilft. Du darfst auch bald nach Hause, Mutti. Wir könnten für Dich auch jemanden suchen, der Dir hilft."
„Um Gottes Willen, nein, ich brauche doch niemand. Du kannst ja ab und zu vorbei schauen" antwortet sie in einem ungewohnt milden Tonfall.
Genau das habe ich befürchtet. „Aber Mutti, ich habe viel zu tun. Es wäre besser, wenn Du eine Hilfe hättest, die auch bei Dir wohnt. Und übrigens hat Papa bei unserem letzten Treffen nach Dir gefragt."
„Ach, wirklich?"

„Ja, er wollte Dich sogar besuchen, aber die Ärzte und ich fanden, dass es Dich vielleicht zu sehr aufwühlt, wenn er vorbei kommt." Ich bin gespannt wie sie reagiert, aber sie bleibt ganz ruhig. Sie lächelt nach einer Weile sogar ein bisschen. „An was denkst Du?" möchte ich wissen.

„Ich muss daran denken, dass Euer Vater im Traum immer fliegen konnte. Ich fand das so schön. In meinen Träumen kam ich nie von der Stelle, wenn Gefahr drohte. Ich musste immer ausharren und war froh, irgendwann aufzuwachen. Aber Heinrich konnte fliegen. Wie oft er mir das beim Frühstück erzählt hat. Lustig, an was man sich noch alles erinnert, nicht, Lars?"

„Ja, das ist wirklich lustig. Aber jetzt nochmal wegen dieser Helferin, die Du bekommen sollst. Es wäre doch beruhigend, jemanden im Haus zu haben, der nach Dir sehen kann."

„Ach Lars, nein, ich möchte das nicht. Ich komme schon klar und Du bist ja auch noch da."

Auch wenn sie heute wieder ganz die Alte zu sein scheint, habe ich Angst, dass sie wieder stürzt oder sonst etwas passiert. Sie ist ein harter Brocken. Das wird nicht einfach mit ihr. Eine Stunde später verabschiede ich mich und überlege, ob ich Vater anrufen sollte, aber ich habe überhaupt keine Lust darauf, mit ihm zu sprechen.

Helen wartet. Heute werde ich es ihr sagen. Wir treffen uns in dem kleinen Café am Stadtrand. Wie immer hole ich meine Unterlagen heraus und wir bestellen Kaffee und wieder sind die Tassen noch halbvoll als wir das Café verlassen. Ich schaue mich um, ob irgendwelche Fotografen zu sehen sind, dann schlage ich vor, einen Spaziergang im Stadtpark zu machen. Sie sieht wunderschön aus in ihrem bunten Sommerkleid und vielleicht ahnt sie auch schon etwas. In der Sonne glänzt ihr dunkles Haar leicht rötlich. Langsam gehen wir nebeneinander her und ich schaue mich immer wieder um, ob irgendjemand zu sehen ist. Glücklicherweise nicht und als wir hinter ein paar Bäumen verschwinden, nehme ich sie in den Arm und küsse sie. „Ich muss Dir etwas sagen, ich kann das nicht mehr. Du bist eine superattraktive Frau und ich mag Dich sehr, aber ich muss mich jetzt um Julie kümmern. Es tut mir sehr leid. Es tut mir wirklich sehr leid." Sie sagt nichts, aber ich sehe Tränen in ihren Augen.

„Ich habe schon früher damit gerechnet und eigentlich wollte ich Dir zuvor kommen, aber ich habe es einfach nicht geschafft. Ich habe gehofft, Du würdest Julie verlassen, aber je länger ich Dich kenne, umso mehr habe ich das Gefühl, dass Du sie niemals verlassen wirst. Ich weiß nicht warum, aber ich täusche mich in solchen Dingen sehr selten. Eins möchte ich aber gerne wissen: Hast Du mich jemals geliebt?"

„Ich glaube ja, Du kennst mich, ich bin sehr sparsam mit diesen Worten. Und wahrscheinlich hast Du Recht, ich liebe Julie und möchte sie nicht verlieren."

Mit einem verbitterten Lächeln löst Helen sich aus meiner Umarmung und rennt den Weg zurück. Nach einigen Metern bleibt sie stehen, dreht sich nochmal um und sagt mit zittriger Stimme: „Ich habe Dich geliebt. Das ist das Traurige. Ich hoffe, wir sehen uns nicht mehr. Ich könnte es nicht ertragen."

Ich sehe ihr nach und bin ganz durcheinander. Aber es fühlt sich für mich richtig an auch wenn es mir viel ausmacht, Helen so traurig zu sehen. Ich gehe noch fast eine halbe

Stunde durch den Park und mit jedem Schritt geht es mir ein bisschen besser. Ich musste das tun. Ich möchte mit Julie zusammen bleiben und hoffe, sie wird bald wieder gesund. Ich setze mich auf eine Parkbank, die in der Sonne steht, schließe die Augen und muss an Santa Monica denken. Santa Monica, Julie und mich. Ich liebe sie wirklich. Mein Handy klingelt, ich bin spät dran. Meine Sekretärin gibt mir ein paar Termine durch, ich muss sofort los. Als ich am Parkplatz ankomme, sehe ich einen Fotografen auf mich zukommen. „Helen Lüttmann sah ja ganz verheult aus."
„Verschwinden Sie, ich werde Sie verklagen." Verdammter Mist, hat dieser Idiot uns beobachtet? Hat sie etwa mit ihm gesprochen? Will sie sich rächen? Das darf nicht wahr sein! Ich muss meinen Manager anrufen.

37

Der gestreifte Pulli mit den dunklen Flecken, die nicht mehr raus gehen, das rote Sweatshirt, die Kappe aus Wolle, das grüne Kleid, das mir jetzt ein bisschen zu eng ist und die dicken Schuhe werfe ich in einen Beutel. Der Beutel ist erst halb voll. Ich nehme die wollene Kappe nochmal heraus und setze sie auf. Ich betrachte mich im Spiegel. Diese Kappe steht für die Zeit in der es mir sehr schlecht ging. Ich weiß nicht warum, aber mit dieser wollenen Kappe fühlte ich mich besser. Sie sieht nicht mal schön aus und der Wollstoff ist vom Waschen schon ganz rau und voller Flusen. Ich halte sie in der Hand, setze mich auf die Bank, die in unserem großen begehbaren Kleiderschrank steht und betrachte meine Sachen. Die meisten meiner Kleider gefallen mir und sie passen auch noch, nur die ganz engen packe ich in den Sack. Ich werde wieder mehr Sport machen, mich aber nie wieder schlank hungern. Die Zeiten sind vorbei. Seit zwei Tagen muss ich nur noch abends Medikamente nehmen und ich bin auch nicht mehr so müde. Lars ist nur selten zu Hause und das ist auch gut so. Inzwischen machen mich seine kritischen Blicke nicht mehr nervös. Vera kommt nur noch einmal in der Woche und eigentlich ist es gar nicht mehr nötig, aber ich mag sie und deswegen verlängern wir den Vertrag noch um einen Monat. Irmi ist jetzt auch zu Hause. Aber sie will keine Haushaltshilfe. Sie ist stur wie eh und je. Lars schaut oft bei ihr vorbei und kommt dann sehr genervt heim. Das verstehe ich gut. Sie treibt einen auch in den Wahnsinn. Das Treffen mit der Familie war allerdings schön. Kai geht es nicht so gut, er atmet schwer und Irmi hat sich richtig Sorgen um ihn gemacht. Das habe ich schon lange nicht mehr gesehen bei ihr, dass sie sich um jemanden sorgt. In den Gesprächen mit ihr geht es meist nur um sie selbst, ihre blonden Haare, ihre gute Figur und wie sie das alles allein mit Kai und Lars gemeistert hat. Sicher, das ist schon hart gewesen, aber ihre Gedanken kreisen immer nur um ihre Person. Was für ein großes Glück, dass Kai Charlotte hat. Sie tut einem richtig gut mit ihrem Optimismus. Es war schon lustig, wie wir alle beisammen saßen in dem kleinen Wohnzimmer von Kai und Charlotte, die beide noch mehr zugenommen haben und Irmi daneben mit ihren viel zu blond gefärbten Haaren und bei jedem Stück Kuchen auf ihre Figur bedacht. Das erste Mal seit langem, dass ich Lars so glücklich gesehen habe, er hat viel gelacht und sich wie immer rührend um seine Familie gekümmert. Das schätze ich sehr an ihm. Er hat sogar gelacht, als mir eine Pflaume vom Kuchen gefallen ist und mein neues Kleid ruiniert hat. Wir hatten einen richtig schönen Nachmittag zusammen und als wir abends heim kamen, haben wir Kerzen angezündet und uns zusammen aufs Sofa gesetzt und uns unterhalten wie früher. Es ist schön, solange ich nicht an diese vielen Geschichten denke, die ich mit ihm klären muss. Ich liebe ihn wirklich.

Gestern habe ich in dem Kinderkrankenhaus angerufen. Die Stelle ist noch nicht besetzt, aber sie haben einige Bewerbungen erhalten. Ich würde wahnsinnig gerne dort arbeiten. Ich lese viel und versuche mich besonders im Bereich psychischer Erkrankungen bei Kindern fortzubilden. Meine High Heels werde ich dem kleinen Second Hand Laden bringen. Ich werde nur dieses eine Paar noch behalten, das ich mir damals in New York von meiner ersten Model-Gage gekauft habe. Die Haare werde ich auch nicht mehr aufhellen lassen.

Vera und ich gehen mit dem Hund raus und als wir am Kiosk vorbei kommen, sehe ich es sofort, ein Foto von Lars wie er diese Frau küsst und dann noch eins von ihr in Großaufnahme mit verheultem Gesicht „DER LETZTE KUSS: LARS FRANKE UND DIE SCHÖNE BRÜNETTE GEHEN GETRENNTE WEGE – WAS JULIE DAZU SAGT?"

Dieses Schwein! Ich muss mit ihm reden. Wir kehren sofort um und gehen nach Hause. Vera versucht mich zu beruhigen, aber ich kann mich nicht beruhigen. Mein Blutdruck ist sehr hoch, ich spüre den Druck im Kopf und es sticht mir links in die Seite. Dieser Dreckskerl! Ich rufe ihn an und möchte ihn sofort sprechen. Sein Handy ist ausgestellt. Ist er auf Sendung? Ich schaue auf die Uhr. Ja, er ist auf Sendung. Mist! Vera bleibt bei mir. Ich nehme Medikamente, weil ich den Druck in meinem Kopf fast nicht mehr aushal-

ten kann. Nach wenigen Minuten wird es besser, ich hasse Blutdrucksenker und dieses Gefühl wie wenn ein Fahrstuhl in vollem Tempo in einem abwärts rast. Aber ich muss sie nehmen. Ich will mich hinlegen und bin gleichzeitig total aufgekratzt. Ich spüre mein Herz flattern. Ich muss mich beruhigen. Langsam einatmen und lange ausatmen. Und nochmal. Ich bin so froh, dass Vera da ist. Sie bleibt bis Lars kommt.
Als er kommt, schlafe ich längst. Am nächsten Morgen reden wir. Ich versuche, mich nicht zu sehr aufzuregen. Ich habe Angst vor einem Rückfall. Ich muss an meine Gesundheit denken. Aber mir gehen diese Bilder nicht aus dem Kopf.
„Du hast Recht, ich bin ein Dreckskerl. Aber ich habe Helen verlassen, es ist aus. Ich möchte mit Dir neu anfangen."
„Du hast sie vor genau zwei Tagen verlassen?! Das ist schön, dann fangen wir mal neu an, wenn´s Dir recht ist und zeitlich passt! Du bist echt das Letzte!"
„Bitte Julie, hör mir zu. Ich habe Mist gebaut. Ich war nervlich so am Ende und die meiste Zeit kam ich ohne Alkohol gar nicht mehr klar. Ich war so fertig wegen Dir und Deiner Krankheit und Mutter. Dann gleichzeitig die Kanzlei und die Sendung und die verdammte Presse. Die Einschaltquoten sind schlecht und sie überlegen, die Sendung abzusetzen. Ich stehe wahnsinnig unter Druck. Du weißt, dass ich nicht gut mit Misserfolgen umgehen kann. Ich wollte es schon viel früher beenden, wirklich Julie."
„Ich traue Dir nicht mehr. Die anderen Frauengeschichten waren möglicherweise erfunden, aber wer weiß? Und ich weiß nicht, ob ich die Wahrheit überhaupt noch ertragen kann."

„Ich möchte ganz ehrlich zu Dir sein, es gab in den letzten Jahren zwei andere Frauen. Alles andere ist erfunden. Beide habe ich verlassen. Ich weiß, ich bin ein Idiot. Durch Dich habe ich gelernt, wieder zu vertrauen und genau Dich betrüge ich. Wenn Du willst, machen wir eine Eheberatung. Was meinst Du?"
Ich kann nichts mehr sagen und mag ihn auch nicht mehr sehen. Das alles widert mich an. Kopfschüttelnd und völlig am Boden zerstört gehe ich aus dem Wohnzimmer. Was denkt er sich? Ich bin zu fertig, um mich zu ärgern. Ich fühle mich leer. Ich muss mich auf mich selbst konzentrieren. Langsam und tief durchatmen. Zum Glück haben wir dieses große Haus. Ich gehe in mein Zimmer. Ich muss nachdenken. In diesem Raum sind außer den drei Meter hohen Bücherregalen an den Wänden nur noch ein Lesesessel mit Fußhocker und eine Stehlampe. In der Mitte der Stuckdecke hängt ein alter Kronleuchter, der wie für diesen Raum geschaffen ist und an den hohen Fenstern stehen mehrere Zimmerlinden in einfachen Tontöpfen. Das ist mein Rückzugsort. Hier kann ich mich sammeln. Und das muss ich auch immer wieder, besonders seit ich krank war, ziehe ich mich jeden Tag einige Stunden in diesen Raum zurück. Die Zimmerlinden waren ein Geschenk von Lars. Am liebsten würde ich sie aus dem Fenster werfen, aber nicht mal dazu fühle ich mich im Stande. Ich bin kein Mensch, der keinen Millimeter von seinem Standpunkt abweichen kann, ich finde es sogar spannend, meine Verhaltensmuster zu durchbrechen und Dinge mal von einer ganz anderen Warte zu betrachten. Aber wenn ich mich so leer fühle, bin ich zu so etwas nicht in der Lage. Dazu braucht man den Glauben an das Gute, zumindest ein bisschen. Wenn man ganz unten ist,

ist es schwer, seine Perspektive zu ändern. Ich brauche Zeit. Vielleicht geht es auch einfach nicht mehr mit Lars.

38

Oh Mann, dass es eher ländlich ist wo sie wohnt, habe ich mir schon gedacht, aber so verdammt abgelegen. Ich war mit dem Wagen fast zwei Stunden unterwegs und ich finde es doof, dass ich erst abends um halb Sieben kommen sollte. Hier rennen Hühner rum und der Boden ist ganz aufgeweicht, obwohl es schon den ganzen Tag warm und sonnig ist. Wahrscheinlich ruiniere ich mir die Schuhe. Sie wohnt also auf einem Bauernhof. Bei dem Namen wundert mich nichts mehr. Wo ist denn da die Eingangstür? Um die Ecke wahrscheinlich. Oh, zum Glück sieht´s da etwas netter aus. Richtig schön sogar. Eine alte, weiß lackierte Tür mit kleinen Glasscheiben, eine apricot farbene Kletterrose rankt um die Haustür und daneben steht eine weiße Holzbank und ein kleiner, weißer Holztisch. Das alles könnte glatt aus einem Rosamunde Pilcher Film stammen, wenn da nur nicht diese ekelhaft matschige Einfahrt wäre. Also werde ich mal klingeln. Ich habe schon ein bisschen Angst vor dem, was da auf mich zukommt. Durch die Scheiben der Haustür sehe ich einen alten Mann die Treppe im Haus herunter schlurfen und es dauert eine Ewigkeit bis er endlich an der Tür ist. Meine Güte! Er lächelt mich an und ich frage gleich nach Ilse Rampoldt. Er antwortet genauso langsam wie er sich bewegt. Man! Man! Man! Und da kommt sie aus einer Tür des langen Flurs humpelnd auf mich zu. Ich kenne ihr Foto aus ihrem Buch und außerdem habe ich alles über sie gelesen, was ich im Internet finden konnte. Das Foto auf dem

Buch scheint jedoch ziemlich alt zu sein, denn jetzt steht eine bestimmt achtzigjährige Frau vor mir mit tiefen Falten und zitternden Händen. Ich bin skeptisch, ob sie das noch alles auf die Reihe kriegt? Sie begrüßt mich freundlich und schaut mich mit wachen Augen an. Wir werden sehen.

Sie bittet mich, ihr die Treppe hinauf zu folgen, sehr langsam, in einen hellen Raum mit drei kleinen Fenstern und ich sehe nichts als Getreidefelder vor strahlend blauem Himmel. Schön sieht das aus. So langsam wie sie die Treppe hinauf steigt, setzt sie sich auch auf einen Stuhl mit zwei Kissen, wahrscheinlich hat sie es im Rücken. Bewegt sie sich in Zeitlupe? Ich bin aufgeregt und diese langsamen Bewegungen machen es nicht besser. Der Stuhl steht vor einem Tisch und gegenüber soll ich mich setzen. Der Raum ist weiß gestrichen, auf dem Tisch brennen Kerzen. Der Holzfußboden knarrt und gibt dem Zimmer, in dem sonst nur noch ein alter Bauernschrank steht, eine gemütliche Atmosphäre. Sie sagt, ich solle nur antworten, wenn sie mich etwas fragt. Es würde noch einen Moment dauern. Alles andere hätte mich auch sehr gewundert. Also beobachte ich sie ganz genau wie sie die Kissen unter ihrem Hintern zurechtrückt und sich dann endlich hinsetzt. Sie sieht mich kurz an und lächelt. Dann wird sie ernst und schaut ins Leere vor sich hin. „Ich sehe einen Mann, einen Mann mit Hemd, er zeigt auf sein Gesicht, er hatte Schmerzen im Gesicht, er möchte ihnen sagen, dass es ihm gut geht, dass es Mami,… haben Sie ihre Mutter immer Mami genannt?"

„Ja!" antworte ich aufgeregt.

„Dass es ihm und Mami gut geht. Er möchte Ihnen sagen, dass,… dass er sie liebt und dass alles gut ist. Jetzt sehe ich

ein Kaninchen, ein Kaninchen mit hellem Fell und eine Frau mit feuerroten Haaren, eine schöne Frau, es ist etwas mit ihren Augen und ihrem Gesicht, sie sagt, es tat weh…"
„Der Flugzeugabsturz!" flüstere ich fassungslos.
„Sie lacht und ist fröhlich. Sie sollen loslassen und endlich leben. Sie sagt immer wieder, Sie sollen leben. Wenzel, sie erzählt von Wenzel. Sagt Ihnen das etwas?"
„Mein Kaninchen hieß Wenzel!" antworte ich völlig überwältigt. Wie kann sie das alles wissen? Wie kann sie das alles sehen?
„Cécile Schätzchen, sagt die Frau mit den roten Haaren, du sollst leben. Sie sagt etwas von einem Reh, oder Moment, doch, von einem Reh. Sie sollen nicht so hart sein, die Frau lacht und sagt immer wieder etwas von einem Reh…"
„Ja!" und jetzt fange ich an zu weinen vor Glück „Sie hat immer Reh genannt."
„Ich sehe eine alte Frau, sie wirkt ernst, sehr ernst, vielleicht sogar ein bisschen böse,…"
„Meine Großmutter!" rufe ich erschrocken.
„Sie sagt, dass es ihr leid tut, es tut ihr leid."
„Ja, sie war immer sehr hart und ich wollte gar nicht zu ihr, musste aber bei ihr bleiben, wenn meine Eltern im Ausland gearbeitet haben. Das war nicht schön für mich als ich klein war."
„Sie lächelt nicht, sie scheint etwas bockig zu sein."
Ich fasse es nicht. „Ja, Oma war unerbittlich."
Nun beendet sie die Sitzung. Sie ist erschöpft. Ich bin sehr aufgewühlt. Es ist wie wenn endlich eine heilende Dusche über meinen schmerzenden Körper gelaufen wäre. Ich bin glücklich und zutiefst bewegt von all diesen Nachrichten. Was ich vor nicht mal zwei Stunden als unglaubwürdigen

Fake abgetan hätte, hat mich bis ins Innerste getroffen. Sie kann das wirklich! Ich bezahle ihr das abgesprochene Honorar, verabschiede mich mit Tränen in den Augen und bedanke mich immer wieder. „Und was ich Ihnen noch sagen wollte, Frau Rampoldt, Ihr Buch ist gut geschrieben. Ich habe es geschenkt bekommen und das ist auch der Grund, warum ich hier bin. Wäre ich nur schon früher gekommen. Danke!" Sie nickt bescheiden und begleitet mich langsam an die Haustür. Dann drückt sie nochmal meine Hand und lächelt mir wohlwollend zu. Leicht wie eine Wolke verlasse ich das Haus und spüre die Abendsonne im Gesicht. Ich werde nicht gleich nach Hause fahren, ich werde noch einen Spaziergang machen. Die Zeit ist mir völlig egal. Ich ziehe die Schuhe aus und gehe barfuß querfeldein durch die Wiesen und fühle mich so gut wie seit über acht Jahren nicht mehr. Ich renne, springe über einen Bach, all die Schwermut und die Wut, die sich in den vergangenen Jahren in mir festgesetzt haben, scheinen wie abgefallen zu sein. Es dämmert schon als ich an den kleinen Bach entlang gehe und vor mir drei Birken sehe, die idyllisch an einer kleinen Wasserstelle stehen. Jetzt merke ich, wie sehr mich das alles mitgenommen hat, ich möchte mich ausruhen, lege mich unter die Bäume und starre einfach in die Blätter, die bei jedem Windstoß mal mehr, mal weniger vom abendroten Himmel frei geben. Ich bin glücklich, erschöpft und müde.
Ich muss eingeschlafen sein. Als ich aufwache, ist es schon dunkel. Meine Füße sind kalt und für einen Moment kommt es mir vor, als hätte ich das alles nur geträumt von Mami, Papa und Oma Ruth. Nein, es ist kein Traum. Ich friere und ich kann kaum etwas sehen. Was für ein wunderschöner Sternenhimmel. Ich höre den Bach neben mir plätschern

und suche meine Schuhe. Allerdings kann ich mit den hohen Absätzen gar nicht so gut in der Wiese gehen. Ich ziehe sie aber trotzdem an. Es ist kurz vor 23 Uhr. Gegen 20 Uhr habe ich Frau Rampoldts Haus verlassen. Habe ich tatsächlich über zwei Stunden geschlafen? Mit dem Licht meines Handys leuchte ich am Bach entlang, leider habe ich kein Netz und so versuche ich mich zu erinnern, wie ich gekommen bin. Es ist ein bisschen gruselig so im Dunkeln. Ich höre Eulen oder ich weiß gar nicht, was das für Tiere sind. Als eine Fledermaus ganz nah an mir vorbeifliegt, erschrecke ich mich so, dass ich fast hinfalle. Wo ist Rampoldts Haus? Bin ich so weit gegangen? Ich weiß nicht mehr, wie lange ich am Bach längs gegangen bin. Langsam wird´s unheimlich, aber ich bin immer noch so erfüllt von all den schönen Nachrichten, dass ich zuversichtlich weitergehe. Doch plötzlich sind da überall Tannen. Ich stehe vor einem Wald. Mist, ich habe mich verlaufen. Außer merkwürdigen Tiergeräuschen höre ich nichts, kein Autolärm, nichts. Gleich ist es Mitternacht. Mein Handy Akku piept, hoffentlich hält er noch ein bisschen. Ich gehe am Bach entlang zurück, ich werde die Stelle schon finden wo ich abgebogen bin. Mehrmals sinke ich mit meinen Absätzen in den Boden und knicke um, aber ich möchte auf keinen Fall barfuß gehen. Jetzt habe ich wirklich Angst. Ob es hier Wölfe gibt? Habe ich nicht vor kurzem einen Bericht über Wölfe in Deutschland gelesen? Ich versuche, mich abzulenken und kontrolliere immer wieder den Akku meines Handys. Ich werde in der Nähe des Bachs bleiben, zur Not kann ich daraus trinken. Und tatsächlich habe ich Durst. Ich bücke mich vorsichtig hinab und schöpfe mit der Hand ein bisschen Wasser aus dem Bach. Wieder macht mein Handy

Piep-Geräusche, der Akku wird bald leer sein. Doch was ist das? Von weitem sehe ich Lichtstrahlen und höre ein Motorengeräusch. Ein riesiges Gefährt mit wahnsinnig hellen Scheinwerfern kommt am Bach längs gefahren. Ist das ein Verrückter, der hier auf dem Land mitten in der Nacht über die Felder rast? Ich bleibe am gegenüberliegenden Bachufer stehen und weiß nicht, was ich machen soll. Soll ich mich in die Wiese legen und verstecken oder ihn mit der letzten Energie meines Handylichts hierher winken? Ich weiß es einfach nicht! Der riesige Traktor kommt näher. Seine Räder sind fast so groß wie ich und seine Scheinwerfer werden mich entdecken. Ich hebe meine Arme und fange an zu winken. Der Traktor hält gegenüber am Bach und ich sehe einen jungen Typen abspringen und auf mich zu kommen. „Sie sind Cécile von Strehlow? Kommen Sie, ich bin Benedikt Rampoldt, Ilse Rampoldts Enkel, ich bring´ Sie zurück." Das Motorengeräusch ist so laut, ich verstehe nur `Ilse Rampoldts Enkel´ und bin erleichtert und froh, dass er da ist. Er hält mich vorsichtig am Arm und hilft mir beim Aufsteigen. Ich beobachte ihn genau, er hat blonde Haare und sieht richtig gut aus. Er fährt sehr konzentriert und bremst als plötzlich zwei Rehe aus den Wiesen aufschrecken und weg rennen. Aufgrund des Lärms können wir uns nicht unterhalten. Er fährt und fährt, wir werden ganz schön durchgeschüttelt, aber irgendwann sehe ich Rampoldts Haus.

39

Ich starre in den blauen Himmel mit hellen Wolken. Ich liebe das Leben, denke ich, ich liebe diesen Himmel, der mich an die Sommer meiner Kindheit erinnert. Ich saß stun-

denlang auf einer Schaukel im Garten meiner Eltern, starrte in den Himmel und stellte mir vor, durch Australien zu reiten. Australien war das Land meiner Träume. Schon oft habe ich daran gedacht, dorthin zu reisen, aber ich werde es nicht tun. Manche Erinnerungen sind so kostbar, dass sie nicht zerstört werden sollten. Australien bleibt für mich das sonnige Land meiner Träume. Ich brauche diese Illusion.
Immer wieder lässt mich die Sache mit dem Ring in der Nacht hochschrecken, dann habe ich alles wieder ganz klar vor Augen, die Kommissare, die Verhaftung, der Verhörraum, dieser Haftrichter, schrecklich! Und auch wenn ich mir immer wieder vornehme, mich davon nicht unterkriegen zu lassen, wird es noch eine Weile dauern bis ich das alles verarbeitet habe. Heute werde ich den Ring jedenfalls verkaufen. Ich will ihn nicht mehr sehen. Und ich wäre froh, wenn John Benton auch endlich verschwinden würde. Hätte ich nur nicht zugestimmt als er mich an Elsas Beerdigung darum bat, in ihre Wohnung ziehen zu dürfen. Wollte er nicht um alles kümmern so wie sie es gewollt hätte? Na, das hat er doch jetzt mit Übereifer erledigt, worauf wartet er noch?
Noch vor der Arbeit werde ich bei dem Goldschmied vorbei schauen und ihm den Ring verkaufen. 20000 Euro hat er gesagt. Damit lässt sich doch das ein oder andere Fenster finanzieren. Heute habe ich die 12 Uhr-Schicht, da kann ich gemütlich noch bei ihm vorbei gehen. Als ich den kleinen Laden im Mittelweg betrete, begrüßt er mich freundlich und als ich ihm erzähle, dass ich ihm den Diamantring verkaufen möchte, schaut er mich erstaunt an. „Kein Verlobungsring? Keine Hochzeit? Beim letzten Mal dachte ich schon, sie hätten den Ring geklaut und die Polizei ist hinter Ihnen

her, so wie Sie aus der Wäsche geschaut haben. Dabei wäre das ein wunderschöner Verlobungsring, finden Sie nicht? Also ich finde, er ist mir gut gelungen" zwinkert er mir zu und wie immer lacht er über seine eigenen Witze.

„Soweit ich weiß, hat er schon damals sein Ziel verfehlt und die Dame nicht dazu gebracht, den reichen Herrn zu heiraten, also will ich es erst gar nicht versuchen. Ehrlich gesagt bin ich froh, wenn ich ihn endlich los bin. Irgendwie bringt er mir kein Glück. Und sehen Sie da ist immer noch die Narbe an meinem Finger von Ihrer Säge." Er winkt ab und ist schon damit beschäftigt, den Ring unter die Lupe zu nehmen. „20000 hatte ich gesagt beim letzten Mal, stimmt´s? Also, er ist etwas verkratzt, ich würde Ihnen 18000 Euro dafür zahlen." „Sie hatten 20000 gesagt, einigen wir uns auf 19500?" Erstaunt über mein eigenes Verhandlungsgeschick reiche ich ihm die Hand und er willigt tatsächlich ein. Er hat einige sehr teure Stücke im Laden, hier in der Gegend wird es nicht schwer sein, einen Käufer zu finden.

Erleichtert verlasse ich den Laden. Morgen werde ich einen Fensterbauer anrufen. Die Kaulbarts werden froh sein.

Es herrscht viel Betrieb als ich durch den Haupteingang in die Bücherei komme. Iris winkt mir zu und Anne gibt mir ein Zeichen, dass sie noch einen Kaffee mit mir trinken will. Ich bin so gerne hier, ich mag meine Arbeit und meine Kolleginnen. Ich bringe meine Tasche in mein Büro während mich Anne mit zwei Tassen Kaffee begleitet. Kurz vor meiner Bürotür kommt uns Bernd entgegen. Er gibt Anne eine Theaterkarte und sagt: „Bis heute Abend." Mich würdigt er keines Blickes.

„Hallo Bernd, geht Ihr ins Theater?" frage ich.

„Ja, ganz genau, aber Du kannst leider nicht mitkommen, denn Dein ewiger Trostpreis hat tatsächlich was Besseres vor." Ich spüre wie meine Wangen zu glühen beginnen. Er hat die Radiosendung gehört! Oh, nein! Daran habe ich schon gar nicht mehr gedacht. Ich war so froh, dass mich niemand darauf angesprochen hat und ging davon aus, dass es gar keiner mitbekommen hat. Aber Bernd hat es mitbekommen. Mist! Wie ein Trottel stehe ich vor meiner Bürotür und weiß nichts zu sagen.

„Treffen wir uns in dem kleinen Bistro in der Langen Reihe? Wir könnten noch was Kleines essen?" lenkt Anne ab.

„Gerne. Bis heute Abend dann." Und schon ist er verschwunden.

Anne stellt die beiden Kaffeebecher auf meinem Schreibtisch ab und schaut mich erwartungsvoll an: „Hab ich da irgendwas verpasst?"

„Ich war in einer Radiosendung bei Joko Schmidt."

„Was? Du bei Joko Schmidt? Der Joko Schmidt von Sieben Zwei?"

„Ja, ich sollte für jemanden einspringen und die Literaturtipps machen. Aber er hat mich dann total in die Ecke gedrängt und statt der Literaturtipps nach dem gefragt, was ich mit den Büchern verbinde."

„Du warst im Radio? Ich fasse es nicht! Und warum ist Bernd jetzt eingeschnappt?"

„Na ja, in einer meiner Geschichten ging es um einen Mann von dem ich dachte, er wäre mein Trostpreis, aber das war er dann gar nicht. Mir ist das so unangenehm. Ich habe gedacht, es hat niemand von Euch mitbekommen, aber genau Bernd hat es wohl gehört. Da gibt´s keine Entschuldigung."

„Andere wissen ja nicht, wer gemeint war. Du hast doch

nicht den Namen unserer Mini-Stadtteilbücherhalle genannt, oder?"
„Ich hoffe nicht, nein, ich glaube nicht, ich weiß es gar nicht mehr. Ich stand so unter Druck in diesem Studio, es war furchtbar!"
„Wahnsinn, unsere Nelly Mey für Sieben Zwei!" lacht Anne. „Du bei Joko Schmidt, wie ist der denn so? Erzähl doch mal."
„Ach eigentlich ganz nett und lustig, aber er hat mir eine falsche Uhrzeit genannt, so kam ich eine Stunde zu spät und musste ohne irgendeine Vorbesprechung direkt ins Studio wo die Sendung schon lief. Es war ein Alptraum. Und Joko ist unberechenbar. Genau das finden wir ja alle so toll, aber wenn Du dann selbst da stehst, ist es einfach nur grauenhaft. Und ich habe mich mal wieder zum Idioten gemacht."
„Ach was, das glaube ich nicht. Ich finde das super! Du hast echt Mut. Wie bist Du denn überhaupt dazu gekommen?"
„Ich traf ihn auf einer Party meiner Nachbarin. Da hat er mich gefragt, ob ich ganz spontan einspringen könnte."
„Unglaublich. Mach dir keine Sorgen wegen Bernd, das renkt sich schon wieder ein. Ich werde heute Abend ein gutes Wort für Dich einlegen. Das wird schon wieder. Du musst jetzt an die Auskunft und ich habe eine Klassenführung." Anne trinkt ihren Kaffee aus und wir verlassen gemeinsam mein Büro.
Als ich an die Auskunftstheke komme, liegt da ein Zettel
HAST DU HEUTE ABEND SCHON WAS VOR? ODER MORGEN? ODER WANN AUCH IMMER: ICH WÜRDE MICH FREUEN, DICH ZU SEHEN ☺
Hat Bernd nun seine Strategie geändert und lässt sich von Iris trotz Abfuhr nicht so einfach abschütteln? Iris ist noch

beim Mittagessen, deswegen kann ich sie nicht fragen, aber es würde mich schon sehr interessieren, wer ihr diesen Zettel geschrieben hat. Oder hat sie einen Verehrer unter den Lesern? Ich nehme den Zettel und lege ihn in Iris' Fach unter dem Schreibtisch und da kommt schon Frau Meise. Sie will wissen, ob wir was Neues im Bereich Esoterik haben. Da werde ich gleich mal nachschauen. Soweit ich weiß, haben wir einiges bestellt. Ich suche einige Titel heraus und begleite sie ans Bücherregal.

Als ich kurz vor Feierabend Iris über den Weg laufe, frage ich sie nach der Nachricht auf dem Zettel. Sie weiß von nichts und möchte unbedingt den Zettel sehen. Wir gehen nochmal an die Auskunft und als ich ihr den Zettel zeige, sagt sie sofort, dass das nicht Bernds Schrift ist. Stimmt, er schreibt immer in so klitzekleinen, krakeligen Buchstaben, die man kaum lesen kann. „Aber wer ist es dann?" fragen wir gleichzeitig. „Tja, so bleibt es spannend," Iris zwinkert mir zu „komm wir gehen noch einen Wein trinken, vielleicht fällt uns dann ein, wer es sein könnte." „Gute Idee." Und keine zwanzig Minuten später sitzen wir in einem kleinen Lokal im Grindelhof, das guten Wein und leckere, überbackene Baguettes anbietet und malen uns die tollsten Geschichten aus, von wem dieser Zettel wohl stammen könnte. Für Iris würden da einige in Frage kommen, Iris ist zwar schon fast fünfzig, wirkt durch ihre lebenslustige Art jedoch viel jünger und kommt besonders bei unseren Lesern zwischen fünfzig und sechzig Jahren sehr gut an. Vielleicht hat Herr Dr. Dr. Ringwald endlich seinen ganzen Mut zusammen genommen? Oder war es Jens Jürgensen, der so langsam spricht, dass wir uns immer über ihn lustig machen? Jedenfalls ist die Nachricht nett geschrieben und wir sind gespannt, wer dahinter steckt. „Vielleicht ist die Nachricht aber auch für Dich." wirft Iris ein. „Das glaube ich nicht, Du warst den ganzen Morgen an der Auskunft, ich bin mir ziemlich sicher, dass Du gemeint bist. Außerdem geht es mir gerade richtig gut und diese Stimmung möchte ich mir nicht durch irgendeinen Typen vermiesen lassen. Bernd habe ich ja schon vergrault" erwähne ich mit einem Augenzwinkern und erzähle ihr die Geschichte von meinem Radioauftritt.

40
Eben habe ich einen Anruf vom Sender bekommen. Die Sendung wird Ende des Monats abgesetzt. Ich würde müde und abgekämpft wirken, das wollen die Leute nicht sehen. Ich bin geschockt, dass es mir so knallhart gesagt wird und dass es so schnell geht. Ich muss was trinken. „Wer war das?" fragt Julie als sie die Treppe herunterkommt. Sie sieht mich erschrocken an: „Was ist los?" Völlig fertig sitze ich auf dem Sessel und muss dringend etwas trinken, aber seit Julie wieder da ist, haben wir keinen Alkohol mehr im Haus. Ich hatte die Haushälterin extra gebeten, alles zu entsorgen.
„Die Sendung wird Ende des Monats abgesetzt. Ich wirke müde und abgekämpft, sagen sie. Fast fünfzehn Jahre mache ich das jetzt und innerhalb von wenigen Wochen servieren die mich ab!"
„Das tut mir leid, ich weiß wieviel Dir das alles bedeutet."
„Ich fasse es nicht! Ich fasse es einfach nicht!" schreie ich wütend und renne die Treppe hoch, um meine Joggingsachen anzuziehen. Ich muss raus. Ich halte es nicht mehr aus. Julie sieht mir erschrocken nach. Ich kann nicht mehr. Alles

geht den Bach runter. Dieser ganze Scheiß hängt mir zum Hals raus. Ich laufe aus dem Haus und bin froh, dass die Hagedornstraße menschenleer ist, überquere den Mittelweg ohne die Ampel zu drücken, Autos hupen und ich muss einem Range Rover ausweichen, ich bin so geladen, laufe wie ein Irrer weiter und biege ab Richtung Außenalster. Als ich die Außenalster schon fast umrundet habe, geht es mir besser. Die Wut hat sich gelegt. Aber im nächsten Augenblick denke ich an die Schlagzeilen. Sie werden wieder irgendwelche miesen Geschichten über mich schreiben. Und wenn Julie mich verlässt, dann erst recht. Hoffentlich verlässt sie mich nicht. So viele Niederlagen auf einmal kann ich nicht verkraften. Hoffentlich verlässt sie mich nicht! Als ich nochmal auf das ruhige Wasser der Außenalster schaue, kommt mir eine Idee.

41
Es ist fast 2 Uhr nachts als wir mit dem Traktor in Rampoldts matschige Hofeinfahrt kommen. Ich bin so froh, die alten Rampoldts zu sehen. Sie sehen noch älter aus in dieser Nacht als am Abend. Kaum hat der junge Typ den Traktor abgestellt, springt er von der Fahrerkabine herunter, fängt mich auf und stellt sich mir fast gleichgültig vor: „Ich bin Benedikt Rampoldt. Das sind meine Großeltern. Sie haben mich losgeschickt, Sie zu suchen. Sie haben schon gedacht, Ihnen wäre etwas passiert. Also, wenn Sie wollen, können Sie oben in der kleinen Kammer schlafen. Wenn nicht, auch ok." Dann dreht er sich um und geht ohne eine Antwort abzuwarten ins Haus. Seine Großeltern warten noch auf meine Antwort und auch wenn ich nicht besonders scharf darauf bin, bei ihnen zu übernachten, bin ich zu aufgewühlt,

in dieser stockfinsteren Nacht durch die Pampa nach Hause zu fahren. „Ja, es wäre schön, wenn ich bei Ihnen übernachten könnte." „Kommen Sie mit, mein Enkel wird Ihnen alles zeigen." Ich höre wie Frau Rampoldt nach ihm ruft. Benedikt kommt und bringt mich in den oberen Stock. Neben dem Raum in dem ich abends war, ist noch ein kleineres Zimmer mit einer Matratze und Kisten. Benedikt bringt mir einen Schlafsack und ein Kissen. „Bad und Klo sind unten, zweite Tür links. Gute Nacht." Und schon ist er verschwunden. Davon abgesehen, dass ich ziemlich irritiert davon bin, dass er überhaupt keine Notiz von mir nimmt, finde ich den Schlafsack ziemlich eklig und das Kissen müffelt auch etwas, aber selbst wenn er noch einen Moment geblieben wäre, hätte ich mich nicht getraut, etwas zu sagen, was ganz gegen meine Art ist. Dass ich gar keinen Eindruck auf ihn mache, verunsichert mich tatsächlich etwas. So etwas bin ich nicht gewöhnt. Durch den Türschlitz sehe ich noch Licht. Ich schleiche nochmal nach unten und suche das Badezimmer als Benedikt plötzlich nochmal vor mir steht mit einem Tablett. Auf dem Tablett ist ein Butterbrot mit einem Stück Käse und ein Glas Wasser. „Ich soll Ihnen das bringen. Sie können sich in die Küche setzen. Dahinten ist das Bad und oben an der Treppe machen Sie dann das Licht aus." „Danke" ist alles was ich herausbringe und erst jetzt bemerke ich was für einen Riesenhunger und Durst ich habe. Die Küche ist sehr einfach und alt. Ich setze mich an den Holztisch auf dem noch ein paar Krümel liegen. Am Fenster steht ein bunter Wiesenstrauß. An der Wand hängen Fotos von einer Familie mit einem vielleicht fünfzehnjährigen, blonden Jungen und einem blonden Mädchen. Ist das Benedikt mit seiner Schwester und seinen Eltern? Könnte sein.

Sie stehen vor einem Jeep und das Foto scheint nicht in Deutschland aufgenommen worden zu sein. Das Mädchen ist vielleicht zwölf Jahre alt. Beide Eltern sind hellblond so wie die Kinder. Ich beiße in das Brot, es schmeckt gut, wahrscheinlich ist es selbst gebacken. Mit wenigen Bissen habe ich es verschlungen und trinke mein Glas leer. Draußen bellt ein Hund. Ich muss immer wieder an meine Eltern denken. Dieses Glücksgefühl durchdringt mich. Der Dreck, die Spinnenweben in der Ecke der Küche, der Schlafsack und das muffige Kissen sind mir in diesem Moment egal. Ich bin glücklich wie schon viele Jahre nicht mehr. Ich habe schon ganz vergessen, wie das ist. Ich versuche leise auf dem knarrenden Holzboden zum Badezimmer zu gehen, wasche mich kurz und gehe dann die Treppe nach oben, lösche das Licht und schleiche in die kleine Kammer in der ich schlafen soll. Ich schlüpfe in den Schlafsack, es ist stockdunkel und schon ein bisschen gruselig, aber ich bin glücklich und schlafe nach kurzer Zeit ein. Am nächsten Morgen werde ich von klapperndem Geschirr geweckt. Die Kammer hat ein kleines Fenster. Die Sonne scheint. Ich ziehe meine Jeans über, schüttle meine Haare und gehe die Treppe hinunter. Im Badezimmer nehme ich etwas Zahncreme auf den Finger, putze mir damit die Zähne und wische mir die verschmierte Wimperntusche weg. Als ich die Badezimmertür öffne, riecht es nach Kaffee. In der Küche bietet mir die alte Frau Rampoldt Kaffee und Brot an. Es gibt Quittengelée und Honig. Herr Rampoldt ist nicht zu sehen und auch Benedikt scheint noch zu schlafen. Die Küchenuhr zeigt schon gleich halb neun. Frau Rampoldt erzählt mir, dass ihr Mann und Benedikt schon auf dem Feld sind. „Ah, ok. Ich frühstücke noch fertig und dann werde

ich auch fahren." Wir unterhalten uns über das schöne Wetter und wie schön dieser Hof liegt. Von der matschigen Einfahrt sage ich nichts. Als ich meinen Kaffee leer getrunken und ein Brot mit leckerem Quittengelée gegessen habe, geht die Tür auf und Benedikt kommt mit kurzer Hose und T-Shirt herein. Er könnte glatt dieser Typ aus der Werbung sein. Er sieht wirklich sehr gut aus. Wieder grüßt er mich nur beiläufig und fragt nach dem Werkstattschlüssel. Frau Rampoldt reicht ihm den Schlüssel und ohne mich eines Blickes zu würdigen, geht er wieder nach draußen. Enttäuscht nehme ich meine Tasche, bedanke mich bei Frau Rampoldt und gehe zu meinem Wagen. Auf der Heimfahrt bin ich noch ganz erfüllt von all den Ereignissen und auch wenn ich es sehr bedaure, diesen Benedikt nicht näher kennen gelernt zu haben, geht es mir gut.
„Sei nicht so hart, Du dummes Reh!" sage ich mir immer wieder. Ab jetzt werde ich leben!

42
Heute um 11 Uhr habe ich ein Vorstellungsgespräch in der Kinderklinik. Ich bin ziemlich aufgeregt, aber ich möchte es unbedingt versuchen. Vielleicht ist es noch zu früh, aber ich freue mich riesig. Ich gehe sofort hoch an meinen Schreibtisch, um weiter zu lesen. Ich möchte diese Studien noch durcharbeiten. Sie sind hochinteressant und ich bin froh, dass ich mir wieder mehr merken und mich länger konzentrieren kann. Ich habe mir einen strengen Plan gemacht: Arbeit, genügend Bewegung, gesundes Essen, regelmäßige Pausen, viel Schlaf und möglichst immer weniger Medikamente. Ich versuche die Probleme mit Lars auszublenden. Dafür ist jetzt nicht die richtige Zeit. Ich muss mich auf

mich selbst konzentrieren. Seit er weiß, dass die Sendung abgesetzt wird, ist er sehr in sich gekehrt. Vielleicht ist es auch gut so und das Medieninteresse an uns lässt dann hoffentlich nach. Wie schön das wäre, einfach in irgendwelchen Klamotten vors Haus gehen zu können ohne Angst haben zu müssen, in irgendeinem Schmierblatt eine miese Geschichte über mich zu finden. Früher hat es mir gefallen, im Rampenlicht zu stehen und einen Mann zu haben, der perfekt damit umgehen kann, heute hasse ich es und fürchte mich sehr vor den schlimmen Schlagzeilen. Lars kann es auch nicht mehr so gut wegstecken. In einer Stunde muss ich gehen. Das Kleid, das ich anziehen will, liegt schon seit gestern bereit, es ist nicht zu auffällig, finde ich, genau richtig für ein Vorstellungsgespräch. Kleine pastellfarbene Blumen, nicht zu kurz, dazu die leichte Strickjacke und die Ballerinas im gleichen Farbton. Soll ich die Haare hochstecken? Ja, das macht einen seriösen Eindruck. Und ich darf die Brille nicht vergessen. Ich will auf keinen Fall wie ein schönes, blondes Dummchen erscheinen, gerade weil sie mich aus der Presse kennen.

Ich werde von einer Sekretärin begrüßt, merke, dass sie mich von oben bis unten mustert und dass die Krankenschwestern mich erkannt haben und hinter meinem Rücken tuscheln, zwei Pfleger kommen mir entgegen und lächeln mich freundlich an. Die Sekretärin begleitet mich in einen Besprechungsraum in dem mir sechs Personen gegenüber sitzen, die Chefärztin und der Geschäftsführer begrüßen mich und stellen mir drei Ärztinnen und einen Arzt mit Vollbart vor. Zum Glück tragen sie Namensschilder an Ihren weißen Kitteln, ich glaube, ich kann mir nicht einen Namen merken. Oh Gott, ich bin wahnsinnig aufgeregt. Es

ist schon so viele Jahre her, dass ich als Ärztin gearbeitet habe und dann noch diese Krankheit. In meinem Kopf pocht es fürchterlich. Ich fühle mich doch etwas überfordert im Moment, aber ich möchte diese Chance nicht verstreichen lassen. Ich reiße mich zusammen und konzentriere mich. Eine Stunde dauert das Gespräch. Ich schlage mich ganz gut und vielleicht haben sie meine Aufregung nicht bemerkt. Als Ärztin muss ich eine gewisse Souveränität ausstrahlen. Ich weiß nicht, ob ich das hingekriegt habe. „Sie hören von uns, Frau Dr. Andresen" lächelt mich die Chefärztin an und verabschiedet sich von mir. Zwei der drei Ärztinnen nicken mir wohlwollend zu, das freut mich. Die dritte schaut mich prüfend an und der Mann mit Vollbart lässt auch beim Abschied deutlich erkennen, dass er mir sehr kritisch gegenüber steht. Sein ernster, zweifelnder Blick hat mich während des Gesprächs immer wieder verunsichert, deswegen habe ich es vermieden, ihn allzu oft anzuschauen. Ich kann mich verkaufen, jedenfalls konnte ich das vor der Krankheit, ich weiß wie ich wirke und wie ich mich verhalten muss. Ich stehe seit vielen Jahren in der Öffentlichkeit, aber vielleicht wollen sie mich genau aus diesem Grund nicht. Oder bin ich nicht gut genug? Ich habe ja kaum Erfahrung vorzuweisen.
Als ich die Elbchaussee entlang fahre, biege ich kurzerhand ab und mache noch einen Stopp im Café Witthüs im Hirschpark. Es ist herrlich, draußen in der Sonne zu sitzen. Als die Kellnerin mir meinen Cappuccino bringt, fällt mir am Nachbartisch eine Frau mit blonden Haaren auf. Sie sitzt mit dem Rücken zu mir. Ist das nicht Mathilda Waldvogel? Als sie sich in die Sonne dreht, erkenne ich sie. Sie ist es. Sie bemerkt meinen Blick und ich nicke ihr freundlich zu. „Wunderschön hier, nicht?" fragt sie und ich kann dem nur

beistimmen.

„Haben Sie heute frei?" frage ich.

„Ja, heute hat die Bibliothek geschlossen. Schön, Sie zu sehen. Wie geht es Ihnen?"

„Mir geht´s gut. Ich hatte gerade ein Vorstellungsgespräch, aber ich weiß nicht, ob es nicht doch zu früh ist. Sie wissen ja bestimmt, dass ich krank war?"

„Ja, das wusste ich. Schön, dass es Ihnen besser geht, Sie sehen jedenfalls blendend aus."

„Wollen Sie vielleicht zu mir an den Tisch sitzen, Mathilda?"

„Ja, gerne. Ich weiß, ich sehe meiner Tante Mathilda sehr ähnlich, das ist lustig, das passiert vielen, die meine Tante kannten, dass sie mich Mathilda nennen."

„Oh, entschuldigen Sie, ich komme nicht auf Ihren Namen."

„Nelly, Nelly Mey. Das ist nicht schlimm, wir sehen uns ja auch nicht so oft. Aber ich bin sehr froh, dass Sie wieder da sind und dass es Ihnen besser geht. Ihr Mann ist auch sehr froh, glaube ich."

„Ja, das war eine schwere Zeit und ist es manchmal noch. Aber ich bin zuversichtlich, dass ich bald wieder ganz fit sein werde."

„Hat er Ihnen von meinem Fall erzählt?"

„Nein, hat er nicht. Was für ein Fall?"

„Nichts worauf ich stolz sein könnte, aber mit Abstand betrachtet, kann man fast darüber lachen."

Nelly erzählt mir eine Geschichte von einem Diamantring, der sich nicht mehr von ihrem Finger lösen ließ und sie daraufhin von der Polizei mitgenommen wurde. Lars hat sie da raus geholt mit Hilfe von Cécile.

„Da können wir ja richtig froh sein, eine so aufmerksame

Nachbarschaft zu haben, was? Aber warum filmt Cécile das alles? Ist doch total abgedreht, finden Sie nicht?" frage ich.
„Ja, allerdings! In meinem Fall war ich natürlich richtig froh darüber, aber ich muss immer wieder daran denken, was sie da noch alles gefilmt haben könnte. Und seien Sie froh, dass Sie nicht auf ihrer Party waren, sie kann ja ein richtiges Biest sein."
„Ja, das kann ich mir vorstellen. Ich habe nicht so viel mit ihr zu tun, aber sie verbringt gerne Zeit mit Lars, glaube ich", und gleichzeitig überlege ich, ob sie vielleicht auch etwas mit Lars hatte. Möglich wäre das. Ich will nicht daran denken und blende diesen Gedanken sofort aus. „Haben Sie Lust, noch ein bisschen spazieren zu gehen?" frage ich Nelly.
„Sehr gerne!"
„Wollen wir nicht Du sagen? Ich bin Julie und Du bist nicht Mathilda sondern Nelly, meine Güte, wie peinlich mir das ist."
„Meine Tante Mathilda hat immer gesagt, ich würde das Glück in diesem Haus finden. Inzwischen warte ich nicht mehr darauf und in diesem Verhörraum habe ich mir geschworen, mein Leben zu ändern und vor allem froh darüber zu sein, dass ich frei bin. Seit dem kann ich vieles mit mehr Humor sehen und wenn es mir schlecht geht, sehe ich das als ein vorübergehendes Tief an. Und was wirklich erstaunlich ist, seit diesem Ereignis trauere ich nicht mehr dem Mann hinterher, den ich wahnsinnig gerne geheiratet hätte und der mir über drei lange Jahre hinweg das Leben schwer gemacht hat. Das fällt mir jetzt erst auf."
„Ich erinnere mich an ihn. Er hatte blonde Haare und war nicht ganz so groß."

„Ja, das ist wahr. Er war wirklich nicht besonders groß, eigentlich alles andere als das, man könnte sogar sagen, dass er fast schon ein Zwerg war."

Wir müssen beide so lachen über diesen bissigen Satz und ich habe den Eindruck, dass sie jetzt wirklich über diesen Typen hinweg ist. Sie hat einen lustigen Humor und vermittelt so viel Lebensfreude und eine Leichtigkeit, die meinem Leben total abhandengekommen ist. Es tut gut, sich mit ihr zu unterhalten. Nach unserem Spaziergang nehme ich sie in meinem Wagen mit zurück in unser Viertel und wer weiß, vielleicht treffen wir uns bald mal wieder.

43

Schon von weitem sehe ich, dass an der Auskunftstheke wieder ein kleiner Zettel liegt. Aufgeregt schaue ich mich um. Aber da sitzt nur der alte Herr Junker in einen Bodensee-Reiseführer vertieft, der wird es ja wohl nicht gewesen sein. Iris ist auch nicht zu sehen. Aber Anne kommt mir entgegen und hat spannende Neuigkeiten: „Heute Morgen hat ein Mann angerufen und wollte wissen, ob Du heute Dienst hast."

„Was? Wer war das? Wie hieß er? Klang er eher jünger oder älter? Oder meinst Du, dass es so ein Perverser war?"

„Nein, er klang nett, eher jünger als älter würde ich sagen."

„Dass er aber auch keinen Namen genannt hat."

Zusammen gehen wir schnell zur Auskunftstheke und lesen, was auf dem Zettel steht:

MORGEN ABEND 20 UHR IM BASILIKUM IN DER GRINDELALLEE? ICH WÜRDE MICH SEHR FREUEN, DICH ZU SEHEN!

Ach du meine Güte, mir wird ganz anders. Jetzt wird es

ernst. Ob er wirklich mich meint?

„Basilikum, das ist doch dieses Bio-Bistro in dem wir schon mal waren. Ist doch ganz nett da", sagt Anne.

„Ja, schon, aber irgendwie stehe ich nicht so auf Blind Dates. Was, wenn es so ein komischer Typ ist? Ich wüsste wirklich nicht, wer das sein könnte."

„Bald werden wir es wissen", antwortet Anne und geht zurück in ihr Büro.

Inzwischen stehen schon einige Leute an der Auskunftstheke, ich muss jetzt arbeiten. Den Zettel stecke ich schnell in meine Hosentasche und beantworte die Fragen des ersten Lesers. Er möchte alles über Jim Morrison, was wir haben. „Jim Morrison ist mein Leben!" wiederholt er immer wieder. Ich sage ihm, wo er die Sachen finden kann und hoffe inständig, dass er es nicht sein mag, der mir diese Nachrichten hinterlässt. Der nächste sucht englische Kochbücher. Da haben wir nicht viel und ich kann mir die Bemerkung nicht verkneifen, dass ein englischer König einst sämtliche Kochbücher verbrennen ließ und dass die englische Küche möglicherweise deswegen nicht ganz so ausgefeilt ist wie die anderer Länder, tatsächlich sind vier von den zehn Exemplaren ausgeliehen, aber er möchte die sechs übrigen Exemplare sehen, die wir haben. Eine Frau möchte wissen, ob wir den neuen Alexandre Barral haben, sie kann ihn zwar im Computer, aber nicht im Regal finden. Oh ja, den haben wir, ich habe ihn selbst gelesen und ihn noch nicht zurück gestellt. Er liegt noch in meinem Büro. Ich werde ihn gleich holen. Der vierte möchte ein Buch über Fußball. Er sieht mich an, als würde er meine Körpermaße ausmessen. Was soll das? Zum Glück haben wir einiges über Fußball und ich kann ihn schnell wegschicken. Er dreht sich um und geht dann aber in eine ganz andere Richtung. Hat er mich nicht richtig verstanden? Zuerst will ich ihm noch hinterher rufen, aber da stehen schon zwei Jungs vor mir, die das „Überlebenshandbuch – Wald und Berge" suchen, das leider ausgeliehen ist. Sie können es reservieren und werden benachrichtigt, sobald es wieder da ist, schlage ich vor. Ja, das wollen sie. Prima, dann sehen wir uns bald wieder. Jetzt kann ich der Dame den Barral holen. Sie freut sich als sie das neue Exemplar in den Händen hält. „Ich liebe seine Bücher, wissen Sie, ich finde, er macht das gut, dieser Barral, ich will gutgeschriebene Unterhaltung, die nicht zu traurig, aber auch nicht zu flach ist." Da kann ich ihr nur beipflichten und je älter ich werde, umso mehr suche ich nach solcher Literatur.

Als es ein bisschen ruhiger wird, ziehe ich den Zettel aus meiner Hosentasche und bin ganz aufgeregt. Wer könnte das nur sein? Eigentlich geht es mir richtig gut. Soll ich mich überhaupt in so eine Lage bringen? Vielleicht wartet da nur die nächste Enttäuschung auf mich. Und vielleicht ist die Nachricht auch gar nicht für mich bestimmt.

44

Immer noch erfüllt von der Begegnung mit meinen Eltern gehe ich durchs Haus und suche das Buch von Mami. Ich schlage es auf und schaue mir ihre Zeilen an. Diesmal rührt es mich nicht mehr zu Tränen, diesmal bin ich einfach froh zu wissen, dass sie irgendwie noch da sind. Es ist seit gestern so eine enorme Last von mir abgefallen, ich fühle mich so gut, so leicht. Der Zorn und die Wut, die so tief in mir steckten sind nicht mehr da. Ich bin ein anderer Mensch. Dieses besondere Ereignis hat mich versöhnlicher gemacht.

Noch bevor ich zu Ilse Rampoldt gefahren bin, hatte ich bei der Catering Firma angerufen und mich über die Farbe der Kerzen beschwert, die nicht wie abgesprochen geliefert worden waren. Das hatte mich total geärgert und nachdem ich am Ende sogar den Geschäftsführer von `Bene´ am Telefon hatte, bin ich total ausgerastet. Heute ist es mir unangenehm, weil das Essen, das sie geliefert hatten, sehr gut war. Aber meine Stimmung war immer so, dass das Fass fast am Überlaufen war, es fehlte immer nur eine Kleinigkeit und schon war ich auf 180. Ich konnte mich schon immer gut wehren, aber in den letzten Jahren ist es zu einer Leidenschaft geworden, mich lautstark zu beschweren. Jetzt scheint alles anders zu sein. Es geht mir besser und vielleicht gelingt es mir tatsächlich, loszulassen und zu leben. Ich bin da ganz zuversichtlich. Deswegen rufe ich jetzt auch nochmal bei dieser Cateringfirma an und entschuldige mich. Und kaum nenne ich meinen Namen, werde ich sofort mit dem Chef verbunden: „Bene Catering, hallo?"
„Hallo, hier ist Cécile von Strehlow. Ich…"
„Ach, Sie schon wieder! Was ist es diesmal? Waren die Basilikumblätter zu klein?" fährt er mich an.
„Nein, stellen Sie sich vor, ich wollte mich entschuldigen. Ihr Essen war sehr gut und ich gebe zu, das mit den Kerzen war etwas überzogen."
„Gut, alles klar. Schönen Tag noch."
Er hat einfach aufgelegt. Idiot! Was soll das denn?! So geht man doch nicht mit Kunden um! Ich werde ihn mal googeln, alles muss man sich ja nun auch nicht gefallen lassen. Auf dem großen Bildschirm meines Rechners sehe ich noch die Ordner mit meinem Filmmaterial. Ich werde sie löschen, ich glaube, das bringt mir jetzt nichts mehr. Und mit einem

Klick sind die Ordner und alles, was ich gegen Lars und die anderen Nachbarn in der Hand hatte, gelöscht. „Wollen Sie den ausgewählten Ordner in den Papierkorb verschieben?" „Ja, ich will!", dann leere ich den Papierkorb und wieder fühle ich mich etwas leichter. Immer auf der Suche zu sein, um anderen etwas anlasten zu können, ist ganz schön anstrengend. So, jetzt aber mal sehen, wer mich da so unverschämt abserviert hat. Ich traue meinen Augen nicht, Bene Catering Hamburg, Geschäftsführer: Benedikt Rampoldt. Da ist ein Foto von der ganzen Belegschaft und ich erkenne ihn sofort wieder. Er sieht wirklich gut aus. Seine Art lässt allerdings sehr zu wünschen übrig. Das muss man wirklich sagen. Und je mehr ich an ihn denke, wie er mich in dieser dunklen Nacht mit diesem riesigen Traktor gerettet hat, umso mehr möchte ich ihn kennen lernen. Wusste er meinen Namen und dass ich es war, die ihn wegen der Kerzen so beschimpft hatte? Wahrscheinlich. Deswegen hat er mich so unfreundlich behandelt. Wie könnte ich nur an ihn rankommen? Ich will ihn unbedingt treffen. Ich werde mal sehen, wo diese Firma ist. Ah, gar nicht so weit weg, das ist schön. Da könnte ich doch mal vorbei fahren. Eine halbe Stunde später stehe ich mit dem Porsche meiner Eltern in einer Seitenstraße in der Nähe seiner Firma. Es soll ja nicht ganz so auffällig wirken und schließlich kennt er meinen Wagen. Ich richte mich schon darauf ein, eine längere Zeit zu warten, aber da geht eine Tür des Seitengebäudes auf und er kommt direkt auf mich zu. Oh, nein! Ich bin mit offenem Dach gefahren und er hat mich sofort gesehen. Rote Haare fallen eben auf. Ich ziehe schnell mein Handy aus der Tasche und halte es geschäftig an mein Ohr. Er bleibt an der Fahrertür stehen und spricht mich an: „Willst

Du Dich jetzt persönlich beschweren?"
Er duzt mich, was ich als positives Zeichen deute. „Nein, ganz im Gegenteil, eigentlich wollte ich mich bedanken. Du weißt schon…"
„Das habe ich nur wegen meiner Großmutter gemacht, sie hat mich losgeschickt, Dich zu suchen, freiwillig wäre ich nicht auf die Idee gekommen. Nachdem sie mir Deinen Namen gesagt hat, hatte ich sowieso keine Lust mehr auf so eine Aktion."
„Ich möchte Dich zum Essen einladen. Wie wär's? Ich kann auch nett sein."
„Lass mal, auf sowas hab ich absolut keinen Bock!"
„Wie Du meinst, dann frage ich halt morgen nochmal."
„Bist Du irre?! Wenn Du Dich unbedingt bedanken willst und mir keine Ruhe lässt, dann gehen wir jetzt zu diesem Steh-Imbiss da hinten. Der hat leckere Würstchen und ist ein Kumpel von mir."
„Na gut, dann gehen wir eben da hin."
So hatte ich es mir nicht vorgestellt, aber besser als nichts. Wenn er denkt, ich kann es nicht mit ihn aufnehmen, hat er sich getäuscht. Wir bestellen Curry Wurst und Bier und stellen uns an einen Tisch. Er sagt kein Wort und irgendwann fange ich an, ihn zu fragen, ob er oft bei seinen Großeltern ist, ob er in Hamburg wohnt oder auf dem Land. Er erzählt nur zögerlich, dass er bei den Großeltern wohnt und ihnen bei der Landwirtschaft hilft. Er möchte nicht ausgefragt werden, schlingt seine Wurst hinunter und trinkt sein Bier so schnell, dass ich gar nicht hinterher komme. Ich erzähle ihm, dass seine Großmutter mir sehr geholfen hat. Erst will er sich wegdrehen und gar nicht zuhören, aber als ich meine Eltern und den Flugzeugabsturz erwähne, wendet

er sich mir wieder zu. Er möchte wissen, wann das war und ich fange an von ihren verletzten Körpern zu erzählen und dass ich erst seit dem Besuch bei seiner Großmutter wieder weiß, was es heißt, zuversichtlich zu sein. Ich muss so vieles erst wieder lernen, ich war die ganzen Jahre sehr hart zu mir selbst und zu anderen, aber jetzt geht es mir viel besser.
„Sonst hättest Du Dich niemals entschuldigt, stimmt´s? Das passt irgendwie auch nicht zu Dir", wirft er ein. Und wieder habe ich das Gefühl, ihn in keiner Weise beeindrucken zu können. So etwas habe ich noch nie erlebt. Es lässt ihn völlig kalt, dass ich schön und reich bin und durchaus in der Öffentlichkeit stehe. Aber genau das gefällt mir an ihm. Das alles scheint ihm total egal zu sein.
„Meine Eltern leben auch nicht mehr, ich habe sie und meine kleine Schwester bei einem Überfall auf unser Dorf verloren. Sie wurden alle drei erschossen. Das ist jetzt fast zehn Jahre her. Ich bin in einem kleinen Dorf im Norden von Kamerun geboren und aufgewachsen. Meine Eltern waren Entwicklungshelfer. Meine Schwester war erst vierzehn Jahre alt. Seit dem wohne ich bei meinen Großeltern. Aber das Leben hier in der Stadt nervt mich ziemlich, deswegen bin ich froh, auf dem Land zu leben. Ich koche gern und habe das zu meinem Beruf gemacht, aber vielleicht übernehme ich irgendwann den Hof. Dann muss ich nicht mehr in die Stadt kommen und mich mit diesen affigen Leuten hier rumärgern wegen der Kerzenfarbe oder so einem Mist."
Er lächelt nicht, er meint es ernst. Ich schaue ihn unsicher an und fühle mich ziemlich schlecht. „Du hast Recht, das war echt bescheuert. Ich muss los. Danke nochmal, dass Du mich gerettet hast. Das werde ich nicht vergessen." Ohne aufzusehen gehe ich zu meinem Auto und fahre so schnell

ich kann nach Hause. Es kommt mir vor, als würde all das Schlechte, das ich anderen in den vergangenen Jahren angetan habe, auf einmal hochkommen. Ich fühle mich total beschissen.

Dass ich die Möglichkeit hatte, mit meinen Eltern in Kontakt zu treten, hat die Blockaden in mir gelöst, diese ganzen Gefühle von Zorn und Wut, mit denen ich viele Jahre gelebt habe, sind nicht mehr da, da ist eine große Dankbarkeit und Freude in mir, auch wenn mir meine Eltern immer noch sehr fehlen, hat mir diese Begegnung die Augen geöffnet und vor allem mein Herz. Ich musste erst so etwas Schönes erleben, um mich öffnen zu können und um dieses beschissene Leben, das ich geführt habe, endlich zu ändern. Und ich muss mir noch etwas eingestehen, ich kann es mit Benedikt Rampoldt nicht aufnehmen.

45

Gleich gehen Julie und ich zu unserem Lieblingsitaliener am Eppendorfer Baum. Mal sehen, was sie zu den Flugtickets sagt. Es ist gut, wenn wir weg sind, wenn die Sendung abgesetzt wird und vielleicht finden wir wieder zueinander. Ich hoffe das sehr. Mutter darf nach Hause. Ich werde eine Pflegerin für sie einstellen, damit sie versorgt ist. Ich hoffe, sie lässt sich durch Mutters Art nicht vergraulen.

Julie kommt in einem wunderschönen Kleid die Treppe hinunter, sie trägt jetzt keine Hüte mehr wie früher, auch nicht mehr ihre High Heels, die mir immer sehr gefallen haben, sie trägt jetzt flache Schuhe.

Wir gehen den kurzen Weg zu Fuß, die Leute, die uns entgegen kommen, tuscheln und drehen sich nach uns um als wir vorbei gehen, ich bin froh, dass Julie wieder so gut aus-

sieht. Es ist ein wunderschöner, lauer Sommerabend, wir können sogar draußen sitzen. Wie immer gibt uns Marcello einen Tisch ganz hinten, damit wir unsere Ruhe haben. Wir bestellen Steinbutt mit Artischocken und leckere Spinatravioli in einem hauchdünnen Teig, dazu einen herrlichen Rosé. Julie geht es heute gut, sie erzählt mir, dass sie Nelly Mey im Hirschpark getroffen hat und wie schön es war. Ich kann mir vorstellen, dass Nelly lustig sein kann auch wenn ich sie vor allem in ernsten Situationen erlebt habe. Ich bin sehr froh, dass es Julie gut geht und möchte sie mit den Tickets überraschen. Vorsichtig ziehe ich den Umschlag aus meinem Jackett und lege ihn vor ihr auf den Tisch. Sie öffnet ihn langsam und ist ganz erstaunt: „Vier Wochen Santa Monica? Wie schön! Ich habe in der letzten Zeit auch viel an Santa Monica gedacht. Aber da ist noch mein Vorstellungsgespräch in der Kinderklinik. Sollten sie mich nehmen, würde ich in drei Wochen anfangen."
„Du hast Dich in einer Kinderklinik vorgestellt? Wann? Warum hast Du mir nichts davon erzählt?"
„Gestern war der Termin. Ich bin mir selbst nicht so sicher, ob es nicht noch zu früh ist. Ich möchte den Facharzt für Pädiatrie machen. Du weißt, dass ich das schon immer wollte, aber dann lief es mit dem Modeln so gut, dass ich es immer aufgeschoben habe." Sie macht eine Pause und fährt dann mit Tränen in den Augen fort: „Es ist schwer für mich, immer wieder alle unsere Probleme ausblenden zu müssen. Es ist aber jetzt nicht die richtige Zeit, all das zu klären, aber manchmal denke ich, ich halte das alles nicht mehr aus. Ich würde gerne die Zeit zurückdrehen und mich so fühlen wie wir uns in Santa Monica gefühlt haben."
„Das würde ich auch gern, glaub mir, das würde ich wirk-

lich auch gern."

„Aber ich möchte zuversichtlich sein und uns noch eine Chance geben. Wir warten jetzt mal ab, ob es mit der Stelle klappt und wenn nicht, fliegen wir, ok?"

„Ja, so machen wir das." Wir stoßen mit unseren Weingläsern darauf an und dann lässt sie es tatsächlich zu, dass ich sie küsse. Der erste Kuss seit langer Zeit. Ich freue mich sehr darüber. Julie ist eine tolle Frau. Und das war sie auch schon immer.

Wir unterhalten uns gut und lachen sogar über dies und das und ganz im Gegensatz zu den letzten Monaten hat dieser Abend eine Leichtigkeit, die ich sehr genieße. Zu Hause angekommen, versuche ich, Julie ins Schlafzimmer zu holen, sie schaut mich für einen Moment prüfend an, küsst mich kurz und zieht sich dann in das andere Schlafzimmer zurück. Schade, aber ich werde sie nicht bedrängen, ich werde ihr alle Zeit geben, die sie braucht.

46

Bevor ich losgehe, rufe ich Stella an, die mich ermutigt, auf jeden Fall in dieses Restaurant in der Grindelallee zu gehen. Sie hat sich den Abend frei gehalten und wenn nötig, kommt sie, um mich zu retten. Mehrmals schleiche ich an dem Restaurant vorbei, man kann sogar draußen sitzen, aber bei dem Verkehr finde ich das selbst in der schönen Abendsonne nicht so angenehm, aber eigentlich interessiert mich der Verkehr auf dieser breiten Straße im Moment überhaupt nicht. An den Tischen draußen kann ich jedenfalls niemanden entdecken, der mir bekannt vorkommt und obwohl ich zweimal sehr langsam vorbei gehe, gelingt es mir nicht, durch die geöffnete Tür oder die Fenster einen Blick ins

Innere des Lokals zu werfen. Ich kann einfach nicht sehen, ob da jemand sitzt, den ich kenne. Ich bin wahnsinnig aufgeregt und die hohen Schuhe drücken. Mist, ich werde jetzt nicht unverrichteter Dinge wieder nach Hause gehen, obwohl ich das am liebsten tun würde. Ich muss das Lokal wohl betreten, aber ich habe furchtbar Angst, dass da ein Dr. Dr. Ringwald oder ein anderer Leser sitzt, der auf Iris wartet und ich mir eine Ausrede einfallen lassen muss, warum ich so aufgebrezelt alleine zum Essen gehe. Ich habe mein zwar schlichtes, aber chices, blaues Kleid an, das mir gut steht und die hochhackigen Schuhe. Vor dem Spiegel zu Hause fühlte ich mich noch richtig gut darin, aber das hat sich jetzt schlagartig geändert. Bin ich zu aufgedonnert? Nein, eigentlich nicht oder vielleicht doch? Hätte ich lieber in Jeans gehen sollen? Womöglich mache ich mich total lächerlich. Ich komme mir vor wie ein Teenager. Aber noch während mir diese Gedanken durch den Kopf schießen, denke ich an mein neues Lebensmotto. Ich bin frei und nur das zählt, also richte ich mich auf und betrete mit klopfendem Herzen das Lokal. Es ist zehn nach acht, ich bin also genau richtig in der Zeit. Im vorderen Teil sind alle Tische belegt und es dauert eine Weile bis ich alle Gäste durchgegangen bin, bleibt noch der mittlere und hintere Teil des kleinen Restaurants, das wirklich schön eingerichtet ist mit den geölten Holztischen und den dunkelgrauen Stühlen. Eine junge Kellnerin kommt auf mich zu und fragt, ob ich reserviert habe.

„Nein, ich suche jemanden."

„Suchen Sie vielleicht den Herrn an Tisch 12?" und sie zeigt auf einen alten Mann mit Bart.

„Äh, nein." antworte ich unsicher. Der wird es ja nun hof-

fentlich nicht sein. „Ich werde mal hinten nachsehen." Gerade will sie mir noch etwas sagen, als einem Gast ein Glas herunterfällt und sie schnell an dessen Tisch eilt, um die Scherben aufzunehmen. Ich bin froh, dass ich ihr nicht mitteilen muss, dass ich selbst nicht weiß, wen ich suche. So wie es aussieht, verlasse ich dieses Lokal auch gleich wieder, weil ich keinen Tisch reserviert habe und auch niemand da ist, der auf mich wartet. Was für eine Schnapsidee, hierher zu kommen. Solche Sachen funktionieren nur in romantischen Komödien, nicht im echten Leben. Außer man möchte sich wie ein Volltrottel vorkommen so wie ich in dieser Sekunde, denn auch im mittleren und hinteren Bereich des Lokals ist niemand Bekanntes zu sehen. Jetzt hat mich der Mut komplett verlassen. Immer mehr Leute drängen herein und warten auf einen freien Platz. Ich drehe mich um und möchte hinausgehen, aber es ist inzwischen so eng und voll geworden, dass ich gar nicht weiterkomme, da nimmt jemand meine Hand und führt mich zu einem kleinen Tisch an der Wand. Ich hebe erschrocken meinen Kopf und kann nicht glauben, wen ich da sehe: es ist Henning! Er deutet auf den zweiten Stuhl an seinem Tisch und strahlt mich an. Ich bin völlig sprachlos. Mit ihm hätte ich nun wirklich nicht gerechnet. Ich freue mich sehr, ihn zu sehen und der ganze Kummer, den er mir bereitet hat, ist vergessen. Er nimmt meine Hand und hält sie fest. Wie schön!
Er hat einen Block und einen Stift bereit liegen.
„Was machst Du hier?" frage ich überwältigt.
ICH WOHNE JETZT HIER UND ICH WOLLTE DICH GERNE WIEDERSEHEN! DU SIEHST WUNDERSCHÖN AUS!
„Danke. Wie lange bist Du schon hier?"

SEIT ZWEI WOCHEN. ICH FREUE MICH SEHR, DASS DU GEKOMMEN BIST! Und wieder drückt er lächelnd meine Hand. Er kommt mir so vertraut vor, obwohl ich ihn nur einen Tag kenne. Ich bin so aufgeregt und glücklich. Die Kellnerin kommt und wir bestellen bunten Sommersalat, Steinpilz-Risotto und einen wunderbaren Chardonnay. Ich kann es kaum glauben und schüttle immer wieder ungläubig den Kopf. Aber was ist mit seiner Frau? Ist er nicht schon lange verheiratet? Lebt sie vielleicht auch hier und er hat gerade seinen freien Abend? Ich muss ihn fragen. Doch bevor ich den Mund aufmache, schreibt er auf den Zettel:
ICH KONNTE NICHT HEIRATEN, ICH HABE IMMER WIEDER AN DICH GEDACHT. ES WAR SCHLIMM FÜR MICH, LAURA DAS ANZUTUN, ABER MAN MUSS DOCH GANZ UND GAR ÜBERZEUGT DAVON SEIN, DASS ES RICHTIG IST, WENN MAN JEMANDEN HEIRATET UND DAS WAR ICH NICHT. JETZT BIN ICH HIER UND HOFFE, WIR KÖNNEN UNS KENNEN LERNEN. ODER BIST DU INZWISCHEN VERGEBEN? BIST DU?????????
Nein, da ist weit und breit niemand, nicht mal Bernd, denke ich, strahle ihn an und freue mich so sehr, dass er wegen mir nicht geheiratet hat. Ich kann gar nichts sagen und es ist auch nicht nötig, Henning hat verstanden, nimmt meine Hand und küsst sie. Ich kann das alles nicht glauben. Seine Haare sind durch die Sonne noch heller geworden, er ist braun gebrannt und sieht so gut aus, dass ich ihn immer wieder anstarren muss. Er merkt es und lacht. Vor Freude und Aufregung habe ich fast keinen Appetit mehr, aber ich esse ein bisschen Salat und auch von dem leckeren Risotto. Der Wein schmeckt herrlich und selbst wenn es saurer Gur-

kensaft wäre, würde ich jeden Schluck genießen, denn ich bin so wahnsinnig glücklich! Noch in der späten Nacht schicke ich Stella eine Nachricht: Es ist Henning!!! Er lebt jetzt in HH ☺☺☺

47
Wieder den ganzen Tag keine Nachricht von der Kinderklinik. Immer wieder schaue ich meine Mails durch. Ich werde mal sehen, ob ich noch eine Fortbildung machen kann. Ich würde so gerne in dieser Kinderklinik arbeiten, warum melden die sich nicht?
Der Abend mit Lars war schön, wir haben gelacht und uns gut verstanden. Diese Leichtigkeit und der Humor haben wir völlig verloren in den letzten Monaten. Und trotzdem weiß ich nicht, ob ich diese Frauengeschichten verarbeiten kann. An manchen Tagen denke ich, es geht und dann auch wieder nicht. Ich werde mal die Blumen draußen gießen. Nelly sitzt mit einem Mann auf dem Balkon. Hat sie einen Freund? Was macht er da mit den Händen? Ist das Gebärdensprache? Tatsächlich. Wie das wohl ist mit jemandem, der nicht sprechen kann?
Kaum liege ich auf dem Liegestuhl, muss ich an den geplanten Urlaub in Santa Monica denken. Er hat tatsächlich das Haus von damals gebucht. Was, wenn alles schief geht und die Erwartungen zu hoch sind? Vielleicht wird unsere schöne Erinnerung von damals dann für immer zerstört. Vielleicht trennen wir uns sogar. Und dann haben wir nicht mal mehr Santa Monica. Wie oft haben wir uns in schweren Zeiten gegenseitig an diese wunderschöne Zeit erinnert. Andererseits kann so ein Ortswechsel fernab von Arbeit, Presse und Öffentlichkeit auch Wunder wirken.

Warum musste er mich hintergehen? Warum? Es ist so schon demütigend genug, aber wenn alle Welt das auch noch mitkriegt und sich daran weidet, ist es nicht zum Aushalten. Dieser Mistkerl. Manchmal bekomme ich so eine Wut auf ihn. Aber ich kann mir ein Leben ohne ihn gar nicht vorstellen. Er ist eigentlich ein so feiner Kerl.
Oh, eine Nachricht von der Klinik. Eine Absage. Sie denken, dass ich noch nicht so belastbar bin. Stimmt wahrscheinlich auch. Trotzdem schade, sehr schade sogar. Frustriert schaue ich auf den großen Kastanienbaum, die Enkel von Dietrichs rennen und kreischen im Garten herum, wie gerne hätte ich auch Kinder, Cécile liegt wieder mal mit einem knappen Bikini und Kopfhörern in der Sonne und Nelly wird auf ihrem Balkon geküsst. Wenigstens eine, die glücklich ist.

48
Wow, die Dicke hat einen Freund und noch während ich sehe, wie sie abgeknutscht wird, bekomme ich ein schlechtes Gewissen. Es tut mir leid, dass ich sie so vorgeführt habe auf der Party. Ich mache schnell wieder die Augen zu und drehe die Musik lauter. Meine Gefühle fahren Achterbahn mit mir, mal bin ich total glücklich und dann wieder am Boden zerstört. Diese besondere Begegnung mit meinen Eltern hat alles auf den Kopf gestellt. Ich muss mich erstmal wieder fangen. Ich bin so verletzlich geworden wie ich es eigentlich nie sein wollte, aber es tut gut, endlich mal wieder zu fühlen und nicht mehr so hart zu sein. Diese ungewohnte Empfindsamkeit macht mich aber auch traurig, vor allem wegen dieses Typen, der mich total auflaufen lässt. Wahrscheinlich hat er die beste Variante, die es bisher von

mir gab, kennen gelernt, aber es ist nichts zu machen, er kann mich nicht leiden. Ich mag gar nicht mehr an ihn denken, aber er geht mir nicht aus dem Kopf. Was er erlebt hat, ist auch schlimm und wahrscheinlich hat er genauso viele Probleme wie ich. Aber er hat immerhin noch seine Großeltern und eine Großmutter mit so einer unglaublichen Fähigkeit. Sie hat ihm bestimmt auch geholfen.
Ich werde David anrufen oder Joko. Joko hat heute sogar frei, glaube ich. Mit Joko ist es immer lustig. Aber als ich seine Nummer wählen will, habe ich auf einmal gar keine Lust mehr, ihn zu treffen. Mir ist nicht nach lustig sein. Vielleicht sollte ich einen Spaziergang machen. Gerade als ich die Haustüre öffne, klingelt mein Handy. „Hier ist Benedikt, kommst Du mit in den Stadtpark?"
„Du? Du willst mit mir in den Stadtpark?" frage ich zweifelnd.
„Ja", und bevor ich noch etwas sagen kann, steht er schon vor mir an der Haustür mit seinem Handy am Ohr und sagt: „Dann komm jetzt."
Ich lache ihn an und antworte ebenfalls in mein Handy: „Bin schon unterwegs." Ich freue mich riesig und erst als ich mich in einer Autoscheibe sehe, fällt mir auf, dass ich mich heute gar nicht geschminkt und auch meine Haare nicht so gut gekämmt habe. Mist!
„Fahren wir mit dem Auto oder mit der Bahn?" frage ich.
„Wir gehen zu Fuß", antwortet er.
„Okay, da sind wir aber eine Weile unterwegs, aber gut."
„Ja", sagt er wortkarg. Genau das fasziniert mich, deren Beruf es ist, mit Worten umzugehen. Es ist superspannend mit ihm, der seine Worte so sparsam einsetzt und genauso meint, wie er es sagt. Als wir in den Mittelweg einbiegen,

kommt uns die Dicke mit ihrem neuen Freund entgegen. Sie sieht sehr glücklich aus und der Typ, der sie im Arm hat, auch. Aber heute kann ich mit ihr mithalten. Ich strahle bestimmt genauso wie sie. Benedikt und ich gehen eine ganze Weile am Goldbekkanal entlang und kommen dann in den Stadtpark. Wir unterhalten uns nicht, wir gehen einfach nebeneinander her und auch wenn ich mich total freue, dass er mich abgeholt hat, ist mir gar nicht nach Reden zumute. Ich genieße es mit ihm spazieren zu gehen. Es ist schön. Im Stadtpark ist viel los bei diesem sommerlichen Wetter, aber wir finden eine ruhige Ecke, legen uns ins Gras und schauen in den wolkenlosen Himmel. Nach einer Weile sagt er: „Ich weiß genau wie es Dir geht. Alles ist drunter und drüber. Ich war mir am Anfang nicht sicher, ob Du die Gefühle zulassen kannst. Mir ging es genauso."
„Woher willst Du wissen, wie es mir geht? Du kennst mich doch kaum", werfe ich ein, aber er hat den Nagel auf den Kopf getroffen.
„Ich habe schon viele Menschen gesehen, die durch meine Großmutter ihren Seelenfrieden wieder gefunden haben. Ich selbst auch. Aber zuerst ist man total durch den Wind und muss erst wieder lernen ohne diese Mauern in einem zu leben. Ohne diese Härte, die man an den Tag legt. Man muss sich daran gewöhnen, Schönes und Trauriges an sich ranzulassen. Ich war wie ein verstocktes Kind als ich mit siebzehn nach Deutschland zu meinen Großeltern kam. Ich hatte sie zuvor nur selten gesehen, aber da war schon immer so eine Verbindung zwischen meiner Großmutter und mir. Ohne sie hätte ich es nicht geschafft. Ich sehe Dir an, dass Du immer noch sehr aufgewühlt bist."
„Ja, das stimmt. Wird das bald besser?" frage ich.

„Das braucht Zeit."
Und wieder starren wir einfach in den Himmel. Nach einer Weile kommen mir die Tränen, die ich schnell mit dem Ärmel weg wische. Benedikt nimmt meine Hand und sagt leise: „Es tut weh, aber glaub mir, nur wenn Du den Schmerz zulässt, kannst Du ihn überwinden." Er lässt meine Hand den ganzen Nachmittag nicht mehr los, erst als er sich vor meiner Haustür von mir verabschiedet. Es ist so ergreifend und schön auch wenn es da keinen Kuss gibt und keine Umarmung, nichts von alldem. Er lässt meine Hand langsam los, sagt: „Bis bald", dreht sich um und geht. Auch auf dem Rückweg haben wir kein Wort gesprochen. So etwas habe ich noch nie erlebt.

49

Seit drei Wochen habe ich einen Freund, ich kann es manchmal selbst nicht glauben, einen Freund, der mir sehr gefällt, in den ich total verliebt bin, der wegen mir seine Hochzeit abgesagt hat, mit dem ich jede freie Minute verbringe, für den ich Gebärdensprache lerne und dessen Vater ich am liebsten vor die Tür setzen würde. Als Henning mich zum ersten Mal zu Hause besucht hat, war er ganz geschockt als sein Vater plötzlich im Treppenhaus vor ihm stand. Und ich erst, als ich erfuhr, dass John Benton Hennings Vater ist. Die beiden haben nicht so viel Kontakt und John wusste gar nicht, dass Henning wieder in Deutschland lebt. Nun ja, es ist nicht gerade toll, einen zukünftigen Schwiegervater zu haben, der einen fast hinter Gitter gebracht hätte, aber was soll ich machen?
Auch wenn ich mich erst daran gewöhnen muss, mit jemandem zusammen zu sein, der hören, aber nicht sprechen

kann, fällt mir die Kommunikation leichter als ich dachte. Durch seine sehr einfühlsame Art, habe ich manchmal den Eindruck, er kann in mich hineinschauen. Es geht mir blendend und am liebsten möchte ich es in die Welt hinausschreien, ich bin glücklich!
Gestern waren wir bei Stella und ihrer Familie eingeladen. Henning hat sich gleich mit ihren Kindern beschäftigt und es trotz Gebärdensprache geschafft, sich mit ihnen zu verständigen. „Ich glaube, dass er ein toller Lehrer ist", flüstere ich Stella ins Ohr.
„Außerdem ist er wahnsinnig einfühlsam, küsst gut, tanzt hervorragend, kocht delikat und ist sensationell im Bett", lacht Stella und macht sich lustig über meine Schwärmereien, die sie sich nun schon seit drei Wochen anhören muss. Als Henning versucht, mit Stellas Mann Bruno zu sprechen, läuft es erst nur mühsam, aber nach einer Weile haben sie ein Thema gefunden, das sie beide interessiert, Fotografie. Bruno zeigt ihm seine Schwarz-Weiß Fotografien, die er in einer Mappe aufbewahrt. Ich bin sehr froh, dass sie etwas gefunden haben, das sie verbindet, weil es mir sehr am Herzen liegt, dass Henning meine beste Freundin und ihre Familie mag. Auch meinen Eltern und Schwestern habe ich ihn bei einem gemeinsamen Mittagessen vorgestellt. Sie kannten ihn ja alle schon von Mutters Geburtstag. Ich bin so glücklich, dass er bei meiner Familie gut ankommt. „Da habe ich mich doch nicht getäuscht in seinem ehrlichen Gesichtsausdruck", sagte mein Vater. Ich erinnere mich noch genau daran, dass er das schon gleich nach Mutters Geburtstag zu mir gesagt hat. Ich habe den Eindruck, dass meine Familie mindestens genauso froh ist wie ich, dass ich endlich auch jemanden gefunden habe. Ich hoffe nur, er

bleibt auch bei mir. Alles andere wäre unerträglich für mich. Ich schwebe jeden Tag in die Bücherei und ertrage die Sticheleien von Bernd mit Fassung. Er ist immer noch sauer wegen der Radiosendung. Diesmal ist er richtig nachtragend, so kenne ich ihn gar nicht, aber vielleicht wäre alles anders, wenn er auch endlich jemanden finden würde.
So wie ich es sehe, hat sogar die bissige Cécile jemanden gefunden. Bestimmt ist er Schauspieler oder Model so wie er aussieht. Er muss einen guten Einfluss auf sie zu haben, sie grüßt freundlich und lächelt, wenn ich sie auf der Straße oder im Garten treffe. So habe ich sie noch nie erlebt. Lars und Julie scheinen im Urlaub zu sein. Ich hoffe, dass es Julie bald wieder richtig gut geht.
Inzwischen weiß ich auch, wer die Zettel an die Auskunftstheke gelegt und sich telefonisch nach mir erkundigt hat. Es war Mike, Hennings Freund, den ich letzte Woche auch kennen gelernt habe. Er wohnt in einer der drei anderen Wohnungen in Hennings Haus in der Isestraße. Er hat das Haus von seinem Vater geschenkt bekommen. Hennings Mutter wohnt im Erdgeschoss, Mike im ersten Stock, zwei Wohnungen sind an zwei Familien vermietet und Henning lebt ganz oben unter dem Dach. Seine Mutter, die wir vor einigen Tagen besucht haben, tut sich schwer damit, dass Henning die Hochzeit abgesagt hat, weil sie Laura sehr mochte. Ich werde jedenfalls alles dafür tun, dass wir auch gut miteinander auskommen werden, und ich bin da ganz zuversichtlich, ist sie doch auch eine gute Freundin meiner Mutter. Sein Haus ist in einem sehr guten Zustand, da sorgt sein Vater dafür. Seit ich fast alle Fenster erneuert habe, geben die Kaulbarts erstmal Ruhe. Nun muss ich sparen, um die Elektrik und die Wasserrohre erneuern zu können, aber

das erscheint mir alles nicht mehr so schlimm seit ich verliebt bin.

Als Henning und ich noch einen Abendspaziergang machen und am Schaufenster von Goldschmied Wenger vorbeischauen, kann ich meinen Ring in der Auslage nicht mehr finden. Das ging schnell, er war ja auch schön, aber ich bin froh, dass dieser blöde Ring endlich verkauft ist. Er lässt mich nachts immer noch aufschrecken, wie schön und beruhigend es dann ist, Henning neben mir zu haben. Auch heute bleibt er über Nacht, wir frühstücken zusammen auf dem Balkon und dann fährt er mit dem Fahrrad zu seiner Schule und ich gehe zu Fuß in die Bücherei. Mir kommt das alles oft vor wie ein Sommernachtstraum, aber das ist es nicht. Wie kann das Leben auf einmal so wunderbar sein?

50

Das Haus, der Strand, das Meer, es tut so gut, hier zu sein. So viele schöne Erinnerungen liegen in der Luft. Am ersten Abend sind wir gleich zum Strand gegangen und haben getanzt wie damals, aber schon nach kurzer Zeit konnte sie nicht mehr und war außer Atem. Vielleicht wollte sie mir aber auch nichts vorspielen. Ich habe sie beobachtet, sie wirkt dann auf einmal so, als ob ich ihr viel zu nahe gekommen wäre. So geht es nicht weiter. Wir müssen wohl oder übel darüber reden. Wir müssen das irgendwie klären. Nur wie? Ich weiß nicht, wie ich ihr Vertrauen wieder gewinnen kann. Ich weiß es wirklich nicht. Sie zieht sich meistens zurück und manchmal habe ich keine Lust mehr, abgewiesen zu werden, aber ich will sie auch nicht verlieren. Jetzt ist sie gerade alleine am Strand und will ihre Ruhe haben. Dass sie mir nichts von ihrem Vorstellungsgespräch gesagt hat, ist schade, wir haben früher immer über alles gesprochen. Das ist lange her, wenn ich so darüber nachdenke. Die Krankheit und meine Frauengeschichten sind dazwischen gekommen. Und immer damit zu rechnen, dass wieder irgendetwas in der Presse erscheint. Das zehrt wirklich an den Nerven. Ich muss mich von dem ganzen Stress erstmal erholen. Hier können wir völlig unbehelligt tun und lassen, was wir wollen, niemand kennt uns. Herrlich! Diese Woche wurde die Sendung abgesetzt. Damit komme ich nicht klar, das kratzt ganz schön an meinem Selbstwertgefühl. Ich war gerne im Sender, jedenfalls vor Julies Erkrankung. Wäre sie nur nicht krank geworden, denke ich oft, dann wäre vieles besser gelaufen, wahrscheinlich würden wir uns noch viel besser verstehen und ich hätte noch meine Sendung. Alles ist so beschissen im Moment. Und zu allem Überfluss hat Vater mich noch einen Tag vor der Abreise angerufen. Er will unbedingt Mutti besuchen. Ich weiß nicht, ob das so eine gute Idee ist, aber was soll ich machen? Ich habe keinen Bock mehr, mich um alles zu kümmern, wenn wieder alles den Bach runter geht und Mutter wieder in diesen Demenzzustand verfällt. Ich habe ihm gesagt, dass ich es nicht gut finde, aber so wie ich ihn kenne, tut er es trotzdem. Ich mag jetzt nicht mehr an das alles denken.

Leichte Wellen vor einem sensationellen Sonnenuntergang und Julie. Ich setze mich neben sie in den Sand und nehme ihre Hand. Wir beobachten das prächtige Farbenspiel am Himmel. Auf einmal ist es Nacht, der Mond leuchtet hell und es sind unzählige Sterne zu sehen, der Sand ist noch warm. Julie steht auf und geht mit den Füßen ins Wasser, dreht sich plötzlich um und sagt: „Auch wenn ich es mir

noch so sehr wünsche, es geht nicht mehr. Ich habe viel darüber nachgedacht, aber es ist einfach zu viel kaputt gegangen. Und das mit dieser Helen war auch noch in einer Zeit, in der ich mich gerne auf Dich verlassen hätte. Es tut mir leid, Lars. Es ist aus. Ich fliege morgen zurück."
„Aber Du wolltest uns doch noch eine Chance geben? Wir sind gerade mal vier Tage hier. Mach das nicht. Flieg nicht zurück. Bitte!"
„Ich glaube nicht, dass sich etwas ändern wird an meinen Gefühlen. Weißt Du, was das Schlimmste ist? Ich weiß überhaupt nicht, warum Du mich betrogen hast. Es lief doch ganz gut, wir haben uns genügend Freiräume gelassen, wir waren uns nahe, wir konnten über alles sprechen und wir haben viel gelacht. War es für den tollen Fernsehanwalt zu langweilig, immer neben der gleichen Frau aufzuwachen? War es das? Warum, Lars?"
„Ich kann Dir keinen konkreten Grund nennen. Es ging mir schlecht, ich war total fertig und ich habe viel zu viel getrunken. Ich will Dich nicht verlieren, Du gehörst zu meinem Leben, ich kann mir ein Leben ohne Dich gar nicht vorstellen."
„Nur wenn Du bei Helen warst, da konntest Du auch ganz gut ohne mich leben."
„Du weißt nicht wie es ist, ein Scheidungskind zu sein, das seit seinem vierzehnten Lebensjahr den älteren Bruder, seine Mutter und seinen Vater bei Laune halten und es jedem von ihnen Recht machen muss! Du weißt überhaupt nicht wie anstrengend das ist! Deine Eltern haben Dich auf Händen getragen! Meine Eltern waren immer viel zu sehr mit sich selbst beschäftigt, als dass sie sich um mich hätten kümmern können. Da ist kein Puffer mehr, der mich auf-

fängt, ich bin ausgelaugt, weil ich mich seit Jahren um so viel kümmern muss und dann auch noch um Dich!"
„Und das gibt Dir das Recht, mich zu betrügen?"
„Nein! Natürlich nicht. Ich will nur, dass du verstehst, dass ich jemanden gebraucht habe in dieser schlimmen Zeit. Seit meiner Jugend muss ich mich alleine um meine Probleme kümmern. Das hört sich an, wie wenn ich immer noch ein Kind wäre, ich weiß, aber ich versuche so ehrlich wie möglich zu Dir zu sein." Noch immer sitze ich im Sand und schaue sie an wie sie mit den Füßen in den seichten Wellen steht. Hoffentlich kann ich sie überzeugen. „Gib uns noch diese dreieinhalb Wochen hier, ich verspreche Dir, ich werde mich ändern. Bitte, Julie!" Mir ist in diesem Moment total bewusst, wie furchtbar es wäre, sie zu verlieren. Obwohl das Mondlicht den Strand in ein kühles Licht taucht, kann ich ihre Augen nicht sehen. Wie gerne würde ich jetzt etwas trinken. Als ich aufstehe und zu ihr gehe, sind meine Wangen feucht von meinen Tränen. Sie streicht mir eine Träne aus dem Gesicht und sieht mich an. Was auch immer jetzt passieren mag, ich habe das Gefühl, dass ich nicht noch tiefer fallen kann.
„Na, gut. Diese dreieinhalb Wochen noch", sagt sie leise mit einem fast unmerklichen Lächeln, aber diese Andeutung eines Lächelns, lässt mich hoffen. Uns so stehen wir da in den unzähligen, kleinen Schatten und dem hell schimmernden Licht, das der Mond auf das bewegte Wasser zeichnet.

51
Immer, wenn ich die 12 Uhr Schicht habe, gehe ich vor der Arbeit noch bei Goldschmied Wenger vorbei, um ins Schaufenster zu schauen und mich zu vergewissern, dass

der Ring wirklich weg ist. In den letzten Wochen bin ich tatsächlich viermal dort gewesen. Es ist fast schon eine Manie geworden, der Blick ins Fenster und die Erleichterung, wenn ich sehe, dass er nicht mehr da ist. Beim fünften Mal betrete ich sogar den Laden und frage nach dem Ring. „Hallo Herr Wenger, ich komme wegen des Rings. Er ist schon verkauft, oder?"
„Hallo Frau Mey, ja, stellen Sie sich vor, kaum hatte ich ihn ins Schaufenster gelegt, war ein alter Herr da, der ihn gekauft hat. Er hat mir eine so schöne Geschichte erzählt über einen Ring, den er seiner Frau vor fast siebzig Jahren geschenkt hat, aber er scheint verloren zu sein. Seine Frau ist sehr traurig darüber. Immer wieder durchsuchte sie das ganze Haus, aber der Ring war nicht mehr aufzufinden. Er war dem Ring von Ihnen sehr ähnlich und jetzt schenkt er ihr diesen Ring zum vierundneunzigsten Geburtstag. Ist das nicht schön? Ich sollte sogar noch den Namen seiner Frau eingravieren."
„Wie rührend, das freut mich. Ich will ihn auf jeden Fall nicht zurück", betone ich während Wenger schon zur nächsten Geschichte ausholt: „Kaum hatte ich ihn verkauft, kam ein junges Paar. Die beiden waren richtig geknickt, dass der Ring so schnell weg war. So ein Jammer, er ist mir aber auch wirklich gut gelungen, finden Sie nicht?"
„Ja, sicher", sage ich angespannt als ob mir dieser Ring immer noch zusetzen könnte. Es ist Zeit für mich, in die Bücherei zu gehen. Diese Geschichte mit der Verhaftung hat mich doch sehr mitgenommen. Wie eine Gebetsmühle leiere ich auf dem Weg zur Arbeit in Gedanken immer wieder die gleichen Sätze herunter, um mich selbst zu beruhigen: Der Ring wurde mir rechtmäßig vererbt. Jetzt ist er

verkauft. Er ist weg. Es ist alles in Ordnung. Er wurde mir rechtmäßig vererbt und jetzt ist er verkauft.

Ich hoffe einfach, dass ich diese blöde Geschichte bald hinter mir lassen kann. Aber auch in den nächsten Wochen bringe ich es nicht fertig, den Mittelweg hinunter zu wandern ohne zu prüfen, ob der Ring tatsächlich weg ist. Ich kann den zwanghaften Blick ins Schaufenster einfach nicht lassen. Als ich eines Abends von einer Sitzung des Kulturausschusses wegen der Modernisierung der Bibliothek am Dammtorbahnhof vorbei den Mittelweg hochradle und noch kurz in Wengers Schaufenster schaue, entgleisen mir die Gesichtszüge, denn das was ich mir in den schlimmsten Stunden meiner schlaflosen Nächte immer wieder ausgemalt habe, hat sich bewahrheitet: Der Ring ist wieder da! Ich starre ihn ungläubig an. Wie kann das passieren? Warum ist dieser verdammte Ring wieder da? Ich fasse es nicht und bin völlig aufgelöst. Ich stehe vor dem Laden wie jemand, der einen Diebstahl bemerkt hat, nur dass es genau anders herum ist. Gerade will ich Henning eine Nachricht schreiben als mir einfällt, dass er heute einen Elternabend in der Schule hat, also rufe ich Stella an und berichte ihr von meinem Unglück und wie so oft, beruhigt sie mich erstmal. Ich werde mich nicht von diesem Ring unterkriegen lassen, ich bin frei und nur das zählt. Ich muss damit aufhören, ständig in dieses Schaufenster zu starren und das Schlimmste zu befürchten. Ich setze mich auf mein Fahrrad und fahre die letzten Meter nach Hause, ziehe meine Laufschuhe an und renne eine Runde um die Alster. Als ich danach mit einem Glas Rotwein auf dem Balkon sitze ist es schon dunkel, Lars und Julie sind wohl noch weg, nur Cécile sitzt mit ihrem Modelfreund auf der Terrasse bei Kerzenlicht und lacht immer wieder. Ich habe ihre Kolumne von letzter Woche gelesen und frage mich, wo ihr Biss geblieben ist, warum schlägt sie auf einmal so milde Töne an? Das kennt man gar nicht von ihr. Wahrscheinlich hat dieser Typ damit zu tun. Immer wieder muss ich an diesen schrecklichen Ring denken und es kostet mich viel Kraft, mich zu beruhigen. Wie froh ich bin als Henning die Wohnungstür aufschließt. Ich laufe ihm entgegen und falle ihm um den Hals. Endlich ist er da, aber er ist müde, der Elternabend war anstrengend und er möchte gleich ins Bett. Irgendwann werde ich ihm die Geschichte von diesem Ring erzählen.

52

Ob es mir nicht gut gehe? Wo meine Bissigkeit geblieben sei, will mein Chefredakteur wissen. Der kann mich mal, auch über Liebe kann man wunderbar schreiben. Über Liebe, gutes Essen und einen Mann, der sensationell aussieht. Das sind jetzt meine Themen. Ich liebe seine direkte Art. Er meint alles so wie er es sagt. Reichtum und Glamour bedeuten ihm nichts. Zuerst habe ich ihm das nicht geglaubt, aber egal, wen ich ihm von meinen prominenten Freunden vorstelle, er bleibt so wie er ist, nicht unbedingt unbeeindruckt, aber gelassen, egal ob Joko, meine Schauspielerfreunde oder David, die alle weit über Hamburg hinaus bekannt sind. Mich beeindruckt das sehr, wo ich in einer Welt aufgewachsen bin, in der die Öffentlichkeit, Geld und Ansehen wahnsinnig wichtig sind. Zum ersten Mal habe ich das Gefühl, dass es jemand total ehrlich mit mir meint, er hat es nicht auf mein Geld oder meine Bekanntheit abgesehen, sondern auf mich. Er mag meine Fähigkeit, Texte zu schreiben, Dinge in Worte zu fassen, die schwierig sind, er mag wie ich meine Meinung in Talkshows vertrete, er liebt meine roten Haare und meine weiche Haut. Er redet nicht viel und er hat genau wie ich viel Schlimmes erlebt, das ihn zu dem gemacht hat, der er heute ist. Er muss fast jeden Abend arbeiten. Das ist der Nachteil, wenn man in den Koch einer Catering Firma verliebt ist. Als er das erste Mal bei mir übernachtet hat, hat er sich das ganze Haus angesehen. Meine Zielscheibe in der Küche fand er cool. Aber er hat überhaupt nicht verstanden, dass ich ansonsten nichts verändert habe. „Das ist ja wie ein Mausoleum hier", hat er immer wieder gesagt. Mit ihm ist eine Unterhaltung oft schwierig, er kann auch lustig sein, aber er fordert mich total heraus. Sein Selbstbewusstsein und seine enorme Ehrlichkeit beeindrucken mich. Er hasst meine Überheblichkeit. Das alles sagt er mir ins Gesicht. Ich habe ihn sogar schon mal rausgeworfen. Er meinte dann, um mit mir eine Beziehung aufbauen zu können, müsse er mir von Anfang an sagen, was ihm wichtig sei. Ehrlichkeit ist für ihn eine Selbstverständlichkeit. Ich habe den Eindruck, dass er so lebt als habe er keine Zeit zu verschwenden. Das ist anstrengend, aber ich habe mich noch nie so ernst genommen und wohl gefühlt. Wäre er mir vor dem Treffen mit seiner Großmutter begegnet, hätte ich diese Ehrlichkeit und Nähe nicht zulassen können, ich hätte ihn nieder gemacht, aber jetzt ist alles anders.

Lars und Julie sind im Urlaub, Nellys Lover scheint schon bei ihr zu wohnen, die Dietrichs feiern Frau Dietrichs Geburtstag und gleich kommt der Mann ohne den ich nicht mehr sein möchte.

53

Der Urlaub war die Hölle, seine Annäherungsversuche waren unerträglich. Ich verstehe nicht wie er mich in einer so schweren Zeit betrügen konnte. Ja, er hat versucht ehrlich zu sein, das rechne ich ihm hoch an, aber es ist zu spät. Auch wenn ich mir ein Leben ohne ihn nicht wirklich vorstellen kann, geht es mir besser seit ich mit dem Hund ausgezogen bin. Wir haben den Umzug auf die Abendstunden verlegt in der Hoffnung, dass die Presse nichts davon mitkriegt. Ich liebe den Blick auf die Elbe und die Ruhe hier in Nienstedten. Früher oder später werden sie mich hier finden. Das Haus ist neu gebaut, dem Stil der alten Villen hier in der Gegend nachempfunden, hat einen kleinen, von hohen Hecken umgebenen Garten und eine separate Wohnung im Souterrain, die ich vermieten werde. Es gefällt mir. Das erste Mal seit vielen Jahren, dass ich wieder alleine lebe. Vera kommt ein oder zweimal in der Woche und hilft mir beim Einräumen. Ich mag sie. Ich werde nochmal ganz von vorne anfangen, gehe total angespannt zu den Kontrolluntersuchungen und gönne mir einen Cappuccino im Hirschgarten, wenn alles gut gegangen ist. Ich werde mir einen Job und neue Freunde suchen. An manchen Tagen gelingt es mir besser, an all das zu glauben und an anderen überlege ich, zu Lars zurück zu gehen. Ich versuche meine Angst mit Schokolade zu ersticken und bin zu einer Putzfanatikerin geworden, Putzen erdet mich und ich versuche dabei, an nichts anderes zu denken. Und kaum fühle ich mich ein bisschen besser, kann es sein, dass mein Handy klingelt und Lars mich mit tränenerstickter Stimme um Verzeihung bittet. Oft schalte ich mein Handy aus. Ich habe immer gedacht, wir sind anders als andere Paare, die in der Öffent-

lichkeit stehen. Ich hatte immer das Gefühl, dass wir uns trotz des großen Drucks von außen, gut verstanden haben, dass wir es schaffen würden, dem Stand zu halten, auch nach so vielen Jahren. Dann kam diese Affäre mit dieser Praktikantin. Das war nur oberflächlich und ging nicht lange. Jeder kann sich verlieben, so etwas passiert. Das konnte ich ihm verzeihen, aber das mit Helen, das ging viel länger, er hat sie mir auf der Weihnachtsfeier sogar noch vorgestellt. Ich habe nichts bemerkt. Wie dämlich, aber ich bin nicht eifersüchtig, wie hätte ich es sonst mit einem so gutaussehenden Typen aushalten sollen? Und wenn er mir noch so oft die Ohren voll heult, er hat es verbockt und mich an meine Grenzen gebracht. Da nützen der schönste Strand und die schönsten Sonnenuntergänge nichts mehr. Schade, nun ist die Erinnerung an Santa Monica genauso ruiniert wie unsere Beziehung.
Inzwischen ist das ganze Haus geputzt, ich werde mich jetzt mit einer Tafel Schokolade in den Liegestuhl in den Garten legen. Der Kastanienbaum fehlt mir. Keno liegt neben mir. Außer Vera und dem Hund habe ich niemanden mehr. Es klingelt an der Tür. Wer könnte das sein? Ich schaue aus dem Küchenfenster. Es ist Lars.

54

Tatsächlich hat Wenger den Ring kopiert, ich war irgendwie erleichtert. „Keine Sorge Frau Mey, das ist nicht Ihr Ring. Er sieht nur genauso aus. Nachdem die beiden anderen Herrschaften so begeistert waren von Ihrem Ring, habe ich ihnen vorgeschlagen, eine Kopie zu machen, allerdings nicht mit einem so edlen Stein, dieser hier ist wesentlich günstiger. Aber ich verstehe nicht ganz, warum Sie sich so sehr dafür interessieren?"

Ich lächle verlegen und versuche ihm mein außergewöhnlich großes Interesse an diesem Ring zu erklären: „Die Zeit, in der ich diesen Ring besaß, ein Erbstück wohlgemerkt, war für mich nicht gerade schön, sie war, wenn ich ehrlich bin, die schlimmste meines Lebens." Er schaut mich mit großen Augen an: „Ich verstehe nicht ganz. Wie kann ein so schöner Ring Ihnen so zusetzen?"

„Ach, das würde nun wirklich zu weit führen. Ich bin einfach froh, dass er weg ist. Ich muss los." Ich muss diese blöde Geschichte überwinden. Wenger hält mich bestimmt für total durchgeknallt. Und irgendwie stimmt es auch. Nicht mal Henning weiß von dieser dunklen Episode in meinem Leben. Stella hat Recht, ich habe mich der Situation gestellt und jetzt weiß ich, dass mein Ring nicht zurückgekommen ist. Es ist eine Kopie, nichts weiter. Eine billige Kopie. Die kann mir nichts mehr anhaben.

Henning und ich sind nun seit drei Monaten zusammen. Er wohnt praktisch schon bei mir. Es kommt mir vor, als würde ich ihn schon ewig kennen und auch wenn ich seine feinfühlige Art sehr liebe, ist es auch ein bisschen schwierig, weil er sehr sensibel reagiert und manchmal total beleidigt ist, wenn ich ihn nicht richtig verstehe. Er schreibt mir dann auf einen Block, von denen in jeder Ecke meiner Wohnung welche herumliegen, wie sehr es ihn verletzt und wie schlimm es für ihn ist, wenn er das Gefühl hat, ich würde mich nicht genug anstrengen, ihn richtig zu verstehen. Er zieht sich dann zurück und es kann Stunden dauern bis er mir verziehen hat. Ich lerne die Gebärdensprache ja fleißig, besuche auch immer noch den Kurs, aber manche Zeichen verstehe ich eben noch nicht richtig. Ich verstehe seine

Überempfindlichkeit sehr gut, es ist nicht leicht, als stummer Mensch durchs Leben zu gehen, sich in dieser lauten Welt zurecht zu finden, sich zu wehren, wenn man ungerecht behandelt wird und sich Gehör zu verschaffen. Besonders wenn er Ärger bei der Arbeit hat oder wenn es ihm besonders wichtig für unsere Beziehung ist, dass ich ihn richtig verstehe und dies nicht gelingt, ist er sehr verzweifelt. Zum Glück kommt das nicht so oft vor. Meistens verstehen wir uns richtig gut und stimmen in den Punkten, die wichtig sind, überein. Im Grunde ist er ein sehr gelassener Mensch.
Als wir uns am Samstagabend bei herrlichem Sommerwetter auf den Weg ins Basilikum machen, hat Henning Tisch Nr.3 reserviert, der Tisch, an dem alles begann. Richtig chic sieht er aus und war sogar noch beim Friseur gewesen. Ich trage ein neues, zartgrünes Kleid, eine dünne Silberkette mit einem feingearbeiteten, grünen Anhänger, der sehr gut zu dem Farbton des Kleides passt und meine Lieblingsballerinas. Meine Haut ist von der Sonne leicht gebräunt und meine hellblonden Haare fallen in großen Wellen fast bis auf die Schulter. Ich fühle mich gut, besonders als Henning mich bewundernd ansieht und küsst. Wir verlassen das Haus, schlendern ein Stück den Mittelweg hinunter an Wengers Laden vorbei und ich schaffe es tatsächlich, nicht in sein Schaufenster zu starren. Mit erhobenem Kopf marschiere ich vorüber als ob nichts wäre, freue mich, dass ich endlich Fortschritte mache und habe das Gefühl, dass mich mit diesem Mann an meiner Seite nichts mehr umhauen kann. Einige Meter vor uns mitten auf dem Gehweg steht ein eng umschlungenes, knutschendes Paar und auch wenn es ein wunderbar lauer Sommerabend ist und wir ebenfalls

ein glückliches Paar sind, schauen wir uns etwas irritiert an und ich flüstere Henning zu, dass sie wohl besser schnell nach Hause gehen sollten, sonst würden wir noch Zeugen von etwas, was uns nichts angehe. Und dann erkenne ich die Frau unter dem riesigen Sonnenhut, es ist Cécile mit ihrem Modelfreund, dessen Muskeln in dem engen weißen Shirt gut zur Geltung kommen und auch er scheint sich in keiner Weise daran zu stören, dass wir auf dem nicht allzu breiten Trottoir kaum an ihnen vorbei kommen während sie sich überall begrabschen. Henning zieht mich weiter, wir biegen in die Oberstraße, machen noch einen Abstecher in den kleinen Innocentiapark, lassen uns Lavendelduft um die Nase wehen und spazieren weiter Richtung Grindelallee.
Tisch Nr.3 ist schön gedeckt, sogar mit Blumenstrauß, wunderschöne Ranunkeln in rot, hellgelb, violett, orange und lila. Genauso bunt wie ich es liebe. Henning beobachtet mich: „Sind die von Dir?" frage ich und er nickt. Wir feiern heute unsere ersten drei Monate. „Ich weiß gar nicht mehr, wie es ohne Dich war", bemerke ich und schaue ihn überglücklich an. Henning bestellt Champagner. Er scheut keine Kosten, das habe ich schon öfter bemerkt. Auch wenn sein Lehrergehalt nicht wahnsinnig hoch ist und er ansonsten ein bescheidenes Leben führt, weiß ich, dass er keine Miete zahlen und auch für den Unterhalt des Hauses nicht aufkommen muss. Das macht alles sein wohlhabender Vater, den er in den letzten drei Monaten zwangsläufig öfter gesehen hat als ihm lieb ist. John Benton hat dieses Haus für Henning und seine Mutter gekauft. Es ist seine Art zu zeigen, dass er für sie sorgen möchte. Leider kann er ihm die Sprache nicht zurückgeben, denn als er die Familie verließ, hörte Henning im Alter von zehn Jahren auf zu sprechen. So

bleibt John nur, ihn finanziell zu unterstützen. Und warum auch nicht, er ist steinreich. Ich frage mich nur, wann er endlich aus Elsas Wohnung auszieht. Auch wenn er pünktlich die Miete bezahlt und sich nie über irgendetwas beschwert, ganz im Gegensatz zu den Kaulbarts, wäre es Henning und mir lieber, er würde nicht mehr im Haus wohnen. Aber wie soll ich ihm das nur beibringen?
All das soll uns heute jedoch nicht belasten, heute Abend wird gefeiert. Wir erheben unsere Gläser, prosten uns zu und immer wieder betrachte ich die wunderschönen Blumen. Wir bestellen Salade nicoise, Hähnchenbrust mit Kurkumareis und Bohnen und zum Nachtisch eine wunderbar duftende Erdbeermousse mit Lavendel. Wir genießen diesen perfekten Abend, aber als ob das alles nicht schon genug wäre, holt Henning ohne den Blick von mir abzuwenden, eine kleine Schatulle aus seiner Jackettasche. Ich bin total aufgeregt. Meine Güte, was macht er da? Kommt jetzt das, was ich denke? Ich könnte heulen vor Glück. Henning sieht, wie angespannt ich bin und lächelt mich an. Legt er die Schachtel kurz ab, um mir in Gebärdensprache die Frage aller Fragen zu stellen? Glücklicherweise habe ich genau diese Frage schon fleißig vor dem Spiegel geübt, um im Ernstfall darauf vorbereitet zu sein, allerdings hätte ich nicht so früh damit gerechnet. Ich kann es kaum fassen, es ist tatsächlich so weit und ich verstehe es sofort:
Willst du mich heiraten?
Mir schießen Tränen in die Augen, immer wieder vergrabe ich mein Gesicht in den Händen und bekomme keinen Ton heraus, nicke nur die ganze Zeit mit hochroten Wangen und glänzenden Augen. Er strahlt inzwischen über das ganze Gesicht, öffnet die wunderschöne, kleine Schachtel und hält

sie mir hin und als ich von Glücksgefühlen überwältigt hineinsehe, verkrampft mein Magen augenblicklich vor Entsetzen und ich schreie: „Nicht dieser verdammte Ring! Ist das der Teure oder die Kopie?" Und im nächsten Augenblick kann ich es selbst nicht glauben, dass ich das wirklich gefragt habe. Panisch versuche ich es abzuschwächen: „Äh, ich meine, ist das ein echter Edelstein?" Aber das macht es nicht besser. Seine Enttäuschung ist in jedem einzelnen seiner Gesichtszüge zu erkennen, seine Augen funkeln vor Verletzung und Wut, seine Lippen beben und dann bricht es in heiserem Ton aus ihm heraus: „Spinnst Du?!"
Wir schrecken beide auf. Er hat gesprochen! Er hat wahrhaftig gesprochen! Unsicher und freudig zugleich schaue ich ihn an und weiß nicht, ob ich lächeln oder heulen soll. „Ich kann das erklären", bemerke ich verzweifelt kleinlaut, aber er steht auf, bleibt noch einen Augenblick stehen, schüttelt immer wieder ungläubig den Kopf, packt die Schachtel und geht.

55

Vor drei Wochen habe ich sie zum letzten Mal gesehen. Sie hat zugenommen, wahrscheinlich isst sie zu viel Schokolade. Da liegt noch ihre schreckliche Wollkappe. Die Zimmerlinden hat sie auch noch nicht abgeholt. Gleich ist die Flasche leer, ich sitze auf dem Fußboden in Julies ausgeräumtem Zimmer. Seit drei Wochen war ich nicht mehr in der Kanzlei. Die Haushälterin kauft für mich ein, ich schreibe irgendwelche Zutaten für einen alkoholischen Nachtisch auf den Einkaufszettel, als ob sie nicht Bescheid wüsste. Ich trinke wieder. Nachts wache ich schweißgebadet auf, bekomme Herzrasen, trinke Wasser, setze mich ins

Wohnzimmer und sehe Nelly mit ihrem Freund bei Kerzenlicht auf dem Balkon sitzen. Sogar Cécile hat jemanden gefunden.

Ich darf nicht an die Sendung denken. Das setzt mir schwer zu. Vergangenen Sonntag war ich bei Mutter. Sie meistert das Leben zu Hause einigermaßen gut und zum Glück lässt die Haushaltshilfe sich nicht so schnell vergraulen. Vater besucht sie mehrmals in der Woche, obwohl ich ihm davon abgeraten habe. Er macht immer, was er will, dieser beschissene Egoist. Sie haben nach Julie gefragt. Sie sei auf einer Fortbildung, weil sie wieder als Ärztin arbeiten wolle, log ich. Sie waren beeindruckt, es war furchtbar. Wie soll ich ihnen sagen, dass ich alles verloren habe? Ich spiele dieses ganze Theater, damit es ihnen gut geht und sie stolz auf mich sein können. `Sie sollen stolz auf mich sein´, dieser Satz begleitet mich, seit ich denken kann. Ich mag nicht mehr um ihre Anerkennung betteln, ich kann nicht mehr. Ich werde zu diesem Therapeuten gehen, den Julie mir empfohlen hat.

Kai war in der Herzklinik. Er musste sich einen Stent setzen lassen. Zum Glück ist es gut gegangen. Ich weiß nicht, was passiert, wenn noch mehr schief läuft.

Der Urlaub war ein Reinfall. Sie erträgt es nicht mehr, wenn ich ihr zu nahe komme. Zuerst war ich geduldig und hoffte, es würde sich noch geben, aber dann wurde ich wütend und ärgerte mich, wenn sie mich wieder wegstieß.

Noch hat die Presse nichts mitbekommen, aber bald werden sie sich auf uns stürzen. Mein Handy klingelt: „Hallo Mutter, nein, heute kann ich nicht kommen. Schön, dass Papa jetzt fast täglich da ist. Geht´s Dir denn gut? Das freut mich. Papa möchte mich sehen? Heute kann ich wirklich nicht.

Mach´s gut. Ja, wir sehen uns bald, tschüss."
Julie hat immer gesagt, dass ich zu sehr nach außen hin lebe, ich bin ein Showman und genau das hat ihr auch an mir gefallen. In den ersten Jahren bekamen wir Unmengen an Anfragen für Home Stories, der Fernseh-Anwalt und die intelligente Ärztin auf dem Laufsteg. Wir waren ein tolles Paar. Und jetzt? Julie ist seit der Krankheit nicht wieder zu erkennen. Sie hat immer noch Mühe, sich einigermaßen herzurichten und irgendwie scheint es ihr auch nicht mehr so wichtig zu sein. Ich habe Angst um sie, dass es ihr wieder schlechter gehen könnte. Mein schlechtes Gewissen bringt mich noch um. Ohne sie mag ich nicht leben. Nie hätte ich gedacht, dass sie mich verlässt. Nicht wegen Helen.

56
Benedikt macht Zeichen, dass ich leise sein soll, wir bewegen uns nicht und nur wenige Meter vor uns schreitet ein Rebhuhn durch die Wiesen. Nicht dass ich mich sonderlich für Vögel interessiere, aber Benedikt weiß alles über dieses unscheinbare Tier. Rebhühner sind vom Aussterben bedroht, deswegen wollen seine Großeltern und er, die vielen Wald- und Wiesengrundstücke rund um ihren Hof nicht verkaufen, auch wenn es ihnen kaum noch möglich ist, die Landwirtschaft zu betreiben. Auch wenn Benedikts Cateringfirma gut läuft, ist er immer am Überlegen, wie er den Hof und den ganzen Grundbesitz behalten kann, denn das Geld reicht nicht, das er verdient. Er will kein Geld von mir. „Ich finde einen Weg, das habe ich meinen Großeltern versprochen", sagt er immer wieder und er meint es auch so, mir ist nur noch nicht ganz klar, wie er das machen will. Er

will den Rebhühnern und anderem Getier weiterhin eine Heimat bieten. Tja, vielleicht muss ich meinem lieben Tierfreund doch unter die Arme greifen, auch wenn es das Letzte ist, was er will. Das stolze Rebhuhn ist längst verschwunden als wir uns auf den Heimweg machen. Die Sonne geht langsam unter und die Wiesen werden feucht. Ich erinnere mich an meinen Ausflug in der Nacht in der er mich gerettet hat.
Ich liebe die Tage mit Benedikt auf dem Land, aber ich hasse dieses muffige Haus. Ich könnte mir ein tolles Wochenendhaus vorstellen, wenn es sein muss, eben alles etwas einfacher. Irgendwie steht das Geld zwischen uns.
Noch immer ergreift mich der Gedanke an die Begegnung mit meinen Eltern und manchmal kommt es mir vor, als hätten sie mir Benedikt geschickt. Was würde ich dafür geben, wenn sie mich jetzt mit ihm sehen könnten. Manchmal spreche ich mit ihnen und erzähle ihnen, dass ich glücklich bin. Noch immer gibt es Zeiten, in denen ich weine, weil es so weh tut, dass sie nicht da sind, aber seit ich von ihnen gehört habe und besonders seit ich Benedikt kenne, geht es aufwärts. Seine Großmutter lächelt mich inzwischen sogar manchmal an. Vielleicht hat sie gemerkt, dass es mir ernst ist mit ihrem Enkel. Auch wenn ich für sie eine reiche Tusse aus der Stadt bin, die an ihrem gutaussehenden Enkel Gefallen gefunden hat, versuche ich so ehrlich und nett wie möglich zu sein. Ich will, dass es gut läuft mit uns, seine Großeltern sind seine Familie und die wichtigsten Menschen für ihn und die Gabe seiner Großmutter, mit toten Seelen zu sprechen, beeindruckt mich immer wieder. Meistens verbringen wir die Tage draußen. Während Benedikt oft schläft, weil er bis spät in die Nacht gekocht hat, schrei-

be ich meine Artikel. Seine Großmutter hat starke Rückenschmerzen und kann an manchen Tagen kaum ein Mittagessen zubereiten. „Ich könnte eine Köchin engagieren", schlug ich ihnen vor ein paar Wochen vor, als wir alle zusammen am Tisch saßen. Aber alle drei starrten mich an, als hätte ich sie beleidigt. „Ich meine ja nur, wegen der Schmerzen", fügte ich kleinlaut hinzu. Keiner von ihnen sagte ein Wort und dabei meinte ich es nur gut. Wie mich das nervt, dieses kleinkarierte Denken. Manchmal komme ich mir wie ein Eindringling vor, der versucht dieses Dreiergespann aufzumischen. Auf keinen Fall möchte ich zulassen, dass uns unsere unterschiedlichen Lebensstile auseinanderbringen. Wir müssen das schaffen und ich werde alles dafür tun, selbst diesen muffigen Raum in dem wir übernachten, ertrage ich, allerdings habe ich mir überlegt, den alten Heuschober umbauen zu lassen.

Ich weiß nicht, ob es mir wirklich nichts ausmacht, dass er nicht mal einen richtigen Schulabschluss hat und in einem alten, baufälligen Bauernhof wohnt. Vielleicht nehme ich es so hin in der Hoffnung, irgendwann etwas daran ändern zu können. Eins ist sicher, Mami hätte ihn auch gemocht. Sie würde mich verstehen. Er ist meinem Vater ein bisschen ähnlich. Er konnte auch so kompromisslos sein.

„Hier sollten große Fenster rein und davor eine Terrasse mit Blumen, hier könnte eine Kücheninsel stehen und da hinten ein Badezimmer mit großen kieselgrauen Bodenfliesen, die wie Beton aussehen", schlage ich Benedikt vor. Wir stehen im ehemaligen Heuschober seiner Großeltern und ich könnte sofort loslegen mit der Planung. Ich würde Nicolette anrufen, sie ist die beste Innenarchitektin, die ich kenne. Benedikt schaut mich zögerlich an. „Was ist? Sag schon, ver-

dammt. Du weißt, wie ich es hasse, wenn man nicht sagt, was man denkt."
„Ich brauche ein neues Auto und der Traktor gibt auch bald den Geist auf. Ich werde hier nichts umbauen. Ich will das nicht."
„Warum nicht?" frage ich enttäuscht.
„Ich will einfach leben, es muss nicht alles vom Feinsten sein. Ich will die Leute in meinem Dorf in Kamerun weiter finanziell unterstützen und den Hof renoviere ich nach und nach. Ich liebe Dich und bin gerne mit Dir zusammen. Wir müssen einen Kompromiss finden."
„Ich finde die Tage hier auf dem Land superentspannend, ich kann überall schreiben, aber ich mag nicht in dieser dunklen Kammer bei Deinen Großeltern übernachten. Lass uns doch diesen alten Heuschober umbauen. Von mir aus auch alles ein bisschen einfacher. Und ehrlich gesagt kann ich mir gar nicht mehr vorstellen ohne Dich zu leben. Ja, ich bin reich und ich habe immer ganz anders gelebt als Du, aber daran sollte unsere Beziehung nicht scheitern. Wenn es der Heuschober nicht sein soll, könnte ich vielleicht das Nachbargrundstück kaufen und darauf ein einfaches Häuschen bauen lassen."
„Das ist doch gar kein Bauland!"
„Das kriege ich schon hin. Ich kenne da jemand, der mir weiterhelfen kann und wir wären ganz in der Nähe Deiner Großeltern."
„Es widert mich an, dass Leute mit Geld denken, sie können alles haben!"
„Reiche Menschen denken größer, für sie ist mehr möglich, das muss doch nicht schlecht sein. Sie können viel Gutes bewirken. Also belehr´ mich nicht! Ich könnte eine Stiftung

gründen und Dein Dorf regelmäßig unterstützen. Wie wäre es, das Erdgeschoss für Deine Großeltern seniorengerecht und den oberen Stock für uns umzubauen?"
„Du kapierst es nicht. Ich will solche Pläne nicht machen. Wir kennen uns doch noch gar nicht so lange und überhaupt leben wir in so unterschiedlichen Welten. Ich bin mir nicht sicher, ob wir das überwinden können. Ich will es versuchen, mehr kann ich dazu nicht sagen."

57
Im Schwesternzimmer riecht es nach Kaffee und als ich den Raum betrete, begrüßt mich eine Krankenschwester: „Guten Morgen Frau Dr. Andresen. Herzlich willkommen. Ihre Sachen können Sie hier in diesem Spind lassen und hier ist ein weißer Kittel für Sie. Ich bringe Sie gleich zu Dr. Schwanke." Und da kommt der Oberarzt auch schon um die Ecke, ein unkomplizierter, junger Kinderarzt, der mich mitnimmt ins erste Patientenzimmer. Zwei vierjährige Zwillings-Jungen liegen im Bett und haben die Mandeln rausbekommen. „Guten Morgen Ihr Zwei, das ist Frau Dr. Andresen, sie wird uns ab jetzt zur Seite stehen." Die Jungs starren mich an und der eine von ihnen sagt: „Du bist größer als mein Papa und Du siehst schön aus." Fast kommen mir die Tränen, was für eine Begrüßung! Ich bin froh, dass ich diese Praktikumsstelle angenommen habe. Ich werde langsam einsteigen. Nachdem wir in jedem Zimmer waren, werde ich den anderen Ärztinnen und Ärzten vorgestellt. Dass ich sozusagen als freiwillige Praktikantin anfange, nimmt mir die Angst, dem Druck und der Verantwortung noch nicht gewachsen zu sein. Die meisten der Kollegen scheinen in Ordnung zu sein, eine ältere Ärztin schaut mich von oben

bis unten an und lässt keinen Zweifel an ihren Gedanken aufkommen, sie zieht die Augenbrauen hoch und sagt dann in abschätzigem Ton: „Sind Sie nicht mit diesem Fernsehanwalt verheiratet? Und haben Sie denn jemals als Ärztin gearbeitet? Sie waren doch Model, oder nicht?" Doch bevor ich etwas sagen kann, übernimmt Dr. Schwanke für mich: „Liebe Frau Kollegin, Dr. Julie Andresen macht ein Praktikum hier und wird uns unterstützen. Wir sind sehr froh darüber, weil wir jede Hilfe gebrauchen können. Und ein bisschen Glamour schadet nie, finden Sie nicht?" Sie lächelt verbissen und wendet sich einer Kollegin zu. Ich muss mit solchen Attacken fertig werden. Ich weiß, dass ich es kann, schließlich musste ich mich jahrelang im Modelgeschäft behaupten. Auch wenn ich mich oft frage, wie ich das geschafft habe und mich momentan noch nicht dazu in der Lage fühle, gibt es mir Kraft. Die Krankheit hat mich in jeder Hinsicht zurückgeworfen und die Medikamente haben mich träge und gleichgültig werden lassen. Seit ich sie abgesetzt habe, merke ich wie mein Ehrgeiz langsam zurückkehrt. Aber genau davor haben mich meine Ärzte gewarnt. Ich muss es langsam angehen. Und jetzt auch noch die Trennung. Ich habe Angst vor einem Rückfall, aber ich halte es mit Lars nicht mehr aus.

Eine Krankenschwester und zwei Ärzte setzen sich in der Pause kurz zu mir. Wir besprechen die Abläufe und ich erzähle, aus welchem Grund ich bei ihnen gelandet bin. Dann zeigen sie mir die ganze Station, das Labor, den OP, die Therapiebecken und Gymnastikräume. Mit Männern hat man es als schöne Frau immer leichter. Frauen begegnen einem oft mit Neid und Misstrauen. Ich habe als Jugendliche viele Jahre damit verbracht, den Fehler bei mir selbst zu

suchen, aber das war falsch. Mit fünfzehn Jahren war ich schon über 1,80m groß, hatte viele Verehrer und nur eine einzige Freundin. Ella war zwei Köpfe kleiner als ich, ein Mathe Genie und ein herzensguter Mensch. Wir haben uns nach dem Abitur aus den Augen verloren. Leider.
Kurz nach sechs verlasse ich die Klinik und bin müde. Die Begegnungen mit den Kindern waren schön. Ich kann mir vorstellen, dass mir das gefallen könnte. Ich muss allerdings noch etwas stabiler werden. Kaum bin ich zu Hause, klingelt es an der Tür. Vorsichtig spicke ich aus dem Küchenfenster. Es ist schon wieder Lars. Er fängt an, meinen Namen zu rufen, erst leise, dann immer lauter. Ist er betrunken? Sein Wagen steht in meiner Einfahrt, also ist er sturzbetrunken hierher gefahren. Ich mache die Tür auf und lasse ihn herein. Kaum ist er hereingestolpert, fällt er vor mir auf die Knie und bittet mich tränenüberströmt um Verzeihung. Wie ich das hasse! Ich bringe ihn in mein Gästezimmer, zeige ihm, wo das Bad ist und nach wenigen Minuten ist er schon eingeschlafen. Er widert mich an.
Ich mache mir etwas zu essen, trinke einen Tee und lasse den Tag Revue passieren. Eine Stunde später höre ich Lars die Treppe herunter steigen. Er scheint nun etwas klarer im Kopf zu sein, setzt sich langsam zu mir an den Tisch und schaut mich wortlos an.
„Willst Du auch etwas essen?"
„Ja, gerne."
Ich hole ihm einen Teller Spaghetti und ein großes Glas Wasser. Wir essen zusammen wie in alten Zeiten, aber er kommt mir vor wie ein Fremder. Unsicher und unbeholfen sitzt er da und weiß nicht, was er sagen soll. Nudeln fallen ihm von der Gabel auf den Tisch, er entschuldigt sich wie

ein schüchternes Kind, traut sich kaum, mich anzusehen. Sein Hemd scheint er schon mehrere Tage zu tragen. Es muss ihm sehr schlecht gehen, wo er sonst immer wie aus dem Ei gepellt daher kommt und mich ständig darauf hinweist, wenn meine Klamotten nicht tadellos sauber sind oder nicht so gut zusammen passen. Seit meiner Krankheit hat sich mein Empfinden in dieser Hinsicht sehr geändert. Selbst meine Haare färbe ich nicht mehr. Es ist mir nicht mehr wichtig. Lars mag das nicht, aber die Zeiten haben sich geändert. Ich habe ihm immer geraten, sich mehr mit seinem Inneren zu beschäftigen, diese Geschichte mit der Trennung seiner Eltern endlich aufzuarbeiten. Er sah dafür keine Notwendigkeit, der Strahlemann hat sein oberflächliches Leben schön weiter gelebt. Jetzt hat er ein massives Alkoholproblem.

Sein Teller ist leer, wahrscheinlich hat er seit Tagen nichts Richtiges gegessen und jede Menge Alkohol in sich hinein geschüttet. „Du kannst heute Nacht hier bleiben. Ich rate Dir dringend, diesen Therapeuten aufzusuchen."

„Es tut mir so leid, Julie. Ich würde das alles so gerne rückgängig machen."

„Fang nicht wieder damit an. Ich kann Dir nicht helfen, Lars, ich habe genug mit mir selbst zu tun. Nimm Deine Probleme selbst in die Hand!"

„Ja, das werde ich. Ich verspreche es Dir!"

„Ich gehe jetzt schlafen. Sei bitte leise, ich muss morgen früh raus. Gute Nacht."

„Gute Nacht!"

Seine tränenerstickte Antwort ist kaum noch zu hören. Ich hoffe, dass er morgen verschwunden ist, wenn ich nach Hause komme. Sein ewiges Selbstmitleid geht mir auf die

Nerven. Wie soll ich richtig gesund werden, wenn er mich nicht in Ruhe lässt? Als ich aus dem Fenster schaue, sehe ich einen Fotografen, Lars´ Auto fotografieren. Hört das denn nie auf?

58
Punkt 10 Uhr sitze ich in meinem Lieblingscafé am Eppendorfer Baum und warte auf Stella. Wie immer ist sie zu spät. Ich war fast die ganze Nacht wach und habe mir solche Vorwürfe gemacht. Endlich kommt sie mit ihrem hellgelben Fahrrad und dem Weidenkorb am Lenker um die Ecke gebogen. Sie sieht müde aus und erzählt von einer schönen Nacht mit Bruno. Wie ich sie beneide, besonders um ihre Fähigkeit, im Leben so gut zurecht zu kommen, während ich mal wieder Mist gebaut habe. Wir bestellen das Schlemmerfrühstück mit Obstsalat, Brötchen, selbstgekochter Erdbeermarmelade, Cappuccino und Sekt und dann beginne ich kleinlaut von gestern Abend zu erzählen.
„Henning kann wieder sprechen", erwähne ich trocken, dabei hat dieses Ereignis und vor allem der vorangegangene, vermasselte Heiratsantrag, mein ganzes Leben aus den Fugen geraten lassen.
„Er kann wieder sprechen?! Ich fasse es nicht! Wie kam das denn?" fragt Stella überrascht.
„Wir waren gestern Abend im Basilikum, saßen genau an dem Tisch, an dem wir uns vor drei Monaten getroffen hatten, alles war perfekt, das Essen, der Wein, ich hatte mein neues hellgrünes Kleid an und wir waren beide richtig glücklich. Und dann, stell Dir vor, stellt er mir die Frage aller Fragen und ich habe sie gleich verstanden."
„Was für ein Glück, dass Du sie schon seit Wochen geübt

hast", wirft Stella lachend ein, wundert sich jedoch über meinen düsteren Gesichtsausdruck.

„Was ist los? Warum strahlst Du nicht? Henning kann wieder sprechen und macht Dir nach nur drei Monaten schon einen Heiratsantrag. Nicht zu glauben! Aber lass mich raten, irgendetwas ist schief gelaufen? Er hat schon Kinder mit einer anderen? Er hat seine Hochzeit gar nicht abgesagt und wartet noch auf die Scheidungspapiere aus Amerika?"

„Nein, das ist es nicht. Er hat mir einen Ring gekauft und es ist ausgerechnet dieser verdammte Ring!"

„Was?! Der wahnsinnig teure Ring?!"

„Ich weiß es nicht, ob es der Teure oder die Kopie war. Genau das habe ich ihn auch gefragt."

„DAS hast Du gefragt?! Oh, mein Gott, wie kannst Du nur?! Und dann?"

„Dann hat er sich furchtbar aufgeregt, war total enttäuscht und hat plötzlich gesprochen. Er hat gefragt, ob ich spinnen würde."

„Recht hat er. Du spinnst wirklich und dadurch hat er seine Sprache wieder gefunden, ist doch super! Und alles andere lässt sich klären."

Wie ich Stella liebe! Sie hat eine so klare Denkweise.

„Meinst Du wirklich?"

„Na klar! Der Typ will Dich heiraten, da gibt er nicht so schnell auf. Erzähl ihm die ganze Geschichte von dem Ring oder besser gesagt von den Ringen. Er wird es verstehen. Hättest Du ihm die Geschichte schon früher erzählt, wäre es vielleicht gar nie dazu gekommen, dass er wieder sprechen kann. Das ist doch wie ein Wunder und das hat er nur Dir zu verdanken. Auch wenn es vielleicht nicht die eleganteste Antwort auf einen Heiratsantrag ist, war es definitiv die

effektivste!"
Schnell greifen wir zu unseren Sektgläsern und stoßen an. Jetzt geht es mir schon viel besser. Meine Hoffnung hatte sich noch in der Nacht in Luft aufgelöst, ich kam mir so dämlich und unfähig vor, aber Stella hat alles in ein anderes Licht gerückt. Er kann nach so vielen Jahren wieder sprechen. Das ist einfach unglaublich. Jetzt kann ich mich richtig für ihn freuen, er wird über die Demütigung hinweg kommen, schließlich eröffnet sie ihm ein ganz neues Leben.
„Oder meinst Du, jetzt wo er sprechen kann, dass er mich nicht mehr will, weil ich ihn so wahnsinnig enttäuscht habe?"
„Quatsch. Er wird zu Hause vor dem Spiegel sitzen und sprechen - ohne Punkt und Komma und er wird ständig an Dich denken, glaub mir. Gleich nach dem Frühstück ziehst Du Dir was Schönes an und machst Dich auf den Weg zu ihm und dann sprecht Ihr euch aus. Ich freue mich schon auf die Hochzeit! Vielleicht sollte ich gleich in die Boutique nebenan gehen und mir ein tolles Kleid kaufen oder wir beide gehen zusammen hin."
„Ja, das ist eine super Idee, auch wenn ich eigentlich schon ziemlich in den Miesen bin diesen Monat. Aber das muss jetzt sein, das ist eine Investition in die Zukunft."
Wir beenden unser Frühstück von dem ich außer Sekt und Cappuccino nur ein kleines Stück Brötchen hinunter bekommen habe und begeben uns in den kleinen Laden nebenan. Da hängt ein wunderschönes, pastellblaues Kleid mit dünnen Trägern zu dem eine hauchdünn gestrickte, leichte Jacke gehört. Beides passt perfekt und ich lasse es gleich an. Die Verkäuferin und Stella sind begeistert. Ich verabschiede mich mit der Zusage, Stella gleich anzurufen, wenn alles

geklärt ist. Mit etwas Make-up versuche ich die Spuren dieser furchtbaren Nacht zu vertuschen und mache mich mit pochendem Herzen auf den Weg zu Henning. Es ist ein sonniger Samstagmorgen, die Sonne blitzt durch die Äste der großen Bäume am Klosterstern, zum zweiten Mal gehe ich heute Morgen den Eppendorfer Baum entlang und auf halber Strecke sehe ich ihn schon von weitem auf mich zukommen. Er kommt doch hoffentlich auf mich zu oder wird er gleich die Straßenseite wechseln, um mir aus dem Weg zu gehen? Meine Antwort war aber auch wirklich zu dumm. Mein Herz schlägt mir bis zum Hals und voller Aufregung versuche ich, seinen Gesichtsausdruck zu deuten, aber er ist noch zu weit entfernt, um etwas zu erkennen. Will er mich überhaupt noch sehen oder geht er nur einkaufen? Ich fange an zu schwitzen, meine Hände sind feucht, ich fühle das Blut in meine Wangen schießen. Wahrscheinlich sehe ich wieder aus wie ein Feuermelder. Was, wenn ich ihn für immer verloren habe? Nur noch wenige Schritte, dann steht er vor mir, oh mein Gott, was mache ich, wenn er an mir vorbeigeht? Ich bin ein nervliches Wrack.

Aber Henning geht nicht an mir vorüber, er nimmt mich in die Arme und sagt ganz langsam mit leicht heiserer Stimme: „Lass uns frühstücken gehen." Wow, es ist so ungewohnt, ihn sprechen zu hören, ich genieße es sehr, seine Stimme klingt sehr angenehm und weich, stundenlang könnte ich ihm zuhören. Es ist einfach wunderbar. Zum zweiten Mal an diesem Samstagmorgen im August gehe ich in mein Lieblingscafé, er genießt es sichtlich, Frühstück zu bestellen, fragt nach einem extra Glas Orangensaft, ich kann nicht aufhören, ihn vor Erleichterung und Glück anzustrahlen. Wie schön seine Stimme klingt! Er erzählt, dass er gleich am Morgen zu seiner Mutter ging, um mit ihr zu sprechen und sie ihn nur tränenüberströmt ansah. Stella hatte Recht, er saß tatsächlich die ganze Nacht vor dem Spiegel und hat sich selbst Geschichten erzählt, Geschichten von einer Frau, einem Heiratsantrag und einem Ring, der sein ganzes Leben auf den Kopf gestellt hat. Er erzählt und erzählt und ich möchte nicht, dass er aufhört, so sehr freue ich mich darüber, ihn sprechen zu hören, aber ich muss ihm unbedingt meine Version von der Geschichte mit dem Ring erzählen, der auch mein ganzes Leben auf den Kopf gestellt hat. Noch am gleichen Tag gehen wir zu Goldschmied Wenger, geben den schicksalsträchtigen Ring zurück und suchen gemeinsam einen anderen, der mich in keiner Weise an die schreckliche Zeit auf der Polizeiwache erinnern soll und finden einen schlichten, wunderschönen Silberring ohne Stein. Kaum habe ich den neuen Ring am Finger, fragt Henning, ob Wenger Trauringe für uns entwerfen könne, die in spätestens vier Wochen fertig sein sollen. „Ich will diese Frau noch im September heiraten."

„Und falls Ihnen die Ringe nicht zusagen, Frau Mey, können Sie sie ja wieder zurück geben und hoffen, dass es Ihrem Verlobten nicht die Sprache verschlägt", lacht Wenger wie immer über seinen eigenen Witz. Wieder komme ich mir ertappt vor. Dieser Mann ist mir nicht geheuer. Henning ist nicht zu stoppen, fragt Dieses und Jenes und hört nicht mehr auf zu sprechen. Letztendlich entscheiden wir uns für schlichte, feingearbeitete Goldringe. Der Klang seiner angenehm weichen Stimme macht ihn noch attraktiver und befördert mich im Handumdrehen wieder in den siebten Himmel.

59

Oh Gott, wo bin ich? Erst als ich auf dem Flur das Foto von Julie und ihren Eltern sehe, weiß ich, dass ich in ihrem neuen Haus geschlafen habe. Es ist gleich halb zehn. Ich fühle mich auch heute nicht in der Lage in die Kanzlei zu gehen. Ich muss anrufen und Bescheid sagen. Lenz soll für mich übernehmen. Im Badezimmer schrecke ich vor meinem Spiegelbild zurück. Ich sehe um Jahre gealtert aus, ich muss mich dringend rasieren, die pochenden Schmerzen in meinem Kopf machen mich wahnsinnig und mein Hemd ist total zerknittert und stinkt. Das kalte Wasser, das ich mir ins Gesicht spritze, macht mich wach. Ich streife durch das Haus. Hier und da stehen noch ein Paar Kartons, aber die meisten Räume sind schon eingerichtet. Schön hat sie es hier, dieser Gedanke bricht mir fast das Herz. Ich will mit ihr zusammen sein. Ich will, dass sie wieder heimkommt. In der Küche liegt ein Zettel auf dem Tisch: HALLO LARS, DU KANNST GERNE NOCH FRÜHSTÜCKEN UND RUF UNBEDINGT DIESEN THERAPEUTEN AN, JA? GRUSS JULIE

Die Kaffeemaschine ist noch an. Ich mache mir Kaffee, esse ein halbes Brötchen und suche dann die Nummer des Therapeuten heraus, die ich schon seit drei Jahren abgespeichert habe und rufe ihn sofort an. „Guten Morgen, Lars Franke hier, ich hätte gerne einen Termin bei Dr. Sahner… Nein, nicht erst in drei Monaten, möglichst heute noch. Mein Name ist Lars Franke,… ja, der aus dem Fernsehen. Ich verlasse mich auf Ihre Schweigepflicht, wir haben uns verstanden, hoffe ich?! Gut, dann bin ich um 12 Uhr bei Ihnen. Tschüss."

Ich bleibe noch einen Moment in der Küche sitzen, es hängen keine Bilder an den Wänden, keine Fotos, nichts. Sie will ein neues Kapitel in ihrem Leben aufschlagen. Ich suche im ganzen Haus nach Fotos, Fotos von mir, von uns, aber es gibt keine. Nicht ein einziges. Es kommt mir vor als habe sie mich bereits aus ihrem Leben gelöscht. Im ganzen Haus keine Spur von mir. „Aber ich bin doch noch da", sage ich immer wieder zu mir selbst. Ich nehme meine Schlüssel, ziehe die Tür hinter mir zu und schrecke hoch, da stehen sie und fotografieren mich, diese Schweine, und ich sehe aus wie ein heruntergekommener Penner. Hastig steige ich in meinen Wagen, drohe ihnen mit Hausfriedensbruch und allem was mir einfällt, aber ich habe nicht das Geringste gegen sie in der Hand. Das wissen sie genauso gut wie ich. Ich drücke aufs Gaspedal und fahre so schnell wie möglich nach Hause. Die warme Dusche tut mir gut, ich rasiere mich, ziehe mich an und als ich eine Flasche aus dem Kühlschrank holen möchte, sehe ich Dietrichs Kater in unserem Garten einen Vogel fangen und mit ihm im Maul davon rennen. Dieses Mistvieh! Nelly sitzt mit ihrem Freund auf dem Balkon. Ohne die Flasche heraus genommen zu haben, schließe ich den Kühlschrank wieder, trete ans Fenster und beobachte sie voller Neid. Warum finden sie alle ihr Glück, selbst Cécile, dieses bissige Weib, nur ich, ich habe alles verloren. Unsere Haushälterin hat die Post auf den Küchentisch gelegt. Ein von Hand beschrifteter Umschlag auf dem nur unsere Vornamen stehen, sticht mir ins Auge. Sofort öffne ich ihn. Eine Hochzeitseinladung von Nelly Mey und Henning Feldkamp. Sie kennen sich doch noch gar nicht so lange. Aber ich freue mich, einen Grund zu haben, mich bei Julie melden zu können.

Dr. Sahner kommt mir im Eingangsbereich der Praxis entgegen: „Bitte da vorne die zweite Tür links, Herr Dr. Franke." Die Sprechstundenhilfen tuscheln hinter meinem Rücken und sehen mich aufmerksam an. „Ich kann mich auf die Verschwiegenheitspflicht Ihres Personals verlassen, hoffe ich?" frage ich besorgt.

„Aber natürlich, Herr Dr. Franke! Das ist doch selbstverständlich!" versichert er mir.

Sein Sprechzimmer ist hell und schön eingerichtet, empfindliche Zimmerlinden stehen am Fenster, die mich an Julie erinnern. Ich habe sie ihr zum Geburtstag geschenkt und in jeder Pflanze ein Schmuckstück versteckt. Ich fand diese Idee schön und die Gärtnerin hat mir genau erklärt, wie Zimmerlinden zu behandeln sind. Nicht, dass ich mich besonders für Pflanzen interessiere, aber ich weiß, dass Julie Zimmerlinden sehr mag.

Er fragt mich, wie ich mich fühle, ob ich die Ursachen für meinen Zustand kenne, wo ich mich im Moment sehe und wo ich hinmöchte. Er wird mir helfen, versichert er mir immer wieder. Das macht mir Mut. Aber während ich versuche, ihm zu erklären, wo ich mich im Moment sehe, fällt alles in mir wie ein Kartenhaus zusammen. Mir wird schmerzhaft bewusst, was ich verloren habe und seit ich in Julies neuem Haus war, habe ich fast keine Hoffnung mehr, dass sie zu mir zurückkommt. Vielleicht lernt sie einen sensiblen Kinderarzt kennen, der Leben rettet, sich um schwerkranke Kinder kümmert und mehr auf innere Werte als auf Äußerlichkeiten achtet.

„Ich stehe unter enormem Druck, wie Sie sich vorstellen können. Druck von außen, der Öffentlichkeit, der Presse, Druck in meiner Kanzlei, Druck von meiner Familie, die hohe Erwartungen an mich stellt und Druck, den ich mir

selbst mache. Ich will um jeden Preis erfolgreich sein, aber das bin ich nicht mehr. Ich habe viel verloren, obwohl ich mich so angestrengt habe. Ich habe die schwere Zeit, als meine Mutter und meine Frau gleichzeitig krank waren, nicht überstanden ohne die Unterstützung einer Freundin."
„Einer Geliebten, meinen Sie?"
„Ja. Aber das ist vorbei."
Er sieht mich an, wartet eine ganze Weile, ob ich dem Gesagten noch etwas hinzuzufügen habe und das habe ich auch: „Ich bin ein Scheidungskind und musste es jedem Recht machen."
„Mussten Sie das?" fragt er ruhig.
Ich erzähle von meiner Kindheit, meinem kranken Bruder, meinen Eltern und Julie. Von dem Vertrauen, das Julie mir geschenkt hat. Von diesem riesengroßen Vertrauen, das ich jetzt verloren habe. Ich erzähle aber auch von meiner Risikobereitschaft, immer wieder auf die Jagd zu gehen.
„Wenn Sie herausfinden wollen, ob bei Ihrer Frau noch Liebe für Sie vorhanden, vielleicht ein bisschen verschüttet, aber möglicherweise noch vorhanden ist, dann seien Sie ehrlich und aufmerksam ihr gegenüber, tun sie ihr Gutes im Sinne von Zuwendung und Zeit, keine Geschenke. Fragen Sie sie, ob sie dazu bereit ist, sie regelmäßig zu treffen und erzählen Sie ihr, dass Sie dabei sind, sich um Ihre Probleme zu kümmern. Aber zuerst sollten Sie ehrlich zu sich selbst sein und fragen, ob Sie tatsächlich voll und ganz zu dieser Frau Ja sagen wollen oder ob Ihnen mit Ihrer Risikobereitschaft ein Leben mit wechselnden Beziehungen vielleicht doch besser gefällt. Sie müssen sich im Klaren darüber sein, was Sie bevorzugen, nicht was andere von Ihnen erwarten. Das scheint ein ganz zentraler Punkt bei Ihnen zu sein.

Welches Leben halten Sie ganz persönlich für erstrebenswert, unabhängig von Ehefrau, Familie, Presse und Öffentlichkeit. Ich werde Ihnen dabei helfen. Lassen Sie sich Zeit, diese Frage zu beantworten."
Mit dieser Aufgabe verlasse ich die Praxis und fühle mich etwas besser, fahre sogar noch in der Kanzlei vorbei, um mir einen Überblick zu verschaffen und bin erleichtert, dass Lenz alles im Griff zu haben scheint. Meine Sekretärin ist ganz überrascht, mich zu sehen. Es tut mir gut, in meine Kanzlei zu gehen. Als Anwalt zu arbeiten ist das, was ich immer wollte, aber vielleicht ist für mich auch eine neue Zeit angebrochen. Vielleicht sollte ich nochmal etwas ganz anderes wagen. Und tatsächlich überstehe ich den Tag ohne einen Schluck Alkohol.

60

Seit einer Stunde sitzen wir mit gepackten Koffern in Hennings altem Volvo auf dem Weg in unsere Flitterwochen und sprechen von nichts anderem als unserer tollen Hochzeit, von unseren Gästen, unseren Familien, der Verwandtschaft, unseren Freunden, Kollegen und Nachbarn.
Die Kirche St. Johannis war wunderschön geschmückt, die Sonne schien, Cécile zog alle Blicke auf sich in ihrem knallroten, hautengen Kleid und dem riesigen Hut ebenso wie Julie und Lars, die jedoch weitaus dezenter gekleidet erschienen. Die Kirche war voll besetzt, die Organistin war bereit und machte lautlose Fingerübungen während der Pfarrer noch kurz mit der Küsterin sprach. Ich war so aufgeregt, ganz vorne in der ersten Reihe saßen unsere Trauzeugen, Hennings Freund Mike und neben ihm Stella. Ich stand allein draußen vor dem Kirchentor in meinem langen, wun-

derschönen, elfenbeinfarbenen Brautkleid, meinen hochgesteckten Haaren und den kleinen, pinken und rosa Rosenblüten darin, die farblich abgestimmt waren auf die Rosen in meinem Strauß und schaute in den Himmel. Er kam mir viel blauer und klarer vor als sonst. Die Blätter der Bäume bewegten sich leicht im Wind, es roch immer noch nach Sommer, obwohl es schon September war. Ich war so unendlich glücklich, schloss meine Augen, genoss diesen Augenblick, hörte die Vögel zwitschern, atmete ein und atmete aus und machte mich bereit, öffnete die Augen und sah einen Vogel über mich hinweg fliegen. Igitt, er hatte mein Kleid getroffen. Ein münzgroßer weißlich grauer Fleck breitete sich auf dem feinen Seidenstoff meines Kleides in der Höhe meines linken Oberschenkels aus. Panik überfiel mich. Da kam die alte Frau Dietrich, wie immer in aufrechter Haltung, aus der Kirche und entschuldigte sich aufgrund ihrer Schwerhörigkeit in zu lautem Ton: „Die Blase, wissen Sie, zum Glück gibt es hier eine Toilette. Oh, was ist mit Ihrem Kleid?" Sie sprach so laut, dass einige Festgäste sich in den Kirchenbänken nach uns umdrehten und ich daraufhin die Kirchentür von außen schloss.

„So ein beschissener Vogel hat... naja."

„Sie meinen, er hat Ihnen aufs Kleid geschissen?" schrie sie schon fast. „Das kann nur Glück bringen, glauben Sie mir! Kommen Sie mit, das bekommen wir schon wieder hin."

Als wir am Waschbecken in der Toilette des Pfarrzentrums standen, holte sie ihre Brille aus der Tasche, außerdem ein frisch gebügeltes Stofftaschentuch und ein kleines Fläschchen mit einer durchsichtigen, stark riechenden Flüssigkeit von der sie ein paar Tröpfchen auf das Taschentuch gab, mit Wasser vermischte und begann, die weißlich grauen Rückstände auf meinem Kleid zu bearbeiten. Ich fragte mich, ob sie mit ihren über neunzig Jahren und ihren zittrigen Händen noch dazu in der Lage war oder ob ich danach noch schlimmer aussehen würde, aber sie ließ sich nicht beirren, träufelte immer wieder ein winziges Tröpfchen von der Flüssigkeit auf das Taschentuch und rieb sehr vorsichtig hin und her. Die Flüssigkeit roch unangenehm, durch den hohen Alkoholgehalt verflüchtigte sich der Geruch jedoch schnell. Ich beobachtete sie genau und fragte, ob das wohl wirklich helfen würde. Ich wusste nicht, ob sie mich hören konnte und so wiederholte ich meine Frage noch zweimal bis sie mich fast anschrie: „Es gibt nichts besseres, glauben Sie mir, ich benutze das schon mein Leben lang." Das überzeugte mich. Tatsächlich, nach einiger Zeit war kein Fleck mehr zu sehen. Angespannt prüfte ich im Spiegel, ob die Vogelspuren wirklich verschwunden waren. Es war alles gut. Erstaunlich, wie gut diese alte Dame, das alles hingekriegt hatte. Erleichtert strahlte ich sie an und sprach in lautem Ton: „Ein wahres Zaubermittel! Vielen Dank, ich bin so froh!" und noch während ich ihr dankte, packte sie die Sachen wieder in ihre Handtasche und dann sah ich ihn an ihrem knochigen Finger prangen: der furchtbare Ring! Schlagartig zog sich mein Magen zusammen. „Kindchen, was ist mit Ihnen, Sie sind ja auf einmal schneeweiß im Gesicht, machen Sie sich keine Sorgen, Sie sehen wunderschön aus", brüllte sie und bemerkte meinen Blick auf den Ring. „Diesen Ring hat mein Mann mir zu meinem vierundneunzigsten Geburtstag geschenkt, ist er nicht schön?" Die Lautstärke in der sie sprach verschlimmerte meinen ohnehin gestressten Zustand erheblich. Wird dieser bescheuerte Ring mich ein Leben lang verfolgen? Und muss er ausgerechnet in meiner direkten Nachbarschaft unterkommen und genau an meinem Hochzeitstag wieder auftauchen? Aber die Tatsache, dass genau dieser Ring maßgeblich dazu beitrug, Henning die Sprache zurück zu geben und dadurch sein, aber auch mein Leben total zu verändern, verleiht ihm etwas Positives und nimmt den bangen Stunden auf der Polizeiwache etwas von ihrem Schrecken.

All diese Gedanken verschwanden schlagartig, als Frau Dietrich und ich das Pfarrzentrum verließen und meinen Vater auf uns zukommen sahen. Vater und ich warteten noch einen Moment bis Frau Dietrich ihren Platz in der Kirche wieder eingenommen hatte, dann führte er mich hinein. Während Stella und Mike sich als Trauzeugen bereit machten, sah ich meinem zukünftigen Ehemann in die Augen. Da war ein Leuchten, Freude und großes Glück zu erkennen, diesen Augenblick werde ich nie vergessen.

Da St. Johannis nicht weit von meinem Haus entfernt ist und wir unsere Hochzeit in meinem Garten feiern wollten, wanderte die ganze Festgesellschaft nach der Trauung zu Fuß dorthin, allen voran Henning und ich. Auf den vielen, weißgedeckten Tischen im Garten standen wunderschöne Gebinde aus zartrosa Rosen, Schleierkraut und filigranen Gräsern, der Kastanienbaum hatte seinen Laubschirm über uns gespannt, damit die Sonne nicht zu sehr blendete. Die vier Musiker machten Musik und die Damen und Herren der Cateringfirma waren äußerst aufmerksam, war doch ihr Chef an diesem Festtag unter den Gästen. Céciles Freund war also kein Schauspieler oder Model, sondern Koch und Geschäftsführer einer Cateringfirma. Da hat sie ja Glück, unsere Giftspritze. Es war mir wichtig, die Nachbarn einzuladen, letztendlich habe ich es ihnen zu verdanken, dass der

Verdacht gegen mich fallen gelassen wurde. Und tatsächlich sind sie alle gekommen. Henning und ich gingen von Tisch zu Tisch und begrüßten alle einzeln, am Tisch meiner prominenten Nachbarn steigerte sich meine Aufregung tatsächlich noch, obwohl ich dachte, dass das gar nicht mehr möglich wäre. Wir wurden beglückwünscht, plauderten, erhoben unsere Gläser, prosteten zu und als wir alle begrüßt hatten, eröffneten wir das Buffet. Das Menü schmeckte herrlich, ob es die feinen Antipasti, der gebratene Zander mit italienischem Gemüse, die handgemachten, vegetarischen Ravioli mit Bio Ricotta und Orangenraspeln oder die fein geschnittenen Scheiben vom Rinderbraten mit selbstgemachter Pasta waren, alles war ein Gedicht und ich konnte gar nicht aufhören, von allem zu probieren.

Und so feierten an diesem sonnigen und warmen Septembertag die Reichen und Schönen mit uns weniger Reichen und weniger Schönen, Julie und Lars saßen mit den Dietrichs an einem Tisch, Cécile wich ihrem Benedikt keinen Millimeter von der Seite, Bernd versuchte sein Glück bei meiner Cousine und selbst die griesgrämigen Kaulbarts schienen in ausgelassener Stimmung zu sein. Mein fieser Onkel Helmuth ließ die prominenten Gäste nicht aus den Augen. Auch andere sah ich immer wieder die Köpfe zusammen stecken und tuscheln, immer wieder wanderten die Blicke zu Lars, Julie und Cécile, die viele aus dem Fernsehen und den Klatschblättern kennen. Cécile bedankte sich beim Abschied und erwähnte das Buch von Ilse Rampoldt, das ihr Leben für immer verändert habe und dass sie mir sehr dankbar dafür sei. Ach, tatsächlich? An meinem Hochzeitstag wollte ich großmütig über ihre bösartigen Bemerkungen von damals hinweg sehen. Julie umarmte mich zum

Abschied und sagte: „Deine Tante Mathilda hatte Recht, Du hast das Glück in diesem Haus gefunden so wie sie."
„Ja!" antwortete ich mit Tränen in den Augen. Dietrichs Kater schlich irgendwann um meine Beine und wollte sich sogar noch zu mir auf den Schoß setzen, was Frau Dietrich zu verhindern wusste indem sie panisch aufsprang und ihn mit einem lauten, schrillen Aufschrei verscheuchte. „Lazlo, geh weg! Nicht, dass er noch Ihr schönes Kleid ruiniert!" keuchte sie völlig außer Atem. Wir feierten und tanzten bis in die späte Nacht.

Während ich ganz in Gedanken versunken Hennings Ehering an seiner Hand auf dem Lenkrad des Autos in der Sonne glänzen sehe, lacht er plötzlich los: „Das war schon ein Superfest! Und wie besorgt Frau Dietrich war, dass der Kater Dein Kleid ruinieren könnte," wieder muss er schallend lachen, „dabei hatte sie es selbst längst ruiniert mit ihrem Teufelszeug." Er kann sich gar nicht mehr beruhigen, Tränen laufen aus seinen Augen vor Lachen: „Und Du hast mich immer wieder gefragt, ob man durch das Loch Deine Unterwäsche sehen könnte." Er kann nicht weitersprechen, so sehr amüsiert es ihn, dass das stark riechende Mittel von Frau Dietrich nicht nur den Fleck entfernt, sondern sich nach und nach durch die verschiedenen Stoffschichten gefressen, den Stoff förmlich weggeätzt hatte und ein Loch hinterließ, das sich von der Größe einer Münze zu einer faustgroßen Stelle entwickelt hatte, die aussah, als habe eine Ratte ein ordentliches Stück Stoff herausgebissen. Ich finde es nicht so lustig wie er: „Es hat keiner gesehen, ich habe meine Eltern, meine Schwestern und Stella gefragt. Es muss länger gedauert haben bis sich dieses Mittel durchgearbeitet hat, sonst wäre es doch jemandem aufgefallen." Es klingt, als ob ich mich selbst davon überzeugen müsste. Wenigstens an meinem Hochzeitstag hätte ich gerne perfekt ausgesehen.

Wenn ich über alles nachdenke, wird mir trotz des ruinierten Hochzeitskleids und der furchtbaren Geschichte mit dem Ring ganz warm ums Herz. Ich erkenne erst jetzt, dass das Glück schon viel früher da war, ich es nur noch nicht sehen konnte. Es ist schon merkwürdig, dass Eric mit einer Frau zusammen ist, die den gleichen Nachnamen trägt wie Henning und dass ich Hennings Mutter schon lange kenne, weil sie seit vielen Jahren mit meiner Mutter befreundet ist. Und wer hätte gedacht, dass der Mann, der mir die Polizei auf den Hals gehetzt hat, ausgerechnet mein Schwiegervater wird und schon viele Monate vor Henning in mein Haus gezogen ist? Aber all diese Ereignisse scheinen nötig gewesen zu sein, um Henning die Sprache zurück zu geben und unser Glück zu besiegeln.

Hennings Vater hat uns eine Reise in die Provence geschenkt: drei Wochen in einem wunderschönen Landhaus mit Pool umgeben von Lavendelfeldern. Da Henning nicht fliegen möchte, fahren wir mit dem Auto. Für die lange Fahrt sind wir bestens gerüstet mit leckerem Essen, genügend Wasserflaschen und einer Unmenge an CDs. Aber seit wir eingestiegen sind, hören wir ununterbrochen Hennings Lieblings-CD von Manfred Man´s Earth Band, und immer wenn „Davy´s on the road again, wearing different clothes again" kommt, singt er lauthals mit. Er hat mir erzählt, dass dieses Lied ganz besonders für die Wende in seinem Leben steht, die ihm wieder eine Stimme gegeben hat. Eine Stimme mit der er sich zu Wort melden, sich wehren, sich beschweren, telefonieren und singen kann, all das was ihm so viele Jahre nicht möglich war. Auch wenn er zuvor schon ein gelassener Mensch war, ist es schön zu sehen, welche Leichtigkeit sein Leben gewonnen hat. Und wieder geht die CD von vorne los, und wieder kommt sein Lieblingslied, gleich setzt er wieder ein, „Davy´s on the road again, wearing different clothes again" und wieder strahlt er mich an, ich freue mich für ihn und lächle zurück. Ich weiß wie sensibel er ist und deswegen halte ich mich zurück, auch wenn seine Stimme schön klingt und er die Töne trifft, wappne ich mich innerlich, gleich wird er wieder lauthals einsetzen. Nach dem zwölften Mal, fürchte ich den Refrain schon regelrecht. Wie kann er diese CD nun schon zum dritten Mal hören und mich beim x-ten Mal Mitträllern ansehen als wäre es völlig neu für mich? Zum ersten Mal seit ich ihn kenne, geht er mir richtig auf die Nerven. „Wir sollten eine Pause machen", schlage ich vor und bevor die CD von neuem beginnt, drücke ich auf Stopp und schiebe sie in ihre Hülle.

„Jetzt schon? Du weißt schon, wie lange wir unterwegs sein werden?"

„Ja, jetzt, ich möchte uns Kaffee holen." An der nächsten Autobahnraststätte besorge ich Kaffee, Croissants und eine Zeitung. Und weiter geht's. Diesmal lege ich meine CD von Nora Jones ein. Die ruhigen Klänge tun mir gut. Henning gibt Gas und ich lese ihm ein bisschen aus der Zeitung vor bis es mir buchstäblich die Sprache verschlägt:

„Blind vor Liebe? Blind vor Glück?
Gibt es das wirklich? Neulich auf einer Hochzeit schaute
ich in das etwas rundliche, aber überglückliche Gesicht

einer Braut an der Seite eines überglücklichen Bräutigams. Sie tanzten als gäbe es kein Morgen, strahlten vor Glück, sie würden den Widrigkeiten des Lebens trotzen können, sie würden sich nicht so leicht beirren lassen auf ihrem gemeinsamen Weg. sie würden es mit links meistern. Apropos links, das faustgroße Loch auf der linken Seite des wunderschönen, elfenbeinfarbenen Brautkleids, das bei jeder Linksdrehung im Walzertakt den Blick auf den linken elfenbeinfarbenen Oberschenkel und die elfenbeinfarbene Unterwäsche frei gab, ließ das schöne Paar völlig kalt. Auch die anderen Gäste schienen es nicht zu bemerken. Niemand gab ihnen einen Hinweis, niemand wollte es sehen, im Gegenteil, die ganze Festgesellschaft schien wie hypnotisiert in einen Zustand der Glückseligkeit verfallen, jeder wollte etwas abhaben vom Glück und das Paar geizte nicht damit. War ich die Einzige, die noch ihren gesunden Menschenverstand walten ließ? Liebe macht blind, anders kann ich mir das nicht erklären."